告别的年代

〔马来西亚〕
黎紫书 著

北京出版集团
北京十月文艺出版社

目 录

001	前言　重回木人巷 / 黎紫书
001	序　艰难的告别 / 黄锦树
001（513）	楔　子
006（518）	第一章
025（537）	第二章
044（556）	第三章
062（574）	第四章
086（598）	第五章
108（620）	第六章
134（646）	第七章
165（677）	第八章
198（710）	第九章
240（752）	第十章
285（797）	第十一章
323（835）	第十二章
345（857）	后记　想象中的想象之书
352（864）	附录　为什么要写长篇小说？ ——答黎紫书《告别的年代》/ 董启章

前言　重回木人巷

黎紫书

《告别的年代》要重新出版了，编辑向我提出时，我的回复是："你就不怕读者奔着对《流俗地》的印象去买书，之后拿臭鸡蛋掷你们出版社吗？"

可惜对话是在微信上打字进行的，看不见对方尴尬的模样。

我这人大半生浑浑噩噩，诸事无悔，自然也硬起心肠不悔少作。非因没有自知之明，不晓得自己的少作满是刀痕凿痕斧痕，却是自知当时已然尽力，即便因才能不足，多有用力过猛或力有未逮处，就创作态度而言却始终是问心无愧的。

我能这般笃定，当然也是因为对创作这事抱负纯粹，尽力完成便是，不作他想。这可不是因为清高，而是因为马华文学长年少有人问津，写作人惯了清冷，不以为意。书写出来了能不能找到出版社托付还不好说，即使出版了，投入书市也不外乎泥牛入海，往往一版便成绝唱，最终除了作者自己珍藏以外，便唯有院校图书馆存着几本以供课堂上作解剖研究用途。

何曾想见，我那浸泡在福尔马林中的绝版旧书竟会有重见天日的时候。

事实上，《告别的年代》不能算少作了。它于2010年完成，彼时我已年近不惑，写作十五年才粗着胆子写第一部长篇小说。虽说此前已写过不少短篇，可面对长篇仍犹如瞎子摸象，一个庞大的新世界才混沌初开，多半时候只能瞎猜而已。由于当时迷恋形式，特别侧重小说结构，设了个三重叙事虚实并行，写的时候我常常觉得自己像是在"组装"一个作品，过程艰巨不在话下，纵已绞尽脑汁，最终成果却不尽如人意，总觉得自己过于托大，把小说形式设计得太过繁复，弄出来许多细微的犄角旮旯都教我鞭长莫及，因而完成度并不理想。可那毕竟是长篇初试，我若追求"完美"，那真是不自量力了。而虽自知勉力为之，好在我做事总是专注的，时光便不虚了，终归会有所得。

一部《告别的年代》写下来，在不同手法组成的多重结构中历练过，如同打过了木人巷，虽不免跌跌撞撞，却等于对长篇小说多方试探，多少让我在短篇与长篇之间摸索出来一条隐秘的通道，知道了两者的差异，对于长篇小说创作好歹有了些心得，也就获得了一把长篇小说的种子。以后竟有十年，尽管没有书写长篇的计划，但"另一个长篇"的构想却在脑中自动生成，日里夜里，从发芽而至壮大，于无声中延续我对长篇小说的思索，并应答我对自己的诘问：写什么？该怎么写？

倒是没有问自己"为什么要写长篇"的。虽说以写作谋生，但我缺乏事业心，从来没有鸿鹄之志和长远的目光，总允许自己保持一定的天真，尤其过去十年随遇而安，特别相信人生不同阶段适合写不同的文体和篇幅。经验足了，学养足了，书写的欲望也够充沛了，胸中成竹便会一枝一枝，或一大片一大片地长出来。

就这样，时间到了，第二部长篇要来便来，近乎水到渠成。相比之下，十年后的《流俗地》写来顺畅多了，读者评者或会以为那是因为后者返璞归真，技法简单，不过是屏住一口现实主义的呼吸简朴到底。事实却是我用十年时间把第一部长篇所给予的教训和启发都吞咽了，一心把那些有形的门门道道都消化了去，融入叙述里。我自是觉得无招是该胜过有招的，可我却又明白从有招至无招之间，需要一个沉淀的过程，让我把以前学过的舞弄过的炫耀过的招式一一遗忘了去。

（写到这儿，评论者们该意识到我的师承里头，有风清扬和令狐冲的一份。）

于是我用了十年，努力将《告别的年代》里那些形于色、着于相的种种,连带那个想左右逢源却实在左支右绌的"我"都融化掉,希望从中提炼出以后的长篇。我想象我以后都会这么写下去:让每一部作品都为下一部作品提供养分。话虽如此,我当然不希望旧作就此成了渣滓。作为文学作品,即便不完美,它们也该当永远保持绽放时的姿态。要是作品够好,那是该永垂不朽、流芳百世的;而倘若不够好,至少让它成为标本吧。

就这样,托《流俗地》的福,就像作品的反哺,竟让《告别的年代》重新出版了。出版社待我不薄啊,把幽闭在图书馆深处的标本重新拿到光天化日底下,编辑还问我要不要动手给它做一点维修。作者如我,浑浑噩噩,必然是懒的,也怕"持归修治调曲成,曲成他人不肯闻",对修改旧作这种苦差当然避之则吉,便托词"我有这时间和兴致,还不如写一篇新作"。

此话不假,对于《告别的年代》,与其一改再改,我觉得自己真正能够为它做的,是尽力交出更好、更有价值的作品来,务求成为更重要的作家。如此这般,或许会使更多人对我的旧作产生兴趣,也就会像对待名人故居一样,也想看看我当初跟跟跄跄闯出来的,是怎样的一道木人巷。

2022年2月27日

序　艰难的告别

黄锦树

在文学条件异常贫瘠的马华文坛，不管从什么角度看，黎紫书都是个奇迹。在马华文坛，她之崛起是因为她以二十余岁之龄，在短时间内连续获得国内外（尤其是马来西亚与中国台湾地区）的文学大奖（尤其是花踪文学奖与《联合报》文学奖）。而她既不是本地大学生也不是留台生；她的学历并不高，没有大学学历，很长的一段时间她的本职是记者，却能在两地频频得奖。黎紫书的传奇性，《黎紫书现象》有淋漓尽致的表达：

> 经过结算，由第三至第七届花踪，黎紫书摘走的奖项计有：三届马华小说首奖、四届小说推荐奖、一届世华小说首奖、一届散文首奖，以及一届散文佳作奖，而

且连续五届从不落空。

....

由初试啼声一鸣惊人,到连中三元,到三连冠,到四连霸,到冲出马华夺得世华小说首奖,花踪似乎为她准备了一层一层的石阶,还给铺上红地毡,几乎足于(以)将黎紫书衬托得像一个传奇。①

这种传奇性是确实的,可能也是自有马华文学以来最大的传奇。显然她在文学上具有非凡的天分,也许曾在创作上下了不少功夫。从她已发表的作品来看,她对当代中文小说的技术与风格是娴熟的,对人性的曲折隐微,也有相当深入的洞察。整理花踪早期历史、写这篇文章的黎紫书得意之情溢于言表。她当然也有权利得意,那毕竟是她的盛年,那些年她是马华本土文坛唯一的明星,几乎无人可敌。此后她的作品得到国内外评论界相当高的肯定,虽然马华文学在中文文学场域里只能是边缘。王德威说她现有的成绩已足以和早逝的商晚筠(黄绿绿,1952—1995)相抗衡,②这判断并不夸张。迄今为止,她的几个马共题材短篇已可被列为马华文

---

① 黎紫书编著,《花海无涯》(吉隆坡:有人,二〇〇四),页98—100。
② 王德威《黑暗之心的探索者——试论黎紫书》,收入黎紫书《山瘟》(台北:麦田,二〇〇一),页8。

学的经典之作。

但黎紫书也许会问，为什么要把她与商晚筠相提并论？自有马华文学以来，杰出的女作家并不多见。甚至可以说，没有大家、少见名家的马华文坛，名气可以跨出国土边界的并不多见，而商晚筠是第一个在中国台湾得文学奖的旅台人，是极少数凭实力而又知名度在外的马华女作家（另两个举得出来的名字是方娥真和钟怡雯，擅长的文类都是散文）。在马华，几乎所有的写作人都是业余写作，泰半栖身华文媒体或华文教育界（少部分是商人、工人），写作生涯要么集中于青年时代（中年以后专注于"正业"），要么断断续续地写了一辈子，却难见突破。因此黎紫书三十岁前的文学成就，在文学精品不多的马华文坛，其实可说已超越了大部分的马华写作人。但黎的名声，除了凭借自身小说的品质之外，也拜当代媒体之赐，花踪是大马二十世纪九十年代方创立的最大的华文文学奖，也是最注重包装和行销者，[①]而《联合报》文学奖则让她得以如旅台人一般进入中国台湾文学场域。就后者而言，她应是温任平之后最重要的"在地的旅台"作家。

---

①关于花踪的"奥斯卡"特性，详见林春美《如何塑造奥斯卡：马华文学与花踪》，收入《性别与本土：在地的马华文学论述》（吉隆坡：大将，二〇〇九），页46—59。

出道十多年，除了较不重要的极短篇、散文之外，她先前只出版了两个短篇集子（《天国之门》《山瘟》），作品不算多，确实近于"业余写手"，但那也是马华文坛的常态。物以稀为贵，少而精，胜于多而滥。但就一个作家而言，如果真的以创作为毕生志业，真正的考验也许还在后头。

经过多年努力，她最新交出长篇《告别的年代》，是她的第一个长篇。这似乎是部费解的小说，作者显然不甘于只讲述一个首尾一贯的故事，而布设了相当比重的后设装置。由于程序裸露，"为什么要借用后设装置"成了首要的问题；同样令人纳闷的是，为什么书名是个历史叙述、论文、报导文学似的标题？

小说分三层叙事，"杜丽安"（小说人物）的故事、住在五月花301号房的"你"（小说人物，也是第一层叙事的读者）的故事、作者—评论者的叙事。前者作为小说人物被后者阅读，但后者也被我们阅读。然而小说里的第一个杜丽安和"你"一开始都在读一本书，读《告别的年代》，那他们岂不都是在读自己的故事？还是说，那不过是"角色的人生不过是被写下的故事"的委婉说法而已？况且，第一个杜丽安实际上并不读书，小说一开始时的《告别的年代》似乎是她读的唯一的一本书。因此，"杜丽安读着

《告别的年代》"不过是"杜丽安的故事开始了"的另一种说法而已？另一方面，小说中被阅读的《告别的年代》开始于513页，我们读到的这本可没那么多页。小说开始时一再强调"513"，且明确那标示大马当代政治史上的分水岭、发生于一九六九年五月十三日因国阵选举失利引爆种族冲突的"五一三"事件；小说中杜丽安生命的转折正始于"五一三"当日，因被疯汉持脚踏车袭击为黑道角头钢波所救，而下嫁为继室。如此说来，这是个国族寓言，寓意华人经过"五一三"后"委身下嫁黑道"为继室，而辗转掌握经济？看来也不太通，这"513"符号大概也是个假靶，误导刻意求深的读者而已。

小说中篇幅最多、刻画最完整的确是这个"杜丽安"的故事，写一个小女人从底层往上爬，从戏院的售票小姐一跃而为酒楼的女掌柜。写她的婚姻，她与丈夫、继子继女的互动，她的偷情、她的经营才能等，都可圈可点。这部分确可以看到黎紫书老练的说故事技巧，也写活了一个旧时代，那因锡矿开采而繁荣起来的华人市镇"锡埠"（应系怡保）。个中风土人情，市街景观，人的欲望流布，爱恨情仇。小说中的语言接近于黎二〇〇〇年的短篇《州府纪略》，既反映了中马（雪兰莪州、霹雳州）一带华人以粤语为口头语的言语事实（这迥异于南马的闽南方言优势），也再现了中马华人与中国香港通俗文化（诸如电影、戏剧）间的深刻关联。另一层叙事中出现的"你"作为"杜丽安故事"的读者，住在廉价宾馆五月花301号房，这故事的现场曾出现于黎一九九六年的传奇故事《推开阁楼之窗》。那是另一个底层的家庭故事，另一段爱情故事。此外，就在第一章的末尾，小说展现它的第三层叙事，这部分设计了它的作者，另一个杜丽安，化名韶子；以及评论者第四人的评论与叙事参与。这后设装置的使用到底有什么功能？极少部分影射了黎紫书的崛起、文坛的恩怨，但虚多实少。其余更多的部分是不是企图让"杜丽安的故事"复杂化，借以缝合两层不同的叙事？就小说而言，可能不见得是利多。除非小说能真正地匿名出版，否则不免予人"此地无银三百两"之感。况且作为程序裸露的技艺，后设手法本身的变化有限，很容易陷入自身的套套逻辑里。

小说难得地加了个后记《想象中的想象之书》，解说何以要写这部长篇小说——这一代华文小说写作者普遍的长篇焦虑——商晚筠不也写了个未终篇的《跳蚤》？然而纵使不写长篇，其实也于黎紫书无损。马华文学史可没什么长篇经典。但黎在后记中可没有说明"告别的年代"究竟何以告别、向谁告别、告别什么。如果从小说中难以找到线索，理由可能就在小说之外、私人领域内吧。不管是怎么一回事，告别总是艰难的。

希腊导演Penny Panayotopoulou的片子*Hard Goodbyes: My Father*（中国台湾译为《童年旧事》，直译《艰难的告别》）是个告别的故事。很黏父亲的小男孩与常出门在外、任旅行推销员的父亲相约看美国人登陆月球的转播。当父亲因车祸猝逝之后他无法接受，拒绝参加葬礼，既扮演父亲给不受家人欢迎的奶奶写信，也努力保留父亲的遗物，仪式性地重建他的在场、扮演他与"我"对话。一直到登陆月球转播的那天，他仍苦苦等待父亲的电话，直到那个历史时刻，幼小的心灵方勉强接受父亲其实早已"登月"去了。电影片尾出现导演传记性的献词，献给他的父母："他们教会我如何去爱，但没教我如何告别。"

希望黎紫书借由这部小说成功地告别想告别的与该告别的。毕竟那是一种哀悼的工作。

楔　子

　　你在读这本书。这是一部小说，长篇。作者在后记中提到"写这样一本大书"，"大书"是值得斟酌的字眼，你极少看见任何小说作者如此形容自己的作品，那该是评论家的用词，它应该出现在"前言"或"序"的部分，而由作者本人道来便予人不太谦逊的印象，是有点失礼的。

　　于是你猜想这书的作者若非一个不知天高地厚的小写手，便是一个颇有成就的老学究。他们都有点自诩过高，有点自恋，或起码相当的自以为是。

　　但你不晓得该怎样去印证自己的揣测。因为这是一本残缺的书。或许它也是一部残缺的小说。当你无意中发现它的时候，它已经是那样了——精装本，外表看来完整无缺，锈绿色的外皮上只有几个烫金楷体字"告别的年代"。它看起来很古老，书页已经受潮发黄，但几乎找不到被翻动过的痕迹，而且打开后还有一股油墨味道扑鼻而来，好像它自印好以后便热烘烘地被搁在那里，因为从未被人翻动过，便封存了那一股只有刚出炉的新书才会有的味道。

这书没有扉页。你有点不相信自己的眼睛,于是翻来覆去地找。可它真的没有,甚至也没有版权页,没有书名页;既没有标明出版者,也找不到作者的姓名。更奇怪的是它的页码居然从513开始,似乎这书的第一页其实是小说的第513页……

这很怪异,你被吸引住了。一本从第513页开始的书。你禁不住蹲在那里开始读了起来。

> 一九六九年陈金海观看影片《荡妇迷春》时心脏病猝发。时大华戏院虽全场爆满,唯观众正专注观赏影片,无人发现陈氏病发。最终陈氏因抢救不及而当场毙命,此事在埠内街知巷闻,轰动一时。

这是《告别的年代》全书的第一段文字。这些叙述看来很中性,你觉得它可以是一段开场白,也完全可以是一部长篇里的某段文字。

那时候你甚至尚未意识到这是一部小说。这些该死的中性文字,它们读起来更像是绝版了的《南国电影》里某个小栏目的段落。你认得出来这种文体和读感,那语言有股旧时代的陈腐味,蘸饱了南洋的蕉风椰雨和侨民们的风流韵事。

这类文字现在还会在某些周刊小报里出现，它们特别适用于讲说埠城旧事，或追念已故的社会贤达，或怀想当年埠间的奇闻轶事，或暧昧地指涉坊间的旧风月老相好。

你一直以为这是一种正在消失的历史语言，一种适合为祖父辈撰写传记的文字，所以在初看这段似是而非的"引言"时，你很自然地把这书划为"史册／传记"类，以为它是多年前某乡团（也许是陈氏乡会，或是客家会馆）自资出版的刊物。很可能是为纪念某届会长显赫的家族，由会内某个戴着黑框眼镜，文采较好（并且在报社内当资深记者）的秘书负责撰文，由"陈金海，广东大埔人，一九〇三年生，卒年一九六九……"开始，煞有介事地写了个洋洋洒洒。

倘若真是那样的一本纪念刊，那么这书的作者是谁，似乎便没有追究的价值了。你可以想象那人如今已七老八十，假如没有患上老年性痴呆，则目前很可能仍在给某风月小报当通讯员，或认领了一个专栏，负责撰写昔日州府的猎艳趣谈或伶人往事。

然而不管怎么说，一本从513页开始的书，仍然让你感到怪异。那是编版装订上的技术错误吗？你忍不住翻开书的最后一页。

……杜丽安几番周旋，终于成功将酒楼盘下。重新装潢后的新酒楼于中秋节后开张。杜丽安之弟媳翌年诞下长女艾蜜莉,弥月时亦在该酒楼摆酒喜庆,当晚宴开八十八席,高朋满座,名流云集。

如此结束一本书,真让人纳闷。这段叙述依然中性,既可以结尾也还有延续的余地。"长女艾蜜莉"这称谓的出现有一种"未完,待续"的效果。你觉得这像是作者在书写时突然对这漫无止境的叙述感到厌烦和倦怠。于是他突然掷笔,让一个家族世世代代的故事戛然而止,却又用"长女艾蜜莉"暗示了以后仍无穷尽的人物关系与情节发展。

这是你在图书馆里找到的一本书。它像砖头一样厚重,被搁在图书馆某犄角的书架上。那书架紧挨着"历史／传记"类书籍的专柜,上面标明的类别是"其他"。

图书馆里的书籍类别划分得很细,加上管理员们的细心与执着,几乎每一本书都可以找到它们适当的位置。在那里,被归类为"其他"意味着被放逐。你相信那书架上的书籍必定都经历过许多管理员的轮番鉴别,或者他们也曾开会讨论,却都认为这些书的内容模棱两可,定位含糊不清,才一致同意让它们流落到这五层高的铁制书架上。

可这分明是一本未被翻阅过的书。印刷用的油墨几乎把书页都黏合起来,那是封存的凭证,它未被打开便已被决定了流放。

收藏"其他"类书籍的书架,被置于图书馆尽处最僻静的一个小房间。小房间是破旧书籍的收容所,里面也放置了不少多年来乏人问津的藏书,而放在"其他"类架子上的书本并不多。你手上这一本《告别的年代》被放在最低层,而且是最靠墙的一本,仿佛停放在时光的深处。蜘蛛在那上面一代一代地交媾,繁衍和死去;一只黄蜂抱剑死守在那里,尸体已被蛀空。那角落最惹尘,也最容易被遗忘或忽略。

可是现在你觉得它一直沉默地伫候在自己的位置,为的也许是有一天被你发现。

第一章

1

杜丽安早已知道这是一部小说。是小说,而不是史册。因此她不像你读得那么认真。再说她拿到这书的时候,这书似乎尚不至于那么厚重。她在第513页第三段里放下手中的书本,对喋喋不休抱怨着热带天气的母亲说:"好啦别吵,我在读小说呢。"这句话里指的正是这本书,《告别的年代》。

这是小说里出现的第一个杜丽安。这么说也许并不正确,毕竟你拿到的是一本从513页开始说起的书。尽管我们知道佚名的作者对"杜丽安"这名字情有独钟,在这书里创造了好几个不同年代不同版本的杜丽安,以及其他意义近似的名字。但我们实在无从考究在前面遗失的五百一十二页里,是否也曾经出现过其他的,我们所不知道的杜丽安。

实在说,我们无法印证那五百一十二页的存在。

如果这真是一部小说，那么以"513"作为编排页码的起始页，很可能是一种古怪的表现手法。作为土生土长的本地人，你虽然年轻，却也略懂"513"这数字可能蕴含的含义与暗示。那年国家大选，一向执政的国阵联盟失去了三分之二议席的优势。五月十三日那天反对党在都城游行庆祝，没想到引起暴乱、失火和流血。政府宣布进入紧急状态，在全国实施戒严四天。

你记得"513"曾经是一组禁忌的数字。即使在事件过去好些年后，人们在提起这串数字时，仍然习惯压低嗓门，用一种闷在咽喉，或顶多到达鼻子的声音，把它"说"出来。人们神秘兮兮的眼神和闪烁其词的表现一直令你不安，以致你每次打开这书，看见第一页右下方的页码时，都感到触目惊心，觉得那五百一十二张缺页暗示着空白与忌讳，有一种挑衅、质问，或不可告人的意思。

而"五一三"那天，杜丽安坐在她母亲的炒粉档那里读小说。她的母亲姓名不详，祖籍广西桂林，邻里街坊都喊她苏记，或炒粉婆。

阳光在给排列在赤道上的树木烫头发，柏油路上热气蒸腾。一只昨晚被汽车轮胎碾过的狗，烙饼似的，在路上干煎自己。

陈金海前天才死去。那是《荡妇迷春》在这锡埠上映的第三天，戏院里便闹出了人命。人们站在贴满竞选海报的电线杆下散播这新闻。而陈金海就在电线杆上的海报里微笑，像在熟练地否认一条不利于他的小道消息。

就在大选前夕，金海五金店的老板死在戏院楼上的前排座位上。那可是个好位置。金发荡妇的红唇丰乳盈满双目，让人看得喘不过气来。陈金海或许就是那样窒息死的。前几日还万人空巷的《荡妇迷春》马上成了杀人戏码。戏院经理不识好歹，找了个黄袍道士，到戏院里南无南无，摇铃舞剑打斋作法。于是乎，戏院闹鬼的传说不胫而走，以后大华戏院的售票员有好长一段日子都在柜台上拍苍蝇。

杜丽安每天下午在大华戏院上班，卖五点、七点、九点和周末半夜场的票。白天她得帮苏记把炒粉、糖水、芋头糕、炸芋角和咸煎饼等糕点一一准备好，放到三轮脚踏车加篷改装的摊子上。中午十二点前她们得把三轮车蹬到大街那头，等待路旁两排店铺的员工午饭时出来帮衬。

身材瘦小的苏记会弓起背来用力蹬她的三轮车，沿街按响装在车把上的小喇叭，砵砵，砵砵，她配合那节奏一路叫喊："炒粉——，糖水——"她的声音大家耳熟能详。纵然搬到埠内已经很多年了，苏记的广东话仍然有一种与生俱来的广西调调，一种来自橡胶林的乡土味。那就像她的龅牙，已成了她的记号，一直在提示你她寒微的出身。

人们会很快忘记苏记。毕竟那年头满街都是像她那样的妇人——身穿花布妈仔衫裤,头戴宽檐草帽,洗衣板胸腔扫把棍腰杆,全身硬邦邦;口操不同口音的广府话,并总是一边干活一边抱怨偏激的天气,好赌的丈夫,嫁不出去的女儿或不学无术的儿子。

小说作者显然也很快把苏记抛诸脑后。他不期然盯着正值大好年华的杜丽安在看。杜丽安自然是察觉的。她眉角飞扬,对着意识中的镜头笑了笑。这不得了,简直像影画书里的李丽华一样摄魄勾魂。你就愣吧,呆子。杜丽安笑得更妩媚了些,小说作者忍不住将之形容为"妖娆"。可惜啊,苏记发牢骚的声音可真干扰,那唠叨没完没了,像芋头糕上贪婪的苍蝇,又像文章中泛滥的标点符号,于字里行间盘桓不去。

"好啦别吵,我在读小说呢。"她放下手中的书本,没好气地说。

那是杜丽安有生以来读的第一本小说。书很重,书上的字密密麻麻,像百万只整齐列队的蚂蚁。过去她只看明星画报和说中国民间故事的公仔书,读这本"大书"让她感到十分吃力。她把书合上,抬起头来凝视贴在某根电线杆上的竞选海报。陈金海在对她笑呢。他的遗照印在"为民服务"几个魏碑字体上,就像在礼貌地否认自己的死讯。杜丽安倒觉得这人眼睛很不老实，仿佛死了也还盯着人家的胸脯在看。死相。

陈金海这人，头发一小撮，年纪一大把。大概是每个晚上喝补酒养生，野味也吃得不少吧，脸上便总是溢彩流光。他可是最爱用一种似笑非笑、半醉似的眼神看人。杜丽安被他盯得毛骨悚然，但以前在戏院门口卖零食荷兰水的娟好姊却被他盯得肚子拱了起来，最终被安排住进密山新村云云房舍之中，暂别了她抛头露脸的前半生。

话说前几天陈金海被抬上黑箱车的时候，杜丽安正坐在她居高临下的柜台里俯瞰。戏院厅堂被两场《荡妇迷春》的观众堵得水泄不通，人们都在大嚷小叫，啊是他，是陈金海。

"都什么日子了，他不是州议员候选人吗？怎么不去拉票，竟然跑到这里来看电影。"

你别管，你们懂什么？躺在担架上的陈金海双眼半睐，嘴角微翘，依然维持他惯有的一副似笑非笑、高深莫测的表情。仿佛他对明日的竞选胜券在握，又仿佛在大选前夕来看《荡妇迷春》并且暴毙在座位上，其实都是他的竞选策略，或者那是他们党指派下来的一项行动，一种民意调查。

杜丽安真不敢相信，这人在一个小时前，还曾经笑叽叽对她说，阿丽你真靓，比范丽还漂亮。

范丽？哚！杜丽安下意识地看看自己的胸脯，看是不是绷了颗纽扣。男人，臭男人！他们就喜欢去捧肉弹的场。她记得《催命符》和《金菩萨》公映时，戏院里乌烟瘴气，做矿工的、做泥水的、车夫、厨子、棺材佬，还有各行各业的头家与政客们济济一堂，就连老爸也托她留了几张票，大模大样地领着几个赌友来凑热闹。

范丽有什么好呢？不就是胸前的肉多一点，身上的布料少一点。男人看见她肉体横陈便把持不住，像上了发条似的不发不行。记得老爸看完半夜场便急急跑回家里抱老婆。杜丽安和弟弟在隔壁房里感到地板的震动，听到苏记嘟嘟囔囔，发出一阵恨得牙痒痒似的咒骂。

作死啊你，作死乜。

月亮黯淡，如一盏灯罩被熏黑了的火水灯垂吊在锡埠的天空。借着窗外透进的微光，杜丽安看了一眼躺在地板上的弟弟。空气中萦绕着蚊香的味道，苏记在磨牙齿，地板在战栗，街上有人推着卖冬粉汤的三轮车辚辘辚辘走过。

杜丽安的弟弟是个十四五岁的少年，因为书没念好，很早便辍了学，在华仔大炒那里做杂工，不久前才升了做打荷。《告别的年代》一书完全没有提到这后生的名字，杜丽安与父母都管他叫"阿细"。

后来经你的查究，在小埠自行演化的广东话语系里，

"阿细"这称谓来自二十世纪末最后几年,已经发展出全新的含义。它在锡埠辞典里指的是"老板",并且只在当面称呼时使用。而且在这个时候,过去在小埠盛行的其他相等的称呼,譬如"老板"、"老细"或"头家",几乎已完全被"阿细"取代。因此人们后来会在大街小巷,特别是在茶室里,到处听到有人在喊"阿细"。

"五一三"那天,杜丽安看见阿细被别人用脚踏车载着,行经老街桥头。弟弟向她挥了挥手。看他的一身轻装和挂在背上的球拍,杜丽安知道他又要去打羽毛球了。当一名羽毛球国手一直是阿细的心愿,但他其实并不清楚国手是怎样当上的,他和杜丽安都以为只要天天到球场打球,总有一天会像那些未出道的明星一样,被"星探"发掘。

眼看弟弟被阳光模糊了的身影消失在桥头上,杜丽安并未意识到那日子有多么不寻常。过去几天,小埠街上热闹得跟节庆似的。大选刚过,埠里的男人仍然沉浸在大选结果,候选人陈金海之猝死,以及电影《荡妇迷春》停映后仍然高涨的激情和亢奋中。他们咧着嘴坐在茶室里,说话的声音特别响亮,动作特别夸张。人们互递香烟,争着给对方斟茶,不时哄堂大笑,或者口吐脏话却态度友善。

后来杜丽安不断回想那一天,才觉得当时的情景欢乐得像随时要蹦出一个卓别林式的比南利来。那画面充满电影感,其实有一种不祥的味道。

在大街停留了两个小时以后,杜丽安帮苏记赶在三点下午茶时间之前,把摊子推到旧街场一条有很多干货铺的老街上。那里是埠内许多金漆招牌和老字号云集的地方。街上终日飘荡着虾米的咸香和咖啡甜腻的芬芳。陈金海那打通三间店面的五金店就在街角。这天那五金店拉上铁闸,已故陈金海的竞选海报在那铁闸上排成一列,大部分业已残破,其上的每一个陈金海都焦头烂额,而隔壁洋货铺里的播音箱却不识相地传送着欢快的淫靡之曲。

哥仔靓靓得妙,哥仔靓咯引动我思潮……
真够妙,真够俏……
三魂都被你勾了咯……

街上人来人往,大卡车停在小巷里卸货,搬运工们微红的汗水如蜡染般印在那些胀鼓鼓的麻包袋上。点货的人站在五脚基那里吆喝,三轮车夫露出满口烟屎牙在吃力地蹬踏板。车子行得很慢,灰黑色车篷里有一只富态的手在摇折扇。

像平日一样,高温的空气里隐约有一股煎烤动物尸体的味道。

老街背后有一间培华小学。下午三四点之间,要是班上没课，学校的老师都会穿过一排店铺中间的防火巷，出来吃一盘炒粉或一碗红豆沙。杜丽安一直观望着从学校那里走出来的人。每看见有穿衬衫长裤的瘦高身影出现，她便紧张地转过身去干点什么，或赶紧打开那一本大书，假装在认真检阅书上的蚂蚁大队。

等了好久，那个叫叶莲生的高个子终于穿过倾斜的阴影，从小巷里走出来。杜丽安内心一喜，心房里养的鼠鹿禁不住扑扑扑乱跳，让人六神无主。不知怎的，杜丽安最怕面对读书人了，这些戴眼镜的斯文人说话像播音箱里的主持人，每一句话都文绉绉，加上脸上一副很诚恳的表情，叫人明明听不明白却仍觉得有纹有路。杜丽安平日接触的人不少，她也算口齿伶俐，就连陈金海那种油腔滑调的人来吃豆腐，她也可以从容应付。可每次看见叶莲生，她却不知怎的总会舌头打结，老半天想不出该说的话来。

你在笔记簿里抄下"叶莲生"这名字。小说中，他祖籍广东番禺，从石象镇调到锡埠培华小学才大半年。皮肤有点黑，却有一口好牙齿。虽然是教书先生，可他没近视眼，而且眼神真挚，看人时总像在看着孩子；两道眉特别醒目，像两把刀。难怪杜丽安会钟情此人，你也对他有好感。叶莲生，这名字怪好的。他的孪生哥哥后来才出场，叫叶望生，你也喜欢。

2

你把那大书抱在怀里,带回五月花。上楼时碰上正要出门的细叔,他一边点烟一边说有朋友死了,今晚要去守夜,应该会晚归。你含混地应了一声便侧着身子从他身边钻过去,也没听真切去世的是谁。五月花三层楼全是烟味,每一间房都像盘绕着阴魂似的,充满了不属于人间的杂音和气味。阶梯像通了灵,脚还没真踏上去就听见木板的呻吟;每一扇门的关节都生锈,推也好拉也好,都响;厕所的水龙头总是旋不紧的,滴答滴答,仿佛时间无休止的舞步;空气都湿漉漉的,衣服要拿到天台上才能晾干。

你到301号房,闩上门后,依稀还听到细叔的脚步声。他走到底楼推开铁闸门,又拉上。你亮了灯,坐在书桌那里打开你的大书。日光灯管里像养了一只孤独的蝉,因为你回来它便开始鼓噪;很单调,像是怨诉,像一支无穷尽的《大悲咒》。自从母亲死后,这支日光灯便开始出状况,但你已经习惯了,以至你并不察觉那灯长久以来对蝉的想象。

灯光冷而苍白,你把书摊开,细心地阅读和做笔记。书里的油墨味道浓郁而新鲜,它慢慢扩散在301号房间里。你觉得那真像鸦片或某种其他麻醉药的味道。它婉媚如蛇,缓缓缓钻进你的鼻腔，透入你的血管，让你产生幻象。你看见书页上的蚂蚁在移动，它们在改变队形，也许是在偷偷调换位置。你感到眼皮愈来愈沉重，而在你终于伏倒在书本上的一刻，你几乎已经看见杜丽安、阿细和叶莲生。

醒来时你躺在床上。那里是母亲咽下最后一口气的地方。尽管你已经换了全新的床褥，但你仍然感觉到下面的床板凹陷了母亲弥留时的形状。你躺卧在死亡的凹痕里，像躺在一个曾经煮死人的大镬里。母亲，她死前念着说很想吃肉，于是你到街尾的印度饭店买了咖喱羊肉。那味道还在房里。她吃得狼吞虎咽，不断有咖喱汁从嘴角淌下，落到她的大腿上。饱足后她坐在床上，腿伸直了，两眼有点翻白，但你知道她在看着你，就像阴魂附在问觋者身上，温柔地凝视你。你看不见她眼睛里的眼珠，但你感知那里面有一种告别的意味。我在这人世已经饱足，我再无所求。你呢？呃，你今天到图书馆去了吗？你找到了你的父亲吗？

那味道还在。一种调侃的意思。"你找到了你的父亲吗？"仿佛她把父亲藏起来了，而这不过是她在张腿分娩时设计好的一场恶作剧。你生下来就注定要参与这场游戏。母亲总爱诱惑你，要你把她买给你却马上藏起来的玩具——找出来。但你童年时就隐约明白了其中的蹊跷，有时候母亲所说的玩具并不存在。她说你别烦我，我今早给你买了一支电光枪，你去把它找出来。

"怎样的电光枪？"你放手，不再揪住她的袖子。

"一支蓝色的枪，会发出红色闪光。"

"会响吗？"

"会的。有像机关枪那样嗒嗒嗒嗒的声音。"

那是你一直找不到的物件之一。你把五月花三层楼都找遍了。底层的厨房和柜台，包括那上了锁的抽屉，小厅里的藤椅、脚垫，二楼的五个房间和盥洗室，三楼的301号房至305号房。你移开墙上的月历和挂画，打开那些有一股霉味的衣柜，也趴在地板上窥探床底。你打开母亲放在床底的行李箱，把里面的东西全掏出来。那里面有一袭水蓝色发亮的长裙和你赢得的破奖杯，却没有电光枪的踪影。以后一整个星期你都在寻找母亲口述的那一支电光枪，直至你不得不怀疑它的存在。你去向母亲求证，她昂脸，扬起两笔文上去的眉毛，用胜利者的表情睥睨你。啊哈哈，你找不到。

你找不到的不仅仅是那一支电光枪。以后母亲还会不断描述许多你未曾得见的东西。一只圆形面板，上面有罗马数字环绕的手表，一双有银色鞋带的球鞋，一本老师说"最好每个人都有"的英汉辞典。要不是你经常也真的找到了她告诉你的礼物：一整盒的玻璃弹珠，一个印了金刚战士图像的铅笔盒，一双新的帆布鞋加两对白袜子，一个魔术方块，一盒两千小块的拼图，一个新书包，一部手机……你或许早厌弃了这种寻宝游戏。五月花已经被你里里外外地翻了无数遍。你熟悉那里的每一个角落，也比任何人都更清楚所有物件的摆放。母亲也很聪明，从来不重复她安藏物事的地方，你甚至发现了她喜欢悄悄更动物件的位置，譬如把原来放在左边床头柜里的指甲剪，放到右边的柜子里；或者把第一格抽屉里的袖珍型收音机，放到下一格抽屉。

你怀疑母亲那样做，纯粹是为了扰乱你的心智，混淆你的记忆，以加大寻找的难度。五月花本来就有十个摆饰极度相似的房间。房客离去后留下混杂度相近的各种味道，尼古丁、汗、避孕套上的润滑剂，偶尔也有酒精或呕吐物。这些气味使得每个房间都如出一辙，像十个老残的妓女，她们出奇的相似，让人难以辨识。你见过这些妓女了。她们浮肿的眼袋里装着茫然的双目；两颊严重下垂，把嘴角往下拽。你走近她们，可以闻到她们因阴道腐败而发出一股由内至外的霉味。

但母亲不会对自己的行为有所解释。她死了也就死了，最后只对天花板念了一句"一生一世，直到永远"，听起来像某首歌曲里的歌词。她在人世留下许多似有还无的东西。她收藏物事和偷换环境的把戏，让五月花这所小旅馆始终扑朔迷离。及至她离开很久以后，你仍然怀疑五月花还在细碎地变更各种物件的方位。仿佛母亲还活着,也回来过的,或者她这回把自己藏起来了,跟你玩另一种捉迷藏。

母亲当然不会让这种游戏停下来。她乐此不疲,让你在寻觅中无可避免地想起她,甚至也诅咒她。临死前她向你描述了她生命中收藏最久的一件"物事",她知道你知其存在却不敢讨要。

"你不是一直想知道你的父亲吗?"

你回过身看她。她躺在床上,得意地晃一晃她的脚掌,就像她正跷着腿说出了一个新的谜题。

父亲。她能把父亲藏在哪里?你们都明白那是最后一次角力了。你盯着她良久,想看到那沉落在眼睛里的眼珠,如落到浊水深处的玻璃珠。唉,母亲你如此处心积虑。她把搜索的范围扩大,指引你到图书馆去找。你有点不能相信母亲会说出"图书馆"这个词。她说你得先找到这城里最古老的图书馆,它就在这城中某个隐蔽的角落。

"他那时整天窝在那里,一边翻资料,一边写书。"

"写什么书?"

"不知道。"母亲闭上眼,似乎在回忆,又像在绞尽脑汁要好好撒一个谎,"他说是一本很了不起的、伟大的书。"

"他是作家?"你觉得"作家"这个词很别扭,要把它说出口了你才感觉这像一种根本不存在的职业,也可能是因为它很像被淘汰了的过时的书面语。正如"父亲"一词，只有说出来了才发觉是个禁忌。

母亲当时没有回答。你也就没有追问。你必须小心翼翼地保护这脆弱得像蛛丝一样的谈兴。她极容易败兴，却很容易满足；喜欢撩人，却似乎害怕被缠住。她要走便走了，你记得她最后只打了一个饱嗝，回馈这世界一室咖喱羊肉的味道。

她已达成夙愿。人生漫长，能在饱足而无求，甚至有点得意的一刻死去。像她平日睡觉一样，双眼不全合上，仿佛她于戏谑后偷窥你的反应。嘿，我死了，怎么样？你为此表现得十分平静，乃徐徐回身，继续埋首把当天的作业做完。傍晚时细叔从外面带回了晚饭。你停笔聆听。楼下有人推开铁闸门，拉上。脚步声十分可靠，由浅而深。你在心里计算，大概四十三步，他就会来到301号房门前了。叩叩。

细叔这点让你很欣赏，他懂得敲门声隐含的某种得体的距离。母亲向来是不敲门的，偶尔她敲门也只是为了模仿细叔去混淆你的知觉。这把戏自然骗不过你，她不晓得在两下叩门声之前，还有四十三响男人的脚步。即便她知道吧，那也不是她能模仿得了的。

你打开门，对细叔说母亲"似乎"死了。他竟不十分惊讶，从容地把手中的饭盒递给你，"那你看能不能把两包饭都吃完吧。"说完他才走到床畔，两手叉在后腰，始终没有伸手去碰她，仿佛他正站在展览厅里看一具不准碰触的木乃伊。他喊她，喊她的名字，然后静默地等了一阵，像在等待自己的声音从阴世回荡过来。"嗯，你妈死了。"他点点头，语气很确定。你留意到他说"你妈"而不是"她"死了，那像是在撇清关系；这不再是你们共有的女人，他把她还给你了。

细叔蹑手蹑脚地走出去，像是担心会把母亲吵醒。他在房门外掏出手机来打了几个电话。当他在与电话里的人讨价还价时，你坐下来开始吃晚饭。几乎就在你吃完自己那一份时，细叔转过头来对你说，行了，五千五百块钱；他们明天早上来。

母亲在殡仪馆停棺一晚。既没打斋，也无人哭泣。细叔找了佛教会的一伙人来草草念经，还有经常在五月花出入的几个老妓女也来坐了一会儿。你听从细叔的指挥，耐心地把手上的纸钱一张一张扔到火盆里。殡仪馆的人问你们有没有要给死者陪葬的物事，你摇摇头，细叔则从衣襟的袋子里拿出一盒未曾拆封的香烟，"这个给她。"

那人把香烟放到母亲手中，在场的几个老妓女看见了，便也纷纷从身上掏出香烟来，或半包或几支，都扔到棺木里。

你有事可做，时间眨眼便过去了。直至一大摞纸钱都烧成灰烬，来坐丧的人也都去了吃消夜，夜静更阑，你才渐渐滑落到孤绝之境。母亲走了，也就走了。你走到棺柩旁，在打开的小窗口里看她敛色屏气的样子。眼睛始终微启，像在说，嘘，别告诉别人我在这里。

去去去，去把电光枪找出来。

这是一个奇怪的母亲，她一直把自己当成你的玩伴。你以为是因为她自己拒绝老去，便刻意忽视你的成长。妈。你想触抚她，碰到的却是镶在那里的一片玻璃。因为那镜花水月的咫尺，母亲的脸上恍惚浮起笑影，依然得意扬扬，神秘不可言传，如同扑克牌上的女皇。

翌日所有仪式都完毕后，你乘两趟车到城市另一头去了一趟。你像几年前那样，到站后步行一小段路到那所男英校，站在一个不起眼的角落等待放学的人群拥出大门。阳光猛烈，钟声不响，学校外面许多等着接孩子的家长都频频看表。你却有无比的耐性，再也不像当初站在童年与少年的交界时那样焦躁。好长时间未见，你仍然相信只凭一眼你就能把他认出来。他，你的J。事实上，你已经先看到他的母亲了，那丰腴富态的女人坐在一辆崭新的，像刚从车厂开出来的车子里。在听音乐吧。脸色温柔，浅浅印着微笑的暗花。

3

小说的后半部出现另一个杜丽安。你随意翻了翻，感觉到作者的意思是——此杜丽安正是《告别的年代》一书的作者。这让你感到迷糊了。那感觉像是沿着迂回的走廊打开一道一道外观各异的门，而最终竟通向原处，或至少是一个与"原处"极其相似的地方。

也许是为了将自己与前面的杜丽安区别开来，后面的杜丽安给自己取了个笔名，叫"韶子"。在书里，韶子是个业余小说家；一生都在书写女性神话[①]。有关这个杜丽安的生平，作者一反之前的笔调和风格，从小说叙述转换成人物传记混合论述，又夹杂了叙事文章的写法，而且笔锋古怪，半文半白，几乎让你怀疑它出自另一人的手笔。

尽管只是随手翻阅，但这一部分的文字毕竟带给你很大的震撼。你觉得这书若非胡乱拼凑，则很可能是一本深奥、晦涩、庞杂，你或许永远也读不懂的大书。可这样你也多少明白了这书何以会流落到图书馆的"其他"类书架上。它确

[①] 摘自《不死的杜丽安——韶子编织的女人神话》（作者署名为"第四人"），二〇〇三年《同根生》月刊。

实难以界定。它逻辑混乱，自相矛盾。或者就像书中的评论家"第四人"所说的，它根本就是一本"倾轧之书"①。

---

①见《多重人格分裂者——剖析韶子的〈告别的年代〉》——"《告别的年代》以历史书写为名目，实则揭露的却是作者本人的记忆创伤以及久治不愈的心理病态，即她乃一名多重人格分裂者之事实。也因此《告别的年代》主要为其病状之投射，是一部倾轧之书。"

第二章

1

第四人说，《告别的年代》严格上不能算是一部小说。这第四人显然是位严谨的评论家，并且因为一辈子都专注研究韶子的作品，因此对书中的历史背景，甚至于地理环境，都做过深入的考察。据他指出，韶子笔下的锡埠并非虚构，就连书中的某些事件和人物也都颇有根据。唯小说家学识浅薄，加上文学功底不足，处理历史大题材便显得力不从心，反而把真实写得像道听途说。他甚至质疑韶子对待历史的态度，认为她不过是坐在老街茶室里，听过一些老人口述旧埠逸闻。

这些老人对她所打听的人物印象不浅。那里的老街坊把那人称作"钢波"，并说他过去是私会党的小头目，顶头老板庄爷则是显赫一时的私会党主帅。当时以旧街场老河为界，北岸由老街至火车站一带，前有华人商街后有印度市集，油水最多。那里由大伯公会的庄爷打骰。钢波曾经是庄爷的心腹，当时他正值壮年，长得彪壮，脖子比大腿粗，上面挂的足金项链粗若尾指，好不意气风发，人称"建德堂波哥"。

根据第四人的考察，当你在读这小说时，建德堂已经名存实亡。但老河畔大伯公庙犹在，仍然与培华小学为邻。第四人曾亲身到那里，看到的是一座被百余年香火熏黑了的小庙，像个忍者，正缓慢而悄无声息地融入自身的背景里。庙门前一对石狮子长了一口烟屎牙，嘴里还叼着大把陈年香骨。

钢波在那庙里见证过许多事。他少年时在古庙义校读了几年书，闲时闲日都在那周郊溜达。后来拜了庄爷做谊父，自己打出名堂来，当了建德堂堂主，便常常陪庄爷到庙里主事。那里三天两头都有人斩鸡头发毒誓，好些兄弟结婚娶亲也在那儿行礼，后来庄爷还险些在大伯公眼皮底下断送性命。钢波行婚自然也在大伯公庙。彼时赏脸来的人可真多。兄弟们都起哄说，波哥你走运了娶这么个靓老婆。

靓老婆确实长得俏丽，身材比那明星范丽更惹火。范丽？新娘子禁不住蹙了蹙眉。她偷眼看了一下，满堂男人谁不在挤眉弄眼，一脸淫笑？她下意识地看了看自己的胸脯。难道绷了颗纽扣？她一阵羞臊，耳根先发烫，脸蛋马上烧起来似的。待别过脸去,看见苏记一张欲哭无泪的苦瓜脸,弟弟阿细则由始至终盯着自己的鞋尖,还把脸绷得像电视里痛心疾首的黄飞鸿,杜丽安突然感到心酸极了。

为了杜丽安要嫁给钢波的事,阿细已经两个月没怎么跟家里人说话。杜丽安知道弟弟气那钢波的年纪比她大了二十岁,而且财大气粗,双臂盘龙宽背踞虎,全是鬼画符。再说这人生活荒唐,除了在渔村老家有妻有儿,在这小埠也终日桃红柳绿,真真假假,不知传说过多少莺莺燕燕。

以前在戏院门口卖荷兰水的娟好也来劝。"我就是个版啊,你看。"娟好姊摆正姿态,她怀中那三岁幼女也配合着转过头来,母女俩同一张可怜兮兮的脸。杜丽安看她也着实凄凉。小女孩那略微长歪了的矮瓜脸上全是隔夜涕泪的残痕,嘴角有败糊,日子可想而知。据说陈金海死后,娟好姊只分得密山新村的一间小排屋。眼看要坐吃山空了,她只有抱着女儿四处求人。再开个档口吧,要不就去给大排档洗碗了。

娟好姊没说几句话,自己就感怀身世,哭了起来。来劝人者反要被人劝。杜丽安手忙脚乱,倒是那小女孩一直伸出肮脏的小手替母亲拭泪。这一幕以后经常出现在杜丽安的脑海,它就像个漂浮在水上的软木塞子,不管杜丽安怎么用力,总无法让它沉到水底。也因为这画面,杜丽安对那矮瓜脸小女孩生了莫名的好感。记得阿细小时候也曾经那样替她擦泪，谁想到有一晚他会将杜丽安给他的抱枕踹开，转过身去，从此背向她。

那一夜可真热，腋窝不断泌汗。蚊子也特别饥渴，都无视蚊香的循循善诱，反而像赴一个阎府统请的饮宴，把姊弟俩当成两支特大号的红色荷兰水，拼命往他们身上插吸管。

杜丽安彻夜都在噼噼啪啪地打蚊子，拭汗，搔痒，以及翻来覆去地想着白天无暇去想的事。蚊子轰炸一轮后稍作休息，黎明时乘着回教堂的诵经声浪再一次来袭。其时杜丽安已困乏得无力反抗。她蒙蒙眬眬地看见阿细起来擦亮一根火柴，蹲在墙角点燃了新一卷蚊香。她和蚊子都被那催眠的味道熏着了，意识逐渐飘浮，她听见自己喃喃地向弟弟解释她和钢波之间的事，但阿细蹲在墙角不做反应。杜丽安艰难地咽下一口唾液，还想再说什么，却缓缓陷落到河流那样绵长不绝的《古兰经》里。

那一夜过后不久，杜丽安因为感染热症被送进医院。苏记要开档，便每天准备好饭食，叫阿细给姊姊送过去。阿细也没推搪，但去到医院后姊弟俩总觉得无言以对。阿细也嫌病房里全是女人，因而放下饭盒后便转身到外面的露台去等候。有一回阿细迟到，碰见钢波正在给姊姊泡燕麦片。钢波浑身肌肉，手背青筋偾张，手上还戴着笨重的金表金戒指，拿着小茶匙干活显得特别笨手拙脚。阿细看见他的后脑勺有点秃的迹象了，额线又那么高，偏还用大半罐蜡油梳了个飞机头，怎么看怎么像奸贼。

以后苏记只要想起来了就会对人说，命啊，都是整好的。

"千挑万拣，选着个烂灯盏。不由你不信。"她大半生都这么说。

阿细留意着钢波。这烂灯盏只比苏记小了几岁，而那时他已跟着姊姊把苏记喊作"妈"。

妈，这是海味，这是点心。

这几个可是最好的榴梿。这是阿丽给你选的两块布料；这是两条小金链，一对玉镯。

给阿细的皮带和长裤，给爸的金表。

一点小意思，别跟我客气。

我们是自己人了。

你放心，妈。

我会好好待阿丽。

烂灯盏捧着大杯子到处去找热开水。他逮住一个路过的印度清洁女工，扯开大嗓门用蹩脚的马来话问她。哎，水呢？热水？四楼病房里所有人都被他那充满杂质的声音震得耳朵嗡嗡响。杜丽安略微不安地垂下头，又忍不住抬眼偷看。

烂灯盏，响着破铜锣之声。水呢？热水呢？

翌日阿细再来，看见姊姊床边多了一个特大号的暖水瓶。杜丽安吃饭时总是在偷瞄那不锈钢做的瓶子，眼神复杂得很。阿细何尝不是百感交集。他们都想起多年前老爸赌钱欠债，屡次把家里的东西拿去典当。每一回苏记都循例顽抗，嘴里吱吱嘎嘎，像只猕猴似的飞扑到老爸身上，又捶又打，誓要夺回她的金链、玉坠、收音机、电风扇、暖水瓶。那些物事在当铺多次转手，其中金链和玉坠最是身经百役，最先殉难的则恐怕是暖水瓶了。

当时率人上门来讨债的不正是钢波吗？姊弟俩都记得家门被踹坏了，几个人把老爸按倒在地板上，噼里啪啦，老爸哇哇怪叫，当场被打掉一颗门牙。钢波拿起桌上的暖水瓶，对准老爸的左手背重重一戳。那暖水瓶的盖子没旋紧，热水四溅，把老爸的手烫得冒烟。

阿细记得很清楚。他那时被苏记揽在怀中。苏记瘦得胸腔凹进去了，仿佛那里有一个窟窿，刚好可以让他容身。姊姊杜丽安瑟缩在苏记背后，不住扯苏记的衣摆。他们都听到苏记咬牙切齿地重复嚷嚷：

冇阴功啰，打死人乜。

那时候钢波尚无秃顶之虞，身形硬朗精瘦，臂上只刺了一只青色的长尾怪鸟，想起来有点像《精武门》里的李小龙。他把暖水瓶狠狠掷到墙上，那水瓶哐当震破胆，热水洒了一地。钢波在老爸的汗衫上擦手，又朝地板吐了口唾沫。阿细记得他离开前回身看了一眼，穷凶极恶，像要杀人全家。

而今钢波却说要娶杜丽安，还说放心，我会好好待她。阿细打死不相信这种承诺。但姊姊满怀心事，说自愿嘛她在钢波身边总有点不自在，说不愿嘛她又显然欲拒还迎。阿细觉得钢波一拨一拨的银弹攻势让姊姊变得蒙昧，就连苏记的态度也变得模糊，他逐渐看不透。

那个黎明时分他爬起来点蚊香，听到姊姊在睡梦中嘟嘟哝哝。阿细我都廿六岁了，你别管姊姊怎么选择吧，我决定的我就不怨人。他猫在那里很久，迟疑着该说什么，也不确定自己能不能把回答传入姊姊的梦里。

杜丽安出嫁的前一日，姓叶的那个教师倒是出现了。阿细透过百叶窗看出去，看见他在楼下徘徊。以前阿细是见过他的，杜丽安还曾经安排他跟阿细一起去打羽毛球。所以仅仅看那瘦高的身影，阿细也认得这人。叶老师。他推开窗门。

叶莲生抬起头。那角度看来，阿细还真和培华小学里的高年级生没两样。他举起手掌挡了挡上午时分干净的阳光。阿细很快走下楼来，两手捧着一本沉甸甸的书。叶莲生约略明白那是怎么回事，他把书接过来。

"你姊姊不在？"

"她交代了，如果你来，还你这个。"

叶莲生点头，"她没有话要说？"

阿细挠一挠后颈，右脚使劲地拿他的日本拖鞋刨掘地上的沙土，"她说这书她读不懂，也没读完。"

叶莲生再点点头，然后等了一阵，像注视一个孩子似的直视阿细。阿细以为他是在等待自己把话说完。于是他挠一挠耳背，说："姊姊说谢谢你。"

这一回叶莲生总算听明白那告别的意思。他苦笑，看了一眼怀中的书本。硬皮封面上的烫金字体在阳光下闪闪发亮。"叫你姊姊好好保重。你说，我希望她过得好。"说完他伸手在阿细的头顶拨了一下。

"你也是，头发该剪了。"

在那手掌之下，阿细像个孩子似的抬起头来。那天叶莲生才刚从拘留所里出来。在里面过了整个月，他自己看来也不修边幅，神情憔悴，胡子都参参差差地撑出来了。阿细还记得他在街上被警察拖走的情景。那些穿制服戴头盔的警察从装甲车里冲出来,像玩老鹰抓小鸡,很快把他们整个列队击溃。人群向四处散开,有几个比较强悍的反而冲向警车,挥动手上的横幅棍子,跟武警周旋起来。叶老师算一个吧。可人家一手持厚盾,一手执短棒,没几下便把他打倒,硬将他拖上车。

杜丽安那次没冲上前去抢人,她还拦住阿细,对他说,没用的。"让他关几天吧,该放的时候自会放出来。"阿细也没真想冲出去。他回头看看被檐影吞没的姊姊,再看看那在装甲车前顽抗的叶老师。真高,真瘦,柳枝似的扭扭摆摆;手上的长棍被夺走了,那写着经济政策什么的布条却缠在他的腰上。

叶莲生走的时候,老爸正好哼着小调走下楼。他抬眼看了看那瘦长的背影,问阿细,又是那个牛头党吗?阿细没回答,直至叶莲生的背影消失在街角后,他昂首看看楼上的窗口。姊姊的脸像一张诡异的面具悬挂在那里,没有表情,也不知道眼睛在注视着什么方向。快正午了吗?阿细伸手拦了拦阳光,阳光便静静地停在他的手背上。

2

你去见了J。仍然像过去那样,维持一种可望而不可即的距离。可你终究一眼把他认出来了。当放学的人潮排山倒海,你比他的母亲更早在那一大片白衣白裤的学生中发现他。他看来没怎么变化,几乎就像你每天看到的镜中影像。尽管他一身雪白地站在阳光下,璀璨得像一颗明珠;而你在戴孝,身上披着一袭蚀人的暗影,但你觉得自己可以把他看透。他的偏瘦,他的纤弱,他的阴柔,他消化不良的胃肠,他青春期的躁动;今晨的空茫,昨夜的自渎。

他带着笑坐上那一辆新车子,有同学经过时向他挥别,也有人朝他比了个通电话的手势。他的母亲一直在对他说话,并给他递了两张纸巾。他拿那纸巾擦了擦脸,以一种夸张的表情回答了母亲的一些话。车子缓缓开动,慢慢穿过人潮,你看到他们母子俩微笑的侧脸。扑克牌上的王子与女皇。车镜反光,人面消沉。

J尚在。你于焉满足。回去的路上,你在车上断断续续地入眠。每次醒来身边坐的是不一样的人。印度女孩,马来孕妇,华裔老妪。这让你感到时光在车厢里来回施法。以前你也坐这车子回去,脸上带着胜利的笑容,把书包紧紧揽在怀中,像小时候抱着刚寻得的新玩具。

那天下午你回到五月花,像此刻一样,吱呀推开301号房门。母亲不在,但你听到她的呻吟从隔壁302号房传来。你放下书包,从抽屉里翻出那一台袖珍型收音机,扭开声量,用暴躁的摇滚乐去反击穿墙而来的声浪。母亲却不隐忍,反而像作对似的大声哼唧唧。你打开作业本开始做功课,数学最有效,追寻一个理论上已经存在的答案,一个藏在空无里的真相。于是你愈投入愈平静。音乐在斜照的阳光中与尘埃一同沉没,隔壁的淫声浪语遂亦止息。后来母亲哼着歌推门而入,你没看一眼。

她问你晚上要吃什么,你也没有答复。

她趋前来,把收音机放到你桌上,手指来来回回地转动那调节音量的齿轮,又跟你说了些有的没的。反正不让你专注地把作业做下去。你索性放下笔,袖着手。你想到了好主意。你关掉收音机。

"我找到了你找不到的东西。但我不会告诉你,它在哪里。"

"什么东西?"她会不过意。

"你失去的总有一天你会想起,但我不会告诉你。"你昂起下颌,微笑着缓缓重复一遍。我不会告诉你。

从此J被你收藏起来。偶尔你会乘两趟车到那所男英校去守候。他无恙,依然在阳光充沛的地方生长,你就安心了。每一趟回去的路上你都想象着有一日母亲会记起她所失去的;她会狡猾地诱你去寻觅她已忘记放在什么地方的,你的J。她会跷着腿,摇晃那悬挂在脚趾上的人字拖,忽然对你说,哎,你知不知道你有个哥哥?

或者是弟弟。

莲生,或是望生。你几乎以为就是叶莲生了。那人坐在母亲描画的图景里,从好几摞书和文件中,抬起头来看你一眼,锈黄的时光便凝固在瞬间。他是最有可能坐在图书馆内写"大书"的人。叶莲生,生卒年未详,祖籍广东番禺,出生于银州石象镇;读书人,左派,劳工党。曾多次参与示威,无数遍出入于拘留所,教师饭碗自然是保不住的,后来也被内安法令请到北岛木蔻山小住数载。

你在笔记簿里写下叶莲生说的话,我希望她过得好。而钢波说,放心,我会好好待她。

日光去巡视别的房间,301号房逐渐昏暗。你按键亮灯。你习惯了亮灯而不是去开窗,你习惯了灯里的蝉嚣和五月花的沉寂。这里是你和母亲住得最久的旅馆了。你们在此城和彼镇流离浪荡,寄居过许多类似的小客栈。它们都得从侧门上楼,房间里摆设简陋,桌上型风扇徐徐摇头。每一层楼只有一个公共盥洗间,傍晚总有几个穿拖鞋的妓女拿着面盆在走廊上聊天和抽烟。

如果你在那时间经过那狭窄的走廊,她们可能会相继伸出手来乱拨你的头发。她们像在庙里求财,或在什么观光地触抚巨大的阳具形天然石一样,争相触摸你的脑勺。她们喊你，但她们不知道你的名字。每一所旅馆都只有母亲一人知道你的姓名；她知道但她从不喊你的名字。她也像别人那样把你叫作细路，再长大一些就改称靓仔，似乎那么做你便无法在众多穿睡衣捧面盆的妓女之间将她指认出来。

那时候你年纪太小，那些寄居也都太短暂，你们没有必要记住任何街道和旅馆的名字。你知道不管去到哪里，每个房间都只有一扇窗，每一扇窗外面都只有一条穷巷。五月花自也如此。只是母亲住下来以后再没离去。多少年了？养在灯管里的蝉卵孤独地孵化。301号房成了你们母子的住所，再也没有各种各样的男人进来，出去。进去，出来。

细叔给三楼的房间都装了一台二手冷气机，大多数没用多久便发生各种故障。漏水最常见，三楼因而特别潮。房中水汽氤氲，梦生寒雾，母亲便常嚷着关节疼痛。细叔带她去做过针灸，也去找过别的中医，用舂碎的湿药草热敷，以塑料布捆紧，外面再缠绷带。母亲的膝盖被裹成粽子似的，出入常由细叔搀扶。你看到妓女们瞄着他们半掩着嘴窃笑，便约莫懂了母亲何以不再迁徙，并且还开始设计了五月花里层出不穷的寻宝游戏。

十余年过去，五月花残破至此，里面的妓女老的老了，死的死去。房间都装了吊扇，所有的冷气机都像古董，安静地摆放在原处。来帮衬的嫖客日渐稀少。细叔雇了个老人照看，自己在外头与人合伙搞些拉拉杂杂的生意，傍晚时带着买来的晚饭走四十三步到你们的房门外。叩叩。

嫖客不来，细叔不在，偌大的五月花成了你的小世界。你走到每一层楼，打开每一扇门，发掘每一个大大小小的空间，再小心翼翼地逐一掩盖。至今你仍然会习惯性地挪一挪墙上的挂画，怀疑那里也许是某个暗室的入口。也仍然猜度着厨房或柜台底下藏着你所不知道的地窖，那里面堆放着你一直寻不着的物件。母亲那膝盖肿大的幽魂。虚妄中的真相。

母亲死后，五月花里的空间逐渐失去意义。你对301号以外的房间再提不起兴趣。但这旧楼房终究会制造声音去凸显它的空寂。或者空寂本身就是一面可以映照声音的凸镜。水滴。四十三步。每一扇门开关时的古怪声响。床垫的坏弹簧。冲厕。拖鞋。擤鼻涕。细碎的人语。搓麻将。咳嗽。电视。蚊子。女人的呻吟。叩叩。202号房的坏风扇。吐痰。蟑螂碎步疾行。壁虎求欢。面盆打翻在地上。

细叔依然在给你买晚饭。每个周一早上，你也仍然可以在隔壁房的衣柜顶上找到你的生活费。那些皱巴巴的纸钞让你感到母亲回来过的，她拖着溃烂的瘸腿，把给你的东西都布置好，再把自己藏到五月花一个未知的空间里。你去找啊。你去找。

3

小说里,韶子是个早慧的小说家。二十一岁那年发表了中篇小说《失去右脑的左撇子》,因在国外得奖而备受瞩目。那时候在国外得奖是件大事,加上韶子本身只是个国中毕业生,学历不高,得奖时她还是个在夜市场卖内衣裤的小摊主,而她的得奖作品《失去右脑的左撇子》写的显然是本国的历史题材。由于内容可能触及种族与政治等敏感课题,而其时茅草行动刚过,马共投降在即,本地报馆和出版社经过种种考虑,最终没有让这作品在其"出生地"出版和发表。

也因此,对于本地的绝大多数读者而言,《失去右脑的左撇子》是一部仅闻其名而不知其方物的"空闻之书"。它得奖后的多年以来,由于出版界一直摸不准适当的出版时机,作者本人对于将作品付梓也没有太强的意愿,及至某天夜里韶子的住所发生火灾,手写原稿付诸一炬,《失去右脑的左撇子》几乎完全失落。后来韶子英年早逝,因而这部传说中的作品,也即让韶子一鸣惊人的处女作,从此变得更神秘,国内只有少数几人声言自己曾阅读全文。

第四人自称是这少数人之一。根据他的说法,那是韶子书写的"女人神话／杜丽安系列"之首卷①。在第四人的研究中,他把韶子笔下的所有历史书写划归为"披着历史外衣的女人神话",并认为她对杜撰史料与伪造历史乐此不疲②。就其论述中的措辞而言,显而易见地,这位评论家对"名气过大"的韶子颇有不屑之意。

撇开作品不谈,韶子其人也许比她作品里头的任何一个神话女人都更具传奇色彩。她早慧,早成名,早逝,而且在文坛上作风低调,绝少出席任何文化活动;偶尔露脸也必然迟到早退,独来独往,一生没与几个作家朋友往来,也不接受媒体采访。然而当她以"杜丽安"的身份在坊间走动时,她却活泼浪漫,做派豪爽,为人正直果敢,英姿飒爽,且事母至孝,故年纪轻轻已被夜市场的其他摊贩与江湖小弟尊称"丽姊"。

丽姊三十五岁时,因遗传性心疾发作,不治身亡。由于家中只有老母孤家寡人,当时城中的几个小贩公会遂联合起来,代其母大事发丧。举殡三日,城里的商贩多有吊唁,江湖上也有不少故人亲去致哀。其间致祭者络绎不绝,出殡时更是扶柩者众,花圈无数,车成长龙,场面十分壮观。当时

---

① 见《不死的杜丽安》一文。
② 见《历史的伪造者——浅析韶子的小说创作》,二〇〇三年发表于《同根生》月刊。

各华文报地方版皆征得数大版讣告与挽辞，故都派人采访，那架势一点不比死了个人民代议士逊色。

根据第四人后来翻查的报章资料，丽姊的灵堂上白菊成海，周围垂下许多挽幛。中间一幅写着"秾丽今何在，飘零事已空；沉沉无问处，千载谢东风"。

丽姊风光大葬，那在城中华社几乎无人不晓。可是这些人当中没几个人知道丽姊的另一个身份。也因此"韶子已死"是杜丽安逝世半年后才被发现的事。当时她的短篇小说《昨日遗书》在报上的文艺副刊上发表，报章编辑在多次联系她不果以后，才终于追踪出她的死讯。

相比当年的一举成名，韶子后来的"默默死去"，对当时的文坛造成很大的冲击。对于华文媒体的后知后觉，文化圈中多有谴责之声，而小贩"丽姊"之重于作家韶子，更被形容为当代本土文学的哀歌。当时一般媒体多选择"息事宁人"，尽量低调处理此事。那一年适逢执权多年的老首相卸位，以温和见称的新首相刚刚接任，民间对此观望尤殷，而全球性纸价上涨的趋势逼得报业不得不节约用纸，报章版位紧缩，因此韶子死了也就死了，再过些时日便无人闻问。

韶子死后，本地文坛陆续出现不少生力军，且都纷纷在国外得奖，因此文坛生机勃勃，气象大好。然而就在这期间，过去在文学评论界十分活跃的第四人却日益消沉，甚至淡出文化圈，以后几乎再没有发表任何文章。

在小说中，评论家第四人是在韶子得了两个文学大奖后开始锋芒大露时才出现的。他对韶子的第一篇评论可以追溯到一九九〇年一个本土文学研讨会的论文集上。从那以后，他成为韶子最忠实却又充满敌意的追随者。他的教学生涯和学术研究自此以韶子为中心，围绕着她公转自转。他给韶子的每一篇作品开膛破肚，并曾在学生面前自诩为韶子的"附骨之疽"。

《告别的年代》一书里说，第四人后来提前退休，终日躲在他那堆满书籍，书籍上厚积尘埃与暗影的书房里，一遍遍地重读韶子的著作，并且在他中风下肢瘫痪后，耗了几年轮椅上的光阴去整理韶子的遗作。最后因对外征求出版基金未遂，他自掏腰包将作品付梓。

他在书的跋文中提到，韶子之死让他自觉"像一个影子忽然在光天白日下跟丢了它的实体，惶惶然不知所从"。

你感到奇怪的是，《告别的年代》的作者始终没有给这评论家一个"人性化"的姓名，甚至也没有认真交代他的背景和出身。对比韶子拥有的诸多名字和称呼，第四人在人世行走而不具实名，如影子之无须实体，如魂之无着落处。书中的他后来还决心要整理一套六卷的韶子作品全集，因多番游说华社的儒商与乡会资助不果，这计划唯有不断推延。直至八月八日晚上，当全世界都在观看那一届的奥运会开幕礼时，第四人心力交瘁，如被风掀翻的一袭披肩，颓然倒在书房里。

其家人将他断气时握在手上的一沓稿子取出，发现是他针对韶子遗作写的一篇评论，即《多重人格分裂者——剖析韶子的〈告别的年代〉》。这篇遗稿后来与第四人生前所写的大部分评述文章一起结集，成了研究韶子作品的学子们之必读本。小说里写着，这些学生中有不少人其实从没有阅读过韶子的作品，始终只读了第四人的评论。

第三章

1

阿细去了都门后便很少回锡埠来了。家里人不外乎老样子。有时候打电话回去，还得劳人走到他家楼下对着窗户高喊苏记，苏记，炒粉婆。苏记听到后穿着木屐咯咯咯冲下楼。其实也没什么特别话要说，都是那些，最寻常不过的问候，吃饱饭啦？再说下去，便不外乎听她重复埋怨丈夫，或搬弄杜丽安与钢波家里的事。

杜丽安家里装了电话，苏记老怂恿阿细给姊姊打个电话吧，问候你姊夫啊。阿细却总是不从。有一天倒是杜丽安把电话打到酒楼，把他从厨房叫出来，跟他说了苏记的死讯。

都门酒楼的生意好得很，阿细站在柜台边接那通电话。收银机前的老板娘问他出什么事了，怎么净拿着话筒不出声。他说我妈死了。芳姨，我妈死了。

芳姨给阿细批了七天假，还嘱人代他买车票，让他当天傍晚赶回锡埠去奔丧。阿细提着软趴趴的行李袋上车，一路上合不着眼，歪着头枕在车窗上看巴士穿乡过镇，总思疑着那电话是个恶作剧。头一次在话筒里听到姊姊的声音，觉得有点陌生。她哽咽着说"阿妈没了"，让阿细想起以前看见过住在同一条街上的福建婆，某天上午去电发铺接听电话以后，便穿着睡衣在街上奔跑哭喊，阿爸无了。她那瘦得竹竿似的女儿在后头紧追着她，忽然也跟着喊起来，似是向一整条街宣告，阿爸无了。

回到小埠，苏记已经入殓，躺在有点过大，也似乎过于奢华的棺柩里。这使得棺内的苏记看起来有点拘谨，仿佛她坐上了一辆跟她不匹配的豪华汽车，便诚惶诚恐地怕自己弄坏了什么。她羞红着脸，努力合拢嘴巴，像以前钢波来迎亲，作揖喊她"岳母大人"时那样的困窘。老爸倒是无所谓，不管喜事丧事他都只有跷着腿，与前来吊慰的人一起剥花生。

阿细在灵堂上首次与钢波的一对儿女碰面。他们看着年龄与阿细相仿，却因为辈分不同，都把阿细喊作"细哥"。那儿子黑黑实实，也像钢波那样五短身材，一副蓄势待发的神色；女儿却瘦而白皙，一脸病容，仿佛很久未见天日。苏记在电话里提起过，你姊夫有一对儿女到这边来住了，说要在这里学点手艺。

杜丽安则比以前丰腴，肤色也变亮了。阿细和她坐着一起烧衣纸，觉得她就像换了个人，气度大不相同，还会三不五时地盯着钢波的儿女，偶尔昂起脸来吩咐他们做事。那对兄妹喊她"丽姨"，这让阿细想起都门酒楼的老板娘。是的，就像芳姨一样，姊姊也渐渐有了老板娘的气质和架势。

"他们两兄妹都怪怪的，嘴巴像屎蚶一样，撬不开。"杜丽安把两人打发到一旁去折元宝，还是不太放心，仍然不时扭过头去看，"唉，我很难呢。"

阿细不作声。

杜丽安斜睨了一眼，在弟弟的脸上看出一种僵硬的表情，似乎他不太能适应。她便转了话题，说到这阵子的天气，骨痛热症又肆虐了，你住的地方有蚊香吧。舅公家里要娶媳妇了老妈却喝不了这喜酒。大选，今年要举行大选了不是吗？你说英女皇今年还会不会来？唉，又一届了，这么快。

这一声叹息，阿细懂得它的内容。他看了看姊姊，心里柔软了。上一届大选不是有个候选人死在戏院吗？姊姊那时还在大华戏院卖票，回来说戏院闹鬼，那男人的鬼魂在女厕。后来《唐山大兄》公映，姊姊说请他看电影，他去到后才发现姊姊身后有个梳了飞机头的男人。

"你不认识波哥吗？叫人啊。"杜丽安碰一碰他的手肘。

他不说话，两眼直勾勾盯着那男人搭在姊姊肩上的手。杜丽安那时就别过脸，对那只戴着两枚金镶玉的手说了，别管他，我弟弟的嘴巴，像屎蚶。

一整个下午，钢波的儿女都坐在一隅折元宝。男的一副心不在焉的样子，不是在伸懒腰便是在东张西望；女的却出奇的安静和专心，像是要把手上的纸元宝折成艺术品。阿细观察了一下午，他说这两兄妹真奇怪，好像都没交谈。说完了他自己不禁莞尔，和杜丽安相视一眼后，两人一起抿嘴忍笑。

亏得钢波那时在道上多的是朋友，一辈子活得毫不起眼的苏记，死后竟堂皇了好几日。大伯公会的庄爷也赏脸亲临，一众弟兄随行，在灵堂掀起不小的反应，算是举殡期间的一个"高潮"。这让老爸特别兴奋，跑动勤了，莽撞的话却也说多了。杜丽安倒是十分从容，庄爷离去的时候特地回过身来说，阿丽你打点得很好，辛苦了。

那晚杜丽安在灵堂后面的房间小憩，却眼光光地躺在帆布床上不能入眠。钢波和阿细随后进去，都问她怎么没合眼。她总不好说自己开心吧，便捏捏额头佯称头痛。阿细说很痛吗？不如给你找两颗止痛药。她正想说不要，钢波却已端着开水和头痛药推门进来。

出殡前一天，都门酒楼派了个坐柜的老大叔坐长途车过来，送上老板和同事凑的帛金。这不啻让阿细感到意外，杜丽安更显得比接待庄爷时还要高兴。因那大叔坚持当天要走，她便极力留人吃了一顿晚饭，还让钢波差人去买了柚子和鸡仔饼等土产，送到巴士站去，让大叔带回都门酒楼与同事共享。杜丽安亲自拣了两个大柚子，在塑料绳编成的网兜上做记号，请大叔一定要交给酒楼的老板娘。

"老板娘叫芳姨是吧？"杜丽安看一眼弟弟，没等他应声便已转过脸去对那大叔说，"芳姨她这么通情达理，我们实在很感激。以后还请她多多关照。"

那天和大叔同时间到来的，还有密山新村的娟好姊。她那时在别人家里当帮佣，好不容易请了半天假，把女儿矮瓜脸也带来了。矮瓜脸能跑能跳，却不吵闹，也不黏人，穿着掉了一个蝴蝶结，却明显有个蝴蝶印的鞋子在灵堂上走走停停，自得其乐。杜丽安也留她们一起吃饭。华仔大炒包办的一桌子菜相当丰盛，然而娟好吃相不好，反倒是矮瓜脸十分自觉，从母亲的衣袋里掏出手帕，揩一揩自己的嘴巴，再擦一擦母亲的嘴角。

因为要送大叔离开，杜丽安顾不上娟好母女，只有吩咐钢波的儿子陪她们走一段路去搭车。那矮瓜脸妹妹也不打招呼，静静地尾随哥哥。他回头看了一眼，竟停下来等她，并主动伸出手来牵着她一起走。

说来也怪，苏记之死虽叫人意外，可大家除了最初有点失措以外，很快也就接受了事实，灵堂上没多少悼惜的气氛。及至出殡当天，因为来的人很不少，请来的客家道士又特别古灵精怪，事情多而烦琐。碰巧那一天是跑马日，杜丽安的老爸自然心猿意马，总是托词到外头刨马经，没帮上什么忙。大家忙碌起来更感觉像过节似的，谁也来不及哀悼，苏记便已回归尘土。阿细最后赶上一眼——不过数日，棺中的她看起来又萎缩了不少。就这么一个细微的人带着她那不合身的豪华棺木，一路哀乐，葬到广袤义山中的云深不知处。

苏记入土后，阿细在家里待了两天一夜。回去都门之前，杜丽安在百利来酒家安排了一桌饭菜。阿细和老爸去到后，看见钢波的儿女也在席上。儿子依然心不在焉，频繁地改换坐姿，一副百无聊赖的神色；女儿则沉静得像个不存在的人。她大多时候都低着头，小口扒饭，也不怎么下箸。杜丽安夹了些肉到她碗里，说多吃吧你这么瘦。那女孩用旁人几乎听不到的声音说，谢谢丽姨。

阿细看在眼里，怪，这兄妹两人还真一席无话。老爸和钢波却忍不住开了三大瓶啤酒，拼命斟满对方的酒杯。他们自有赌经与大选动向可谈，而且有酒精助兴，不自觉便提高了说话的声量。钢波一再摇头纠正老爸说的话，有时候也左右瞥一眼，神秘兮兮地"泄露"一些从庄爷那里听来的内幕。男孩饶富兴致地看着他们,女孩却似乎把头垂得更低了。

"你看她。"杜丽安用手肘轻轻碰一下阿细,目光斜斜地滑过桌上的杯盘,停在女孩放下的碗筷上。阿细看了一眼,碗中的饭已扒光,肉却还在,"你看到了吧,我有多难。"杜丽安倾身靠近他,几乎没怎么张嘴,用密谋似的声音说话。

"你姊夫说庄爷快要让他出来做生意了。"杜丽安把声音压低,"他要我帮他。"

"你知道做生意当然要找自己信得过的人。"她顿一顿,神情十分认真,"阿细,你是姊姊最信任的人。"

阿细没有回话。杜丽安说"你姊夫",这让他忆起苏记。那一刻他才深切地感受到这世上已经没有苏记了。以后他不会在电话里听苏记啰啰唆唆地发各种牢骚,又劝他给姊姊打电话。为什么要打电话呢,没什么话要说的。

哎呀,问候你姊夫嘛。

想起苏记让阿细伤感。他忽然沉默下来,用杜丽安所不了解的眼神,忧伤地凝视她。杜丽安确实会不过意来。她愣了一下,说没关系,你不回来也没问题。我看你在那边做得不错,老板待你很好。

"再说,那里毕竟是大埠。多点见识。"她拍拍阿细的肩背,像在安慰一个跌倒了刚爬起来的孩子。

回去都门的路上,巴士似乎行驶得特别快。路有点崎岖,司机开车像在驯龙。阿细坐在车尾,被那愤怒的巴士甩得差点没把胃里的七荤八素吐出来。他想起刚才饭饱后老爸说要去打牌,便径自往会馆那一头走去。他和姊姊还有一对少年兄妹挤进钢波的车子,拐了个弯,看见老爸正在五脚基上走得趔趔趄趄。杜丽安摇下窗玻璃,听到老爸扯开嗓门唱他的粤曲。

一叶轻舟去,人隔万重山。
鸟南飞,鸟南返,鸟儿比翼何日再归还?
哀我何孤单。
哀我何孤单!

2

母亲叫你喊他"细叔"。你觉得那似乎意味着有另一个辈分或年纪更大的人,需要被喊作"大叔"。但这么多年了,"大叔"并未出现。有时候你会在五月花的梯阶上被人拦住,问你有见到你的细叔吗?他到哪里去了。于是你才微薄地意识到他是"你的"细叔。细细咀嚼,像是有一层亲人的含义。

母亲叫你喊他。你喊了。细叔从一团背光的身影中走出来,咧嘴露出一口参差不齐的、发黄的牙齿。他说这孩子很乖很听话,你转过身去踩那些嘎吱嘎吱作响的地板。

母亲叫你喊。你站在三楼的梯阶上,扶着栏杆朝楼下大喊。细叔,细叔。你那迅速发育的声带抖出了你不熟悉的声音,它粗糙低沉,绕着楼梯回旋到底。要再等一阵才能听到他的回应。什么事?

我妈找你。你与你投射到墙上的影子,对着庞然的空洞说话。

母亲叫你。你回过身去。那时母亲两腿浮肿,青筋像一丛绿色蚯蚓要钻出她的皮层。你看着那膨胀得像篮球那样大的左膝盖,隐约有点预感,母亲支撑不住了。而她果然神志不清,两眼翻白,开始说很多叫人茫无头绪的话。她问你记不记得你们以前住过一条有很多寿板店的街。她说她昨晚又回到那里了,看到有个老头在拉二胡,还有人把纸扎车和纸人投进烈火里。

细叔说那是死的前奏。这种事你也曾听说。以前住在那一条有很多寿板店的街,那些坐在店前的老人便曾经对你的母亲与其他妓女说过。他们说话的时候,你在门口张望。店里一贯幽暗,地上尘灰积如薄霜,更深处必定有个神龛。看不见供奉的是什么,只看见烛光或煤油杯里一簇一簇静止的火。

只是那死的前奏未免太拖沓。母亲拖着肿大的瘸腿活了好久,忍受了许多你无法分担的痛苦。直至她最后突然想起要吃肉,并且在吃了你买回来的咖喱羊肉以后,捂住饱胀的肚皮满足地死去。你几乎以为那些羊肉有毒,但细叔说不是的,是回光返照。他说时面无表情,似已对生死麻木,就像那些叼着余生坐在寿板店门外的老人。

你却想起死囚行刑之前必备的一顿美食;想起《告别的年代》中吃榴梿噎死的炒粉婆;想起人们梦寐以求,只愿死在丰足的一刻。

母亲叫。你从梦中醒来,发现她陷在另一床梦中。她在梦里的喊叫听来竟与她在隔壁房里的仙死之声相似。谁呢,哪个男人在里面?她横尸在房中,细叔叫你另外找个房间睡一晚吧。你摇头,当晚一直坐在床边陪伴你长眠的女皇。半夜时细叔来敲门,说你试试开那冷气机,天气热,怕她会发臭。你去开了,那冷气机发出剧烈咳嗽般的声音,像要把老朽的脏腑全吐出来。

于是你把它关掉,继续坐在床畔。事实上,你以为她早已经由内而外地发臭了。你想起曾经在一家靠海的旅馆住过一两个星期,阳光里也有这股咸鱼的味道。街上有两家卖海产的小店,常常有打扮得很像游客的男女胸前挂着相机走过。母亲说走吧，在这里我斗不过那些小妹妹。于是你们离开那个听得见海风的地方，去到丧葬之街。你记得那里临着阳间的世界，白日里像个不为人知的异次元空间，只有待天黑了才向尘世敞开大门，飨以阴世的筵席。但各处的旅馆总是一样的，反复汗湿后的床垫，干瘪的枕头，像随时会塌下的栏杆与黏黏的楼梯扶手。

母亲说，不管去到何处，蜗牛背着的总是自己的壳。

天亮之前你梦见迷宫，无数的门与无尽处的回廊，也有一些门被打开了一道罅隙，门关节吱呀作响，有人往那门隙凑上一只冷冽而阴性的眼睛，十分逼真。然后天就亮了。你揉一揉眼睛，天光如一绢薄纱柔软地铺在母亲僵冷的脸上，几乎让你以为她会醒来。

他们来了。细叔后来结算，说帛金收了两千多块钱。你很想说欠他的以后一定会还，但你踌躇很久却一直说不出来。

会考完毕你再没有到学校去。你找到母亲说的城中最古老的图书馆，在那里，你把手探向时光忘却了的深处，找到你想象中的书。一切都比你设想的顺利，而非母亲之前所警告的那样缥缈不可得。她去过那图书馆的，可是以后再去便不复得路。但你对寻找远比母亲在行，她忘了她擅长的是藏匿与遗忘。

她最后想起来的是丧葬之街与羊肉的美味。她甚至记不起J。你追问她,她用昏沉之眼里澄澈的眼睛,望向天花板,望向你看不见的,岁月中的深洞。她说没有,你哪来的孪生兄弟。

细叔也没听母亲说过这事。他站在母亲的棺柩前,扬手弹掉烟灰。他说如果有吧,这种事她总不可能忘掉,总不可能临死了也不跟你说。

这让你沮丧。她失去的她不一定会想起。

日间五月花无人。老妓女坐在外头的树荫下抽烟,负责照管旅舍的老人坐在柜台前的破藤椅上想事情。大家都那么有气没力,像神龛上快要燃尽的烛火,纯粹在消耗残生。五月花像一所疗养院了。在这里等待终老的妓女们,不管落脚多少年,都只把自己当过客,谁也不知道彼此的往事。也许是彼此的经历多有雷同,而且乏善可陈,她们对细叔的过往反而知道得更多。

"你的细叔有点故事。"老妓女喷了一口烟。你在烟雾中看她那告密者似的嘴脸,但她说的你可想而知。你看到的,你喊了他以后,就会从背光的身影中走出来一个瘦削矮小的男人。他的左臂上绣着一条怪虫,像粗陋的青花图纹。他用满口乱牙对母亲说你的儿子很听话。

"你的细叔年轻时混黑社会,后来吸毒,好不容易才走上正路。"

她说完又朝你吹了一口烟。你抬头看看树穹,觉得像个巨人在你头上撑开一把千疮百孔的大伞。阳光很耀眼,你只想打个哈欠,却居然醒来了,发现自己正窝蜷在死亡留下的形状里。已经很晚了,细叔在给朋友守丧。你起来胡乱翻一下摊在桌上的大书,随手抄下这一行字:

他包娼庇赌,与往来的老鸨厮混。

母亲死后不久,她们告诉你五月花住进了一个很年轻的泰国女孩。"真的,"妓女们众口齐声,"她住进来时,你妈还没死。"她们说她很瘦,臀窄,铜色的巴掌脸;嘴巴很大,牙齿很白。她们说她的名字叫玛纳。对,玛纳,我们偷偷把她叫"金藤条"。难道你没见过她?

玛纳也许是个妓女,也许是细叔的另一个姘头,甚至很可能是一缕幽魂。她住在五月花里而你毫无所觉。在这幢旧楼里,连楼下厨房的水龙头挤落一颗水珠,都会惊动三楼。滴笃。难道玛纳是只蹑足行走的暹罗猫?你觉得这很不可思议,所有人都见过玛纳了,唯独你丝毫未感应到她的存在。她们说你的细叔把她藏起来了;他不想让你和你妈看见她。

去去去，去把玛纳找出来。

你想起曾经遥想的地窖和暗室。五月花的未知。宝藏所在。母亲在那里面守护着给你的手表和电光枪。而玛纳，玛纳是一个长相犹如暹罗猫的洋娃娃，瘦骨嶙峋，有着淡绿色的杏仁形眼睛。

会考后等待放榜的长假里，你打开记事木，在待完成事项中加上"寻找玛纳"。

3

因为小说后半部风格突转的写法，你不禁怀疑《告别的年代》其实是一部写得不伦不类的传记。于是你上网，在搜索器上键入"韶子"与《失去右脑的左撇子》，却始终没找到相符的内容或信息。至此你唯有相信那果然是一部虚构的作品。它若不是一部小说，便只能是一部虚构的传记①。

"虚构的传记"也是第四人的用语。以后的学生在引用他这番见解时，经常会因为粗心而犯下一个相同的错误。他们总会想当然地写"它若不是一部真实的小说，便只能是一部虚构的传记"。第四人倘若健在，自然要为这种有缺严

---

①见《历史的伪造者》。

谨的治学态度而大发雷霆。他自己是那么一丝不苟的人！他最后为韶子整理与付印的遗作经过许多遍的反复校订，据说三十万字里没有一个白字。反之韶子因未受过严格正规的语言训练，因此文采虽佳，唯语病难免，文章中的别字问题也宛如犬只身上除不尽的虱子，常叫编辑头痛。纵观韶子之前所出版的十二部著作，"一本没有错别字的书"确实是前所未有的事。

不管怎样，韶子对这些评论从不闻问。事实上，相比第四人对其人与作品投注的巨大热忱，韶子的反应和态度却冷淡得令人费解。她仍然以"丽姊"的身份去经营廉价内衣裤的生意和几个卖盗版光碟的夜市档口，平日也赌球也豪饮；一生未婚，却传说曾换了好几个情人。她的情人无非市井之徒，或是些黑道白道上的小兵小卒，故伊人的情人名单远不及韶子的著作列表辉煌[1]。

在《告别的年代》里，作者用了非常奇异的二分法处理韶子与第四人的关系。在书里，两人似无交锋，韶子像是从未知道世上有第四人。她与第四人就像活在同一时空中的两个重叠的次元，或隔着一面单向镜的两个平行的世界。第四

---

[1] 除《告别的年代》以外，韶子一生总共出版了十二部著作，包括短篇小说集八部，中篇小说三部，以及散文集一部。

人透过玻璃注视韶子以及他自己映在其上的浅薄的身影。而韶子在另一边，丝毫未察觉镜子后面的世界。

你甚至认为，连"丽姊"也并未察知"韶子"的存在。

你到网上的论坛上稍微提出了这书中的情况，网友们有的说他们想起希腊神话中的纳西瑟斯，他爱上自己水中的倒影。另一些网友则想起雕刻家塞浦路斯王皮格马利翁，他爱上自己雕刻的石像。这些意见毋宁都是凭空想象，它们似是而非，都有点不合逻辑。但后面一种"雕刻家爱上石像"的想法，在小说中也有提及。那是在第四人死去后不久的事。他的辞世多少刺激了韶子遗作的销量，藏书家们无不明白韶子的著作必须与第四人的评论配套，才能算是"完整"的收藏。尤其是当第四人投入了无数心血，并自资让《告别的年代》面世后，大家听说他猝死时手中抓住的竟是对《告别的年代》之评论。这比任何宣传都更骇人，也因此《告别的年代》与后来赶着出版的第四人评论集《形影不离》（共五册），在冷淡的文学书市掀起十分罕见的热潮。《形影不离》后来更不断再版，且多番校订，终于在第三版时完全改正了当初因赶版付印而出现的许多错误。

或许是因为《形影不离》作为冷门书类而在书市中创造的不凡成绩，就在第三版推出以后，有人提出了一种质疑的声音——《告别的年代》真为韶子遗作吗？

这疑问最初只在文坛小圈子的茶叙或酒会中作为谈资，而后不知怎么流传开来，并且一发不可收拾，不只成为文人们茶余饭后的热门话题，甚至在当时的文化圈中形成讨论的风气。其引起的广泛关注，就文坛效应而论，一点不比之前由留台作家与学者掀动的"烧芭"热潮逊色。至于后来有多名作家学者就此课题相继发表与出版专论，以及第四人的家人为此兴起诉讼；种种是非，也就不在话下。

在当时的一片讨论声浪中，确实有人提起过皮格马利翁。在希腊神话中，这位塞浦路斯王倾尽自己的热情与精力完成一座少女雕像，为之取名加拉泰亚，并且深深爱上了她。那些深谙或略懂心理学的文化人，在研究了第四人后半生对韶子那极不寻常的态度，也参考了《告别的年代》与《形影不离》特殊的生成情况，以及两书之间复杂的参照关系以后，都不排除第四人怀有"皮格马利翁情结"的可能性。

事实上，在《告别的年代》全稿被挖掘出来以前，韶子确无任何长篇小说面世，也没有任何记录显示她有过创作长篇小说的意愿。另一方面，以第四人多年来对韶子作品的深入研究，一般人也相信他或有能耐模拟韶子的笔调，构建一部他所想象的"韶子写的长篇小说"。

尽管疑窦已生，而绝大多数本土的有识之士也或多或少地参与了这场争论,然而两书的作者毕竟都已作古,所谓"死无对证",加上韶子一生过得十分神秘,其母亲作为唯一的亲人,也因为年纪老迈,在争论引发后不久即与世长辞,因此这场论争虽如火如荼,却注定只能以"无头公案"收场。此后纵有零星散火,其味已如逸事趣闻,再也无人较真。

无论如何,那一次质询虽多少让第四人的名声受损,却也使得《告》与《形》两书再一次反弹,跃上书市的销售排行榜。以后回顾,即使那是两书在本土文学史上的最后一抹余晖,可对于向来冷寂的文坛而言,却未尝不是佳话。只是《告别的年代》因作者的真实性存疑,以后研究韶子的中文系师生,因谨慎故,一般不把它当作韶子的作品看待。

第四章

1

那一年，石鼓仔说要去都门看拳王阿里与欧洲冠军的比赛，杜丽安特意订了些密山新村的炭烧香饼，托他带给阿细。那时她可没想过，这小子胆敢赖在那里，说不回来了。阿细代他打来的电话。香饼是拿到了，但石鼓仔向他借了三百元，说要留在都门找工作。"麻烦你跟我爸说一声。"说完他便转身走了。

杜丽安接那电话时，忍不住即时咒骂起来。阿细听出来那里面也有点责怪他的意思。怎么你就那样让他走了。虽说关系有点曲折，但他在名义上也算是石鼓仔的"舅父"，便也有了长辈的义务，"你说呢，怎么向你姊夫交代？"

钢波对这事的反应却出乎杜丽安的意料。他点点头，晚饭还是一碗接一碗地盛，肉是大口大口地吃，没多说什么。仿佛他早知道时候到了鸟儿自会离巢，而那大概就是时候了——当拳王阿里在一场据说沉闷无比的比赛中,把欧洲冠军击败。就连那做妹妹的刘莲也平静得叫人难以理解。她依然吃得极少,偶尔放下碗筷去给父亲盛饭,回来再坚持把自己的一小碗饭吃完。只是杜丽安再没夹肉到她碗里了,自从上一回钢波突然发火,大声喝令她把留在碗底的肉都吃掉。

"你以为我没看到?你给我吃干净!"那时刘莲刚站起来收拾碗筷,钢波兀地伸出巨掌在桌子上猛拍,哐哐啷啷的,饭桌上的碗盘都弹了起来。

杜丽安和刘莲被这突如其来的一着吓愣了,一时没明白他的意思。石鼓仔则敏捷得像只猴子,捧着饭碗闪到一边去。大家看着钢波。他眈大着眼睛,像个恶狠狠的金刚力士。"你,刘莲,坐下来把那些肉都吃了!"刘莲这才知道父亲说的是她。她缓缓坐下,苍白的脸开始发青,却也不吃,只是低下头盯着碗中的几块肉。钢波等了一阵,他说好啊你不吃就永远别站起来,你敢站起来看我不打断你的腿。

钢波说完便继续扒他的饭,石鼓仔左右看看事不关己,遂也坐下大啖吃食。杜丽安却是心惊肉跳。以她了解的钢波,风风雨雨经历多了,这两年人也渐而变得阴沉,愈是表现得沉静则愈凶险,那正是个一触即发的时刻,她咬着唇,大气也不敢喘一下,只有斜着眼睛盯紧动也不动的刘莲。看她咬着牙龈,眼睛微凸,像要挤出强大的意志力让碗里的肉块消失。她还真怕这女孩一时气血上冲，真会站起来。

石鼓仔吃好后，碗筷一推人就走了。钢波却吃完了还坐在那里，跷起腿，叫杜丽安去给他拿牙签。杜丽安转了个身回来，听到石鼓仔在厅里扭开电视，刘莲听到电视的声音，不知怎的眼眶就红了，大颗大颗的泪珠迸落到碗里。杜丽安留意到钢波皱了皱眉，呼吸逐渐变粗，像是喉里正酝酿着一场天雷地火。她紧张得不行，便清了清喉咙，尽量把声音放柔。

"阿莲，你吃吧。"

她说了刘莲似乎哭得更厉害些，却终于抬起手来把肉块夹进嘴巴。杜丽安看她的手在发颤；一边抽泣，一边把涕泪和肉一起吞进肚子里，她便在内心说了一声罪过。可钢波还真耐心地等着刘莲把那几块肉都吃光了，他才站起来。

"看你以后还敢不敢。"他叼着牙签。杜丽安想起多年前她躲在苏记身后，曾经探出头来看见过。这神情，凶神恶煞，像要杀人。

这一次石鼓仔"离家出走"，杜丽安有点拿不准钢波的泰然是否也意味着一场眉睫上的暴雨急风。晚上她上床之前，提醒钢波明天该给渔村老家那边打个电话。"你要把事情说清楚，免得人家以为是我把她儿子赶走了。"没想到床上的钢波揽住抱枕翻了个身，说石鼓仔早给他母亲打过电话。那边今天一大早联络上他，通知了这事。

"难怪你这么镇定,原来早已经知道了。"杜丽安忽然发现自己才是唯一不知情的人,心里有点不悦。她熄了灯,脸色沉没在黑暗中。她摸索着爬上床,在钢波身边躺下。

"那边还说了什么?没训他一顿吗?"

"没用的。翅膀都长硬了。"钢波背对着她,没回过身来。说话的声音像咕哝,似乎马上要睡着。杜丽安侧过身子靠近他,一只手搭上他的手臂。她说你一点都不紧张,是因为那边还有两个儿子吧。

钢波咕咕哝哝回了些话,这回却像呓语了。杜丽安也没想要听真切。她说你陪我去看看医生吧。说着微微推了推钢波。钢波反射性地挪一挪手臂,把抱枕拥得更紧些,随之鼾声滚滚。杜丽安有点怀疑那是佯装出来的鼾声,却也无可奈何。她叹了口气,低吟似的说,你总是这样。钢波动也不动,窗外的虫鸣与他的鼾声呼应。虽然在黑暗中,杜丽安仍然感觉到钢波的背像一堵厚墙。它坚实,宽大,会吸食声音。

那一年庄爷总算兑现诺言,以大伯公会的名义拨了些钱给钢波做生意。那时钢波已五十岁了,渔村那边的长子次子都已成家,两个媳妇还都同年生下小孩,让他当了爷爷。杜丽安察觉自从那以后,钢波性情改变,特别喜欢回老家了。

以前他每个月也就回去一次两次，大多是掷下伙食费，吃过午饭闲话家常，下午便拎着刚下货的新鲜海产走人。自从两个孙子出生以后，他回渔村的次数频繁了，常常带着新买的玩具回去，偶尔还会留在那边过夜，且往往十分"即兴"，不就一通电话吗？说今晚不回来就不回来了。

杜丽安自然不太高兴，也为此说了些挑茶斡刺的冷言冷语，与钢波有过几次龃龉。她和钢波都以为那纯粹是因为嫉妒，却没发觉那一片酸味的冷火底下埋藏的是滚烫的热流。焦虑，是的，焦虑。夹杂着像沙石那样的不安与恐惧。娟好姊上次替她把订好的炭烧香饼送过来，便说了，没想到波哥有那么喜欢小孩，真看不出来。

娟好陪着杜丽安去看了妇科医生。那医生却说这种事得夫妇两人一起检验，再说嘛，你丈夫都五十了。可钢波对这建议十分忌讳，每次提起他总会压着嗓子发脾气。吵了几回，他后来索性装聋作哑。杜丽安想吵架也无处着力，再说她也不想惹恼钢波，免得他更想往"那边"跑。于是她表面装作无事，心里却更焦躁。好在这时候大伯公会说要拨下钱来，钢波对做生意兴致不高，不仅让她做主，更说好让她全权操办。"你是老板娘，你不做谁来做？"这多少抚平了杜丽安的不安，再说有事可忙也可分散她在这事情上的焦虑，因此她兴奋地筹划，早早在物色地点，还找了相士看风水取名，盘算着要开一家酒楼。

只是事情的进行没想象中的顺利，最大的打击莫过于钱不够！杜丽安从钢波手上拿到的，远非庄爷原先承诺的数目。那像当头浇下一大盆冷水，杜丽安目瞪口呆，过了一会儿才想起该追问。这一问不得了。她原以为是庄爷食言，临时改了数额，没想到却是钢波把钱"抽调"到渔村那边了。

"两个儿子说要搞养鱼场，我觉得好啊。"他故意说得轻描淡写，说完还摊开两臂，扎稳马步，嘎嘞嘎嘞地扭动脖子伸了个懒腰。

杜丽安怔怔地站在那里，良久无语。她知道自己的脸转成铁青色了，像有人往她的脊椎注入冰水。她开始颤抖，呼吸变得急促，胸脯不住起伏，这样支持了一阵，她终于张开嘴，发出干哑的哭声。那哭声像一长柱挤得不均匀的牙膏，似乎断断续续，却愈来愈响，变成了呼天抢地的哭号。钢波虽早已预料杜丽安不会轻易甘休，却还是被这惊心动魄的哀号吓得慌张起来，"你干什么呢别这样，你发神经了。"但杜丽安扶着墙蹲下，哭声抖抖，久久未竭。奇怪的是她始终没掉泪，哭得十分干旱，以致那哭号听来让人倍觉荒凉。

那是个下午，刘莲还在厂里车衫。屋子两旁的邻居听到杜丽安的哭声，分别走出一个怀里抱着孩子，身边还拽着其他孩童的妇人。她们靠在铁丝网围成的篱笆上，探头往杜丽安的家里张望。钢波的冷脸出现在窗棂间,他左右瞪了一眼,啪的一声合上百叶窗,但杜丽安的哭声仍隐隐约约从房里泄漏。

那一场无泪的风暴使得钢波夺门而去,三天三夜没有回来。杜丽安蹲着抽泣,腿都麻了。直至想起刘莲即将放工回来,她才慢慢起身,扶着墙走到梳妆台那里。墙上椭圆形的梳妆镜像个透明容器,把她和她那逐渐昏暗的世界,连着房间里的孤寂一起装进去。她看着被装在镜中的自己,脸上也没泪痕,却那么憔悴,像突然老了,让她自己看着不忍。

钢波三天没回来,杜丽安想了很多事。只是钢波不在,房子里的气氛有异,刘莲自然有所察觉。晚餐桌上就剩下她们两个人了,但杜丽安仍然每天准备钢波的一份;三菜一汤,一大锅的饭,两对筷子;一桌子无法戳穿的缄默。第三天杜丽安主动找了些话题跟刘莲聊起来,才知道石鼓仔已经找到工作,在都门一家轮胎店里帮工。她说你转告你哥吧,他生活上如果有什么需要帮忙,一定要去找阿细舅父。

刘莲看了她一眼。杜丽安直视她,堂堂正正地迎接了那眼神,"我跟你一样,也希望自己的家人在外头有人照应。"刘莲想了想,轻轻点了点头。

"你爸今晚大概不回来了,你尽量多吃吧。"杜丽安夹了一块石斑鱼肉,朝刘莲递去。刘莲迟疑了一下,只一下,便也伸出手臂，拿手中的饭碗接过去。杜丽安后来斜眼偷看，见她把那鱼肉放进嘴里，细细咀嚼后也就咽下了。

翌日钢波回来时，杜丽安正在厨房里洗切。钢波听到厨房里的声音，却没走入厨房，而是在厅里扭开电视看了一阵子。钢波的汽车开到门前时，杜丽安也听到那熟悉的引擎声，她用湿手理了理发鬓，挺胸吸了一口气，继续洗米做饭。钢波却没进来，她用眼角窥看客厅墙上晃动的灰色人影。电视正在播马来片，她依稀听到一男一女的对话，以及有点惨情的马来音乐。钢波不耐烦，转了第二台，不也还是马来节目嘛。他等了一会儿，再转回之前的那一台，听那蛇舞般婉娈的音乐与忸忸怩怩的情爱。后来音乐停了，电视里连着换了几个场面。再那么等下去，耗下去，杜丽安的心也冷了。

她在择蕹菜时，钢波走进来了。杜丽安感知他在身后，听到他提起水壶往杯子里斟水，又咕嘟咕嘟地喝下去，然后有点夸张地呼了口大气。

"晚上吃蕹菜吗？其他的还有什么？"他总是这样，假装什么事情都没发生，也就什么事情都一笔勾销了。

杜丽安咬了咬牙。"豉油鸡，芋头扣肉，药材汤。"她冷冷地说，"还有昨晚剩下的干煎虾。"

钢波没说话了。那全是他爱吃的菜肴。厨房里忽然很静,静得放大了电视的声音,配乐里的贡邦鼓,人们的对白;就连屋子外面各种琐碎的声音也钻了进来。隔壁人家已经开始热锅炒菜了,屋前走过放学后结伴归家的小孩,骑脚车卖冰棍的小贩在更远处,也许在另一条路上摇动他的铃铛。杜丽安折断菜梗时响起细微而空洞的声音。

钢波长叹一声,隐隐有百事休矣的意思。"阿丽,"他顿了一顿,"是我不好。"

杜丽安依然垂着头择菜,她说你去冲凉吧,阿莲回来就可以开饭了。钢波没应声,他走上前去,从背后轻轻抓住杜丽安的两臂。他说阿丽,对不起。

他们结婚才几年呢?那一刻杜丽安却觉得他们像一对老夫老妻。钢波这几日不在,她把许多事情反反复复地想过,甚至连"离婚"这念头都蹦出来好几次了。可现在听到嘴上从来不肯认错的钢波亲口说了"对不起",她心里怦然一动,也没什么准备,两颗大大的泪珠像在眼角隐忍了很久,突然落下来了。

她抽了抽鼻子。自己想得那么复杂,其实要的不就是这一句话吗?钢波在背后环臂将她抱住,她用凉凉的,透着一股菜叶清香的手回应那一双壮硕的手臂。而此刻,那些钻进厨房里的杂音,像不意闯进来的各种飞虫,嗡嗡转了一圈,又一一振翼退去。

2

再读下去,小说里有不少人物都让你感到似曾相识。你觉得他们从文字里浮起来了。书里的蚂蚁大队在你倦极而眠的时候,悄悄改变它们的位置,让人物变成纸面上的浮雕。你忍不住回头重读前面的部分,奇怪的是那些叙述看来竟有点陌生,仿佛你并未认真读过。譬如出现在第一章里的那个疯汉,之前你读,只觉得草书似的几笔带过,如今重读却发现他的形象生动而深刻,作者甚至在这疯子出场之前,这么说了——"也许是命运的安排"。

书里说,那是小埠里最广为人知的疯子。回想起来,你觉得自己似乎也曾在这年代这城中见过那样的人。他衣衫褴褛,身上披搭着无数的灰色层。这人赤足推着一辆掉了链子的脚车,车子把手挂满了装着小半包尿色液体的塑料袋。在那一头乱发和满脸胡须之下,没有人能看出里面埋藏了多少岁月。他的一身赤褐色皮肤与被积垢模糊掉的轮廓,甚至掩盖了他的种性。

他为什么不说话呢?他只会放声喊叫,像森林里的泰山。在你童年时,似乎也曾看见类似的一个疯子站在城中某个十字路口吼叫。那是个沉默精瘦的男人,眼神深邃得像个印度苦行僧。他偶尔会突兀地扔下全副家当，站在车辆来往不绝的街道上，握紧两拳，身子后仰，面朝街上那些店屋楼上的窗户、阳台或房顶，引声长啸。有时候像在怒吼，有时候像在呼唤住在云层上的人。

哦——

啊——

你和母亲都被他吓了一跳。母亲马上把你挪到她身后。你们顺着疯子的目光抬起头看，那些缺页的木制百叶窗里闪动着蛛丝的银色光芒，几乎像许多白发老妪躲在窗后观望。

这个仿佛不久前还见得着的疯子，突然闯入五月花301号房那摊开在桌上的大书中，一部来历不明的小说里。他在"五一三"那天突然狂性大发，挥舞他的脚车链子袭击正在往戏院上班的杜丽安。钢波正好经过，一把将杜丽安拉进汽车里，也就有了后来的追求与婚事。杜丽安和钢波当然也像你曾经见过的某些人，你想起母亲和细叔，有点不确定自己的记忆深层是否也存留着那样的一对人影。你闭上眼睛，静待这对人影自漾漾的黑暗中显现。他们终于出现，却像站在磨砂玻璃窗的另一面。男的从背后伸臂抱住垂首的女人，两团色彩顷刻融入彼此。他们静伫不动，那影像愈来愈模糊，宛如一泼彩墨在纸上涣散。

那想必是梦。你睡得极不安稳，楼下响起一点轻微的声音，把你从愈陷愈深的梦中打捞起来。你睁开眼，看见天花板上有两只壁虎正绕着圈子相互追逐，发出求欢的叫声。但楼下确实有你不熟悉的声音，很轻盈的脚步，只能是女子，也不能是老人。你从睡床上弹起，离开那一个想把你泡在梦里煮死的大镬。

玛纳？莫非是玛纳？

你冲出301号房，在楼梯口驻足，屏息倾听那声音。它在二楼。你听到那里有某扇门被合上，门锁把锁舌吐入洞口，咔嚓一响。乍听之下，那真像是来自细叔的房间。你缓缓走下楼梯，但一踏上二楼，那里的地板便像骤然见光的老鼠，竞相发出警示的叫声。如此那本来已细不可闻的"另一人"存在的声音，也忽然消失了。你提起脚跟慢慢走到203号房门外，把脸贴近门板，屏住呼吸去聆听门板后面的动静。这样维持了一阵，房里寂静得让你怀疑房间并不存在，门缝和钥匙孔内一片漆黑；那门板更像是挂在厚墙上的一幅木雕或画作。

你耐心等了一会儿，直至你开始怀疑二楼的五个房间都徒剩下一扇门。它们变成了月历和挂画那样的东西。你往回走上三楼时，忍不住拉下某扇可疑之门的门把。那门应声开启，房里的窗帘没拉上，里面正在储存月光；靠近窗口的家具都泛着一抹银灰色光华。房间还在，你感到宽心了些。你拉上房门，悄悄退出这神秘之地。

你回到301号房里，继续读《告别的年代》。但你试了一阵，发觉自己已无法专注。你分明还在留意着楼下的声息，无法抑制地想象着玛纳故意在跟你玩躲猫猫的游戏。人们都钻进各自的空间里，好像都只为了躲开你。这种莫名其妙的伤感突然从大脑泄漏，你心里的味蕾马上感应到一股酸楚。这时候你听到底楼的闸门发出声响。是细叔回来了。一，二，三，四……你数算他趿着拖鞋的脚步。回到203号房要走三十七步。但他在二楼与三楼之间的拐角处停下来，有五秒吧？你想象那五秒钟的内容。他想起什么呢？也许有些事情让他迟疑。所以他顿了一顿，终究还是踱步上来，走到第四十三步。

你知道他已经站在房门外。这不是送晚饭的时候，他有什么话要对你说吗？你把翻书页的手停在半空，等待叩门的声音。但他却在外面伫立，大概一直在凝视着钉在门上的号码，或许也把敲门的手举在半空。他必然知道你还没上床休息，他要是听不到灯光里的蝉声，也必定看见从门缝溢出去的薄光。可他静候一会儿，忽然掉头走了。你听到他走下楼时比较轻快的步履，猜想或许有些事情他还在琢磨，并且决定了暂时不告诉你。

自从母亲死去，剩下来的两个老妓女相继问起你以后的意向。她们半开玩笑地建议要把你认作干儿子，起码得让你有个身份在五月花待下去。你注视她们愈苍老愈和蔼的脸，想象这个母亲死去以后，你将逐次流浪到另一个母亲的房中。每一个极其相似的母亲，有着近似的命运和体味，如同此城彼镇许多记不起名字的小客栈。你避讳这些建议，但你明白她们的好意。她们的感官虽逐渐迟钝，却仍然比你更敏感于人际的风吹草动。大概是细叔那里放出了什么风声，也可能仅仅是因为玛纳的出现。

五月花已经久未有年轻的女人入住，而那传闻中的玛纳，在"背着一个小行囊和提着个大行李袋"住进来后，人们都只见过她一面；最近更是踪影全无，连柜台的老人也说不准她是否已经离开。

尽管没再见过她，五月花里的人却不约而同地相信玛纳还在。没有人可以举出什么证据，但大家都和你一样固执地相信那泰国女孩"只是躲起来了"。他们揣测她也许是从边界攀越过来的非法入境者，更有人说她可能是你细叔以前在那边播下的种。后面这种说法让你了解到自己的处境十分复杂。如果玛纳是细叔的女儿，你又是谁呢？

不管怎样，你确信玛纳仍然藏身在五月花。她来过了。当你不在的时候，她推开房门，进入301号房，小心翼翼地打开房间里的某些抽屉。她拿走了指甲剪，后来又潜进房里放回去。但她搞不清楚指甲剪原来的位置，那应该在同一个抽屉左边的月饼盒子里，而不是右边的。这消失后重新出现的指甲剪令你惊喜。玛纳一定对这房间感到好奇，它毕竟不同于五月花的其他房间。这里有人气，有生活的迹象，有咖喱羊肉的膻味，有年轻男子的用品和衣物。她还翻动过你放在桌上的书和笔记，它们都稍微偏离了原来的位置；《告别的年代》摊开的也非原来的页数。

你想象玛纳曾经站在这里，此刻这个位置，像你一样注视着稍微有点斑驳的镜子。她曾经在那里面，现在你也在那里了。你一定可以逮住她，把她捉出来。

也许是梦。叩叩。你听到时，以为是细叔在你的梦中敲门。但梦中那门一直打不开，你和门后面的人都抓住门把，奋力往前推，又使劲往后拉。你们隔着门呼叫彼此，但都不知道对方是谁，也不明白谁才是被这门关起来的人。你情急之下，提起脚往门上大力一踹，遂挣脱了那胶着的梦，霍然醒来。细叔已经站在床前，圆睁着眼，一脸关切。他问你做噩梦了吗？你伸手抹去额头和脖颈上的冷汗，心有余悸地点了点头。

细叔说今天是你母亲七七之日，该去给她上香。你在和他一起去的路上，才知道他昨天夜里走那四十三步，想跟你说的就是这件事。只是因为听不见房里有动静,就以为你读书累了,没熄灯便已睡着,"平时我还没走到门外,你已经急着要开门。"

母亲的骨灰供在庙里,庙在郊区一个宽敞而阴暗的大岩洞内。细叔在打点时,你一直盯着瓷照上的人像。她显然过分年轻,目光柔美,一脸羞涩的娇笑,而且五官和你印象中的母亲并不十分相像,以致你感到狐疑。但那是母亲自己挑的照片。她坐在床上养病的时候,最喜欢从一旁的抽屉里拿出那仅有的两本相册。她左翻右翻,把里面的几张照片抽出来铺排在床上,又进行了几次比照,最后才把这照片交给你。她说我死了要用它做车头照。你把照片接过去,举起那4R大小的照片与真人对比。那时母亲的眼睛已经出状况,眼球总是抽搐着往上翻。可是她知道你在干什么,于是她把身子坐直,眼睛里的眼睛朝着你微笑,仿佛在她面对的是一台照相机。

你没有对她说,照片里的人不像她。尽管其他老妓女都认为她当时的眼睛不行了,连细叔也一再说那照片里的人真像他失散多年的妹妹。可你依然坚信母亲用了另一双隐藏的眼睛在看。然而在她死了七七四十九天以后,你站在她的塔位前烧香,忽然有点怀疑那是母亲的诡计。她这一辈子总想躲藏。那照片或许是个掩护,她不想被过去认识她的某些人知道,"她"就在眼前的盒子里面。而这一回,妈,你在躲避谁?

回去五月花时,细叔提议去吃早餐。他把车子开到旧城区,说要找一家老茶室。"你妈最喜欢那里的白咖啡。"你知道他说的是哪一家,只是他如果不提起,你大概不会想起来了。那是刚搬到五月花不久后,一个开学前的星期六早晨,母亲说你去年的鞋子不能穿了,要带你去买两双新的。她用沾水的梳子替你把头发梳好。你们出门的时候,站在走廊上的妓女都回过身来对你笑,她们都很识趣,没有伸出手来拨你的头发。走到底楼时,你才发现细叔和他的车子正等在路旁。

那次去买鞋子前,他们把你带到老街场一家茶室吃早餐。你还记得茶室里的咖啡杯子都是非常老式的瓷器,杯子外面画着花卉或外国庄园的图案。母亲叫了白咖啡。她举起杯来,把里面的咖啡倒了一些在垫杯子的小碟子里。她把那盛着咖啡的碟子端给你,她说小时候她的父亲也这样做。你觉得很奇怪,那并非你第一次和母亲一起在外面吃早餐,可她以前从未如此,把饮料倒在碟子里分给你。你低下头去啜饮碟子里的咖啡,不时抬眼盯着母亲看。她那天的兴致很好,话多,眼里有神采。细叔则像平日一样寡言,就着斜斜穿过窗口的阳光在看周末的报纸。你注意到他那天也像你一样把全部头发往后梳,因为抹了些发油,那头发便在晨曦中熠熠生辉,像他杯子里那粼粼生光的咖啡乌。

上午的老街场很热闹,细叔开着车子在那几条衢巷里缓缓行驶,寻觅泊车的地方。你知道要是母亲在车上,她也许会提出"等待"的方案,就是选择停在一条街道中间,等候有人把车子退出来。而母亲已经不在了。你看着车前的街景,看见两排老店屋楼上摇摇欲坠的窗棂。你问细叔可曾见过一个整日推着脚车,常常会在路上狂喊的疯汉。他点点头,说见过的。

"找到了!"细叔叫起来。你看了看,阳光忽然狂泻,路上的人们融入太阳的光谱中。是的,不远处果然有个空着的泊车位。

3

关于那疯子,韶子的一个短篇小说《左岸人手记》也出现过类似的人物。那是个终年推着脚车在街上流连的男人,偶尔他会在城中某个喷水池畔洗澡。那喷水池在交通圈中央,名为"夜光杯",其状如爵,晚上亮了灯便金光闪闪,特别好看。也许因为那样,书中的疯汉特别喜欢夜间在那儿洗澡。那小说以第一人称书写,里面的"我"在下班后骑电单车回家时，经常看见疯汉赤身裸体，爬进喷水池里搓澡。

韶子写的疯子平日并不犯人，却因为对警笛声"有过敏性反应"，但凡遇上响着警笛的警车、消防车或救护车，他便会病发失控，变得有一定的暴力倾向。书里的叙述者便曾看过他因此冲出"浴池"，在大街上赤裸狂奔。

"我"住在城北，也就是河流的左岸，那是城中低收入者聚居的地方。"我"每天汲汲营营地生活，上班路上经常碰上噬人的狂犬，替大耳窿派发高利贷传单的孩子，也曾遇过闻笛发狂的疯汉。但"我"喜欢在下班时绕点远路，为的只是要经过夜光杯，看看疯汉是否在那里。疯汉喜欢坐在池中拿破布给自己搓背。他闭上眼睛，嘴里哼哼，像耳蜗里塞进了别人听不见的音乐。他那模样让"我"错觉夜光杯下是个金碧辉煌的土耳其浴池。一轮满月自杯中升起。"我"总觉得那光景像一幅似曾见过的画作；"我"觉得整个左岸数十万人口中，疯汉是活得最快乐的人。

你自然未曾读过《左岸人手记》。你只能通过《告别的年代》的侧写，在作者引用的一些零碎的第四人语中，把韶子的原文想象出来。第四人对韶子的作品一般不置好评，他更倾向于用历史学家的角度，针对韶子小说中的历史真实吹毛求疵；或是以心理学家的位置，拿小说的故事、情节和人物去论证韶子心里的暗室。他也常常会跳换到道学家的角色，对韶子的道德价值观大肆鞭笞。但《左岸人手记》与历史无关，第四人评论的语调也就相应软化，他甚至在评论这作品时，罕见地谈到他的现实生活，提起他自己所在的城镇也曾出现过一个相似的疯子[①]。

"每个人都曾经见过的疯子"让这部《告别的年代》充满了魔幻的况味。他像一个穿梭在现实和虚构中的异能者，又像一个人的诸多分身。你想起法国画家巴尔蒂斯的作品中经常出现的一只猫或一个男性背影，人们说那是画家本身。你不禁怀疑这推着无链脚车行走于大街上的异人，才是真正的小说作者。他站在十字路口呼喊，他在夜光杯下，用两掌舀了盈着月光的池水洗澡，他像个牛仔似的抓起脚车链子在头上甩圈；他认得你，他朝你笑，可你看不到。

这事情最吊诡的地方是——人们都"曾经"见过那样的疯汉，而如今说不上来有多久没见过他了，却又一致在心里

[①] "……我住的地方过去也有一个（可能不止一个）那样的'狂人'。我每次看见他都隐约觉得他跟上次见到时有点不太一样，因此我偶尔会突发奇想，怀疑那并非同一人。毕竟他已被那蓬头垢面掩盖了本来面目，我完全没有把握自己是否真把他'认出来'了。城里会不会有好几个相似的疯子？这个想法后来被我自己否定，是因为我确实从未见过'他们'同时出现。"——见《在彼岸消失——浅析〈左岸人手记〉》，二〇〇〇年发表于《同根生》月刊。

认定他早已"消失"。书里的第四人对记忆中的疯汉充满缅怀之情,也因此他对《左岸人手记》的评论明显少了批判的味道。他特别赞赏小说的结尾,认为韶子没有明确交代疯汉的去向,手法"机智",也展现了作者人格中温厚与宽容的一面①。

可惜你终究不清楚那小说是如何结束的。但你明白,"我"终于再见不着左岸的疯汉了。也许夜光杯喷水池被拆了,也许疯汉被抓进精神病院,也许他或"我"搬到右岸,可能是更远的地方。也许某一天他忽然清醒过来,融入左岸的"正常生活"中了。

这时候你还真有点恨起《告别的年代》的作者来。因着那疯汉所隐喻的神秘联系,你对《左岸人手记》产生强烈的认同感与好奇心,极想一睹为快。可你却无法阅读一篇从未存在的小说,而偏偏在你的意识深层,因为读过一个虚构人物所写的评论片段,那小说竟然就有了一种"存在过"的意义。存在过,而消逝了。

还有更让你大惑不解的是,《告别的年代》的作者怎么选择用这种叙述手法去处理韶子的存在?你愈读下去,愈

---

① 摘自《在彼岸消失》。

觉得韶子成了附带于其作品之后的一个隐性的"人物",而她的作品则不完整地分解到第四人的各篇论述中。这是个俄罗斯娃娃的结构,第四人在最外层,昭示着层层"内核"的存在,而韶子被重重包裹,变得愈来愈模糊,愈来愈不重要。

至于韶子的"真身"杜丽安,你觉得她独立于这俄罗斯娃娃结构以外。她以"丽姊"的身份在市井写意游走,偶尔心情不好或受了情伤,便到山顶赌场去住一两个晚上。要是心情好,她会买几个盒饭到后巷去喂野狗。狗群在吃食的时候,她蹲在那儿,翘起鼻尖抽烟。不知情者或许会以为她是娼妓,也有人因为上前搭讪而被她以粗言秽语问候。你喜欢这个丽姊,她让你想起母亲的一个朋友。有好些年吧,不管母亲带着你在何处落脚,这位"阿姨"都可能会突然到访,拎着大包小包的饼干零食,乌鸡白凤丸,养命酒,水果篮,偶尔也给你带了玩具和衣物。你见过她把卷起来的一小沓纸钞塞到母亲的掌心。这位喜欢穿夏威夷款T恤衫配过膝短裤的男装阿姨,总让你觉得她兴高采烈。她习惯一踏进房里便去开窗。她有谈不完的话,抽不完的烟,一条腿抬起来蹬在椅子上。看起来比你的母亲有更重的风尘味。

但你记不起从什么时候开始,这位嗓音沙哑的阿姨没再出现。事实上，若非在《告别的年代》里看到丽姊，你或许不会再想起她了。现在你记起来她靠窗抽烟时，那发亮的短发和镀上阳光的轮廓线。记得有一回母亲与她谈起往事，说到某人欠下赌债，被放高利贷的人押着到他父亲那里收账。你那时坐在地上做功课，正听得紧张时却没了声音。

你抬起头，看见母亲有点无聊地摇晃挂在她脚趾上的拖鞋；男装阿姨别过脸，静默地看向窗外。她们被烟雾笼罩，心思寂寥，容颜如香火中的菩萨。你出神地注视着被母亲夹在两指间的香烟，不知有多久，那长长的烟灰终于掉落。

关于大耳窿押着儿子向父亲讨账的事，给你十分深刻的印象。所以后来在《告别的年代》里读到相同的情节，你震惊得像大脑被轰炸似的，脑袋一直嗡嗡作响，觉得灯管里的蝉钻入你的耳蜗里了。你发现这小说与你所在的真实世界有着某种神秘的联结，它兜兜转转，引领你绕回现世，回到你所站立的原点上。你抽了一口凉气，合上书，觉得这书的锈绿色外皮看来真像一扇古老的铁门。

但那所谓"相同的情节"并非由作者直叙，那是书中之书，韶子遗作《告别的年代》里面的情节。第四人在其论文《多重人格分裂者》中提到这一段情节，并以侦探似的口吻挑出其中不合逻辑的地方①，以说明韶子缺乏生活观察与缜密推理的能力，并进一步论证《告别的年代》为一部失败的写实主义"巨著"。

---

① "第九章中陈家长子因豪赌欠债，债主将他押到陈家工厂，威胁其父代子偿债，却因陈父拒绝开门，打手们当着监控摄像头暴打其子，陈父最终狠心转身不看。此情节虽令人动容，然而细究之下，却未免流于滥情。这项小说情节不符合当时的社会实况，作者也忽视了当地华人家庭中牢固的传统观念。小说中的陈父多钱善贾，家中仅得二子，他断不至于有此'灭亲'之举……"——见《多重人格分裂者》。

第五章

1

茶室开在大街上,好啊,那里的两排店屋什么生意都不缺,缺的就是让人们走累了歇脚喝茶,还有让附近员工解决两餐的地方。杜丽安要了个角落间,打通一旁的墙壁,弄了几道铁闸和几卷竹帘,大开方便之门,高峰时间还把桌椅摆到五脚基上。大街上白天总熙熙攘攘,拐角的小路又连着两个德士①车站,还真的络绎不绝。"平乐居"开张后一直生意兴旺。店铺的地理风水固然一绝,店里的茶水食物口碑也不比旧街场那几家老字号逊色。但说到底这些全由老板娘一手操办,就连跟在钢波身边的那些兄弟们,也都看出来了。这位"大嫂"既具慧眼,手腕也灵活,是个厉害的女当家。

杜丽安自然察觉了这些老老少少的男人喊这一声"大

---

①德士:的士,出租车。

嫂",其意味已经和六七年前在婚礼上满堂起哄时大不相同。那里面再无调笑的意思,也没人再拿"范丽"或"狄娜"之名对她的大胸脯意淫一番。只是这两年杜丽安实在长了不少肉,身材远不比以前玲珑了。娟好知道她介怀这个,老安慰她说多长点肉才好看,富态,福相,旺夫呢。

杜丽安抬头看看娟好,她倒是愈来愈瘦。过去几年胼手胝足,熬出了金睛火眼,现在她的眼珠布满血丝,而且有点凸了。女儿矮瓜脸去年上了小学以后,她的日子才算舒坦些。杜丽安在平乐居硬挤出一点位子,让她摆张小方桌卖糕点、炒粉和糯米饭,也帮忙端茶水收杯子,既当小摊主,又是平乐居伙计。她和矮瓜脸母女俩省吃俭用,似乎过得穷而不匮。自从阿细南去都门,苏记又驾鹤西归以后,杜丽安总感觉娘家没人,心里有事也无人可以诉说,于是便逐渐和娟好亲近起来。

娟好说起来算是个孤女,因父母生育太多,她未足岁便让他们送给一个老尼姑当养女,以后与生身父母再无往来。那老尼姑像披着树皮,身上长满大大小小的肉瘤,性情乖戾,对娟好的管教极为严苛,几乎没强迫她也受戒了。她去世时娟好还只是个少女,以后亲生父母那里也没来联系,她便拿尼姑留下来的一点积蓄,在大华戏院租了个摊档卖零食荷兰水,因而结识了杜丽安和后来那短命鬼陈金海。

过去被老尼姑养在膝下，娟好犹未信命，直到陈金海猝死以后，她才怀疑自己这命就和女儿的脸一样，都长歪了。儿时被父母所弃，而后又为陈家所拒，她生下来就该是个无主孤魂，也只有老尼姑那样的出家人能收留她了。所以这几年她特别感念老尼姑的好，又有点懊悔自己不曾像对待母亲那样，诚心真意地侍奉她。女儿矮瓜脸特别机灵懂事，娟好便觉得是老尼姑大慈大悲，在天上眷佑她。

至于杜丽安，娟好因为年纪比她稍长，过去都把她当妹妹看待。杜丽安嫁了钢波以后，因为有同为人妾的心理，仿佛两人被贬到了同一个阶层，心里遂有了种说不明白的默契，娟好便自觉地与她频密来往，从此成了闺中密友。可毕竟同人不同命，钢波对杜丽安的疼惜，那是渔村的大老婆远远比不上的。后来给她钱，让她开茶室当了平乐居老板娘，一切顺风顺水，好不得意。她每日坐在柜台那里支使人，已俨然有了正室派头。娟好受她照顾，很快便察觉自己比人家矮了一大截。杜丽安待她不薄，但对她说话时常常流露出训人的架势，哪还像以前那样交心？至于她给的"照顾"，与其说是姊妹之情，毋宁说是东家施恩。娟好心里有这芥蒂，便觉得两人已不如之前亲昵。

这些女人家的心事，也只有杜丽安和娟好自己心里知晓。在钢波眼里，这"姊妹俩"依然如胶似漆。那娟好仍然热衷于打听各种滋阴补阳的药方,炖好后给杜丽安送过来,说常服有助生养。钢波对一盅接一盅的汤药本来就十分厌恶,却因为拗不过杜丽安,才服用了好几回。有一次他刚喝下去便觉得喉咙奇痒,终于狂咳不止;晚上气理不顺,那痒,从喉咙蔓延到肺部,几乎不能躺下来睡觉。如此折腾了一段日子,他才慢慢痊愈,从那时起,他总算可以理直气壮地拒喝这些燥热之至的大补汤药。杜丽安见他受了几个月的苦,心里也懊恼得很。再说那药从未见效,她不免意兴阑珊,便叫娟好以后不必再替她炖药了。

娟好接到杜丽安这"吩咐"时,觉得话里隐约有埋怨她的意思,心里很不是味道。再说她老觉得这些年来,替杜丽安分担她那"不育"的焦虑,是她们之间最推心置腹的一回事。而今杜丽安似乎在暗示她少操心,娟好既感到委屈,又有点怅然。少了这一环,她与杜丽安还能是姊妹吗?大概也就只剩下"主仆"那样的情分了。

对于这事,杜丽安没娟好那般多愁善感。平乐居老板娘可不像外人想象得那么好当。钢波这大老粗对做生意的事一窍不通,镇日只顾着为庄爷和大伯公会的事务奔波,偶尔溜回渔村老家含饴弄孙,把平乐居"这点小生意"全留给她去烦心。杜丽安本来想着开酒楼够体面,连名字都找人取好了,叫"汇海大酒家",那气势!她以为当了酒楼老板后,钢波便会安于营生，不至于整天往外面跑。不料这算盘终究没打响。钢波不把一间小茶室看在眼里。想想看，坐在柜台收那一元几角的账，非但配不上他那一身穿金戴银的行头，也辱没了建德堂堂主的名望。

结果平乐居没留住钢波，倒是把杜丽安给绊住了，反而让她分不了神再去管钢波的行踪。好在杜丽安把茶室经营得有声有色，每天那么多人喊她老板娘；她嘴里抱怨，心里却是欢喜的。她跟钢波说好了，你儿子那边的养鱼场我不过问，但平乐居赚也好亏也好，都由不得别人插手。钢波听明白那意思，不就是河水不犯井水吗？那正合他的心意。他深深打了个哈欠，再伸了个彻底的懒腰，全身筋骨嘎嘞嘞作响。"你们女人做生意没亏本已经很了不起了。"他也乐得不去管平乐居那一大堆蝇头小利的碎账。

要说烦人，杜丽安最怕看见的人还是老爸。苏记死后他可真逍遥，赌瘾愈来愈大，酒也喝得凶，总嫌她和阿细给的生活费不够。阿细人在都门，远水救不了近火，他便三天两头来打杜丽安的主意。杜丽安不怕他白吃白喝，最怕他装病装痛，或捏造各种理由来伸手要钱。幸好老爸再无赖，也不敢真闹出什么丢脸丢到家的大事。杜丽安知道他最忌讳的是钢波这女婿，也知道他怕钢波真发火了会不给他留情面。怎么说老爸的左手背还留着当年钢波戳下的印记，他押注时看见了便会有所警惕,不至于太过糊涂。

尽管如此,杜丽安知道老爸从来不是个检点的人,以前苏记活着尚且管不了他,苏记死了以后,她便预料老爸迟早会在外头弄出什么事情来。即使杜丽安不主动打听,平乐居人多口杂,人们的闲言闲语终于会流入她的耳朵。继半年前传说老爸经常去嫖娼,还闹过"带不够钱"的笑话以后,这阵子说的是他跟一个印度寡妇举止暧昧,还把人家带回家里过夜。虽说是流言,可杜丽安心里清楚,没人敢在建德堂波哥的老婆面前胡乱搬弄是非,所以能传到她这里来的,想必已八九不离十。只是啊,她想到老爸一辈子只懂得说粤语和客家话,难以相信他就凭那几句成不了事的马来语,竟然能勾搭上印度婆娘。

那天下午平乐居打烊后,杜丽安特地回老房子看看。大日头,她打着伞走了快二十分钟的路,居然有点气喘。以前她帮苏记推三轮车都没觉得这么累。到了楼下,她收起折骨伞,掏出手巾来擦汗,一边抬起头看着那阴暗的楼道,才发现自己不知有多久没回来这里了。那楼梯看起来脏兮兮的。她曾经走上那阶梯,回过身向莲生招手。

"你过来,过来让我看看,看你比我高出多少。"

他的个子真高啊。杜丽安再攀上一级。嗯,现在差不多了。当她攀上那高度以后,却发现自己和他隔得有点远了。

莲生。楼道很暗,莲生背光站在那儿,连面目都隐没在他自己的影子里。但她知道他正注视她,脸上带着笑,像在看着那些小学生。

老爸不在。尽管有心理准备,杜丽安还是被房子里一塌糊涂的情况吓了一惊。地面全是灰尘,靠窗的墙角还挂着几张破蛛网;神龛上的残杯歪七倒八,观音和祖先都灰头土脸。暖水瓶是空的,那些穿了几天没洗的衣裤都扔到靠墙的椅子上。她拉开门帘,老爸的房间倒比她想象的整齐,只是那久未晒过的床铺散发着一股酸馊味,想来老爸夜里总没洗澡就爬上床。杜丽安站在房门口,想象老爸把那印度女人带到这床上。

那床单是苏记凑碎布托人缝制的呢,刚铺上去时像洞房花烛般艳丽。现在那上面的花色全发白了,床中央还乌卒卒地闪着一大片黏腻的油光。

她想起印度女人黝黑发亮的皮肤。

作死啊你,作死乜。

杜丽安走到隔壁房。她和阿细的被铺与枕头都还在,而且齐齐整整地放在原处,像被时光冻结起来。那感觉就像她和弟弟今早才刚离开,而且再过一阵就会回来。这不免让杜丽安一阵感怀,她把门帘放下。

她扫了地,煮了开水,把暖水瓶灌满,再把神龛稍微清理一下；烧了香，合掌向菩萨及历代祖先请罪。走之前，她把随处散置的衣裤拿到冲凉房，放在大铁盆里浸泡。不是说那印度寡妇就是个洗衣工吗？她上来看见这个总得帮着洗洗吧？

过了不久，人们说老爸算是和那印度寡妇同居了，杜丽安听了也没什么反应。她对弟弟说起这事，阿细不过呆了三几秒。"也好，有人给他洗衫煮饭。"杜丽安对着电话听筒里的弟弟苦笑。她说你多久没回来了，下次你回来还住老爸那里吗？

阿细沉吟了好一会儿。他们之间忽然像多隔开了一个空间。杜丽安专注地聆听电话另一头的背景杂声。她说你那边很忙吧，你去忙你的。姊姊这儿有多余的房间。就算石鼓仔回来了，你也可以将就一下，和他挤一挤。

提起石鼓仔，阿细咿咿哦哦，像有事情难以启齿。要杜丽安用硬话逼他，他才说出来石鼓仔上个月刚丢了轮胎店的工作，前几天才到都门酒楼来找他借钱，还问他酒楼那里有没有适合他们的工作。

"他们？你说'他们'？"杜丽安拔高声音，扬起两眉。

"有个年轻女孩跟他在一起。眼睛大大，皮肤有点黑，看着像马来妹。"

"那你怎么回答?"

"我,借了三百元给他。工作的事,我说会替他打听一下。"

这事杜丽安自然是要对钢波说的。她说你那个石鼓仔,不知是自己辞工抑或是被老板炒了鱿鱼,都养活不了自己了,还学人家拍拖。这一回钢波显然尚未接到渔村那边的通报。纵然有过一瞬的错愕,他却还是只耸了耸肩,眉心结了个"多大的事?"的问号。

"仔大仔世界,况且他还没定性。"他说,"这儿子有点像旧时的我。"

杜丽安本想再数落几句,但她听到钢波说"像旧时的我",这话多少有点自豪的意思。旧时的钢波?她抬起头来看着梳妆镜里一前一后的两个人影。她在上发卷,钢波在她身后,坐在床上剪脚指甲。这男人脑壳中间的头发全掉光了,剩下的一圈也疏疏落落,半数是白发。她回想起来,石鼓仔确实长得跟他有七分相似。皮厚肉韧,单眼皮,宽鼻翼,要是头上再长一对弯角,便十足十的像头蛮牛。

也许就为这个吧?杜丽安想,钢波心里最疼的恐怕还是这个小儿子。石鼓仔要干什么都由他。之前那小子住在这里时,曾扬言要加入大伯公会庄爷麾下,钢波马上说好,还高兴得像儿子中状元似的;父子俩勾肩搭背,那几天都在说着会里的事。那态势，就像钢波恨不得将几十年的功力和经验都传授给他。

但钢波那时大概忽略了，石鼓仔还未定性。就连杜丽安的老爸也在暗地里对她说，嘿，这后生还得磨一磨。果然他兴致高昂地加入大伯公会后，因一时未受重用，没多久便泄气，很快也就"忘了"自己是建德堂一员，更别说入会前对钢波许下的种种愿景和承诺了。即便如此，钢波仅仅是皱眉叹息而已，杜丽安可没见过他对石鼓仔拍桌子咆哮，动肝火。

既然如此，杜丽安也就识趣地不再说什么。她自己对石鼓仔向来不存好感。老觉得他浑身一股狠劲，眼神阴鸷，好高骛远而头脑不怎么灵活。反正就像电影里那种爱惹是生非，偏偏成事不足败事有余的角色。

相比之下，渔村那边的两个哥哥大概都要比石鼓仔务实多了。妹妹刘莲嘛，即便性格有点乖僻，却总算安安静静的，连打喷嚏都没有声音。除了每天到工厂车衫，每两周回渔村一趟以外，她最喜欢做的无非是定期去买《姊妹》和《香港电视》，偶尔带娟好的女儿去吃一碗煎堆冰，或者到公园荡秋千。

矮瓜脸跟刘莲倒是十分投缘，莲姊姊莲姊姊，扯她的衣袖揪她的裙摆，一声一声地喊，把刘莲喊得融化了。这小矮瓜长得并不好看，但嘴巴伶俐得很，又似乎能洞察人心。她若是个男的，肯定能要了刘莲的命。

杜丽安则忘不了好些年前，小小的矮瓜脸伸手替娟好拭泪的情景。她想啊，要是命里注定无儿送终，能有个像矮瓜脸那样的女儿做伴，也该满足了。如此怔忡了一会儿，钢波已然剪好指甲，躺下来寻梦。杜丽安把头上的发卷都舞弄好，便熄灯上床。她依然很不习惯在暗中摸索，总觉得从这边到那边，区区十尺左右的一道直线，只要一熄灯，它在黑暗里便有了生命，会悄悄延伸，悄悄转弯，变得不可捉摸。

她上了床，盖上毯子，不着边际地胡乱想了些事，等待着梦乡召唤她的名字。就在她慢慢滑入那柔软的甬道时，依稀听到身旁的枕头传来钢波的声音。他说那三百元，我会还给你弟弟。杜丽安闷声说你是他老爸，当然该你还。

她不确定自己是否真的那么回应了。或者说，在说这些话的时候，她不确定自己是否已抵达梦里。

2

就像别人说的，她很瘦。但肩膀很宽，肩胛骨突出。你知道她是玛纳。这么大清早的，日光还在慢慢渗透厚墩墩的云层。谁会在这时间，在这路上，往这方向？

她迎面而来，肩上挂着一个艳丽的锦绣大布包。那布袋子先引起你的注意。黄褐色的布料让你想起泰国的赤脚僧侣，上面繁复的金红色花鸟刺绣看来像祭坛上的桌布。于是你的目光顺着布袋瞪上她的肩。一字领，向世人敞开那一副肩胛骨的曲线与弧度。那么瘦削的女孩，好像那对宽大的肩胛骨就是她这身体全部的财产了，你只看了一眼便怦然心动，耳根热起来，居然感到那也可以是一种裸露。

女孩瞄了你一眼，便与你擦肩而过。你在那一瞬垂下头，瞥见七分裤下细瘦而坚硬的小腿，以及她脚下的仿草织纹饰的松糕鞋。左脚的鞋子显然掉了一朵盛放的向日葵，而右脚的鞋子出卖了它。女孩留意到你的目光，仿佛她看到了脚背上的红点枪瞄。她回头看你一眼，你假装不在意似的加紧步伐离开，却又忍不住在路口那里回身看她。女孩弯下腰，有点狠，一把撕掉右脚上的太阳花。

她是玛纳。她一定是玛纳。你心跳加剧，在犹渗夜寒的晨曦中笑起来。你看了看时间，决定转过身去追踪那女孩，看她是否会走进五月花。于是你隔得远远地跟在她后头走了一小段路，却发现她只朝五月花侧门的楼道看了一眼，并没停步，就走过去了。这让你好不失望，一整天都无法打起精神。你乘巴士去到城中心的肯德基店里，填写应征表格，与其他应征者挤在那里等待面试。人很多，时间愈行愈迟滞，几乎无法从人与人之间穿过去。你忽然感到十分倦怠。

想起那女孩的肩胛骨如一只展翅的巨蝶。

下午你赶了另一场应征后,买了个汉堡和一瓶矿泉水,在街上边走边吃。经过必胜客时,你透过窗玻璃,赫然看见自己坐在里面。你穿白衣,和一群秀美的年轻男女坐在一起。你看见自己笑着在点餐,那笑脸洁净得可以反射阳光。你怔忡了好一阵,才意会到那里面的人不是你。是J。不知怎么,你认定他是看不见你的,就像你每天在凝视镜里的自己时,总认为"那边"的人看不见这边的你。你咬下最后一口汉堡,把那包装纸揉成一团。阳光垂下它的帘子,把你和J的世界隔得更远一些。你眯起眼看那窗玻璃的浮光,看见自己的忧伤染在J的笑脸上。

你回到五月花,趁着隔壁的茶室还没打烊,先去打包晚饭。你对细叔说了以后要自己打点晚餐,他点点头就是了,可你却过了一周还未适应这种调整。你也跟他说了正在找工作的事。嗯。"不等会考成绩放榜了再说吗?"你没有回答。细叔也没有追问。他从衣袋里掏出老花眼镜,稍微调整坐姿,把手中的报纸斜举起来,好迎合窗口斜照的阳光。你低下头搅拌杯里的咖啡,一直想着该不该问玛纳的事。最后倒是细叔先开口。他挪下报纸,摘下眼镜。

你妈有没有给你托梦?

你茫然地摇摇头。母亲走了也就走了。你问细叔，你呢？你有没有梦见她？这么问了你马上感到后悔，你并不真想知道这些天母亲躲进谁的梦里。她钻入了谁的被窝。向谁微笑着洞开她的身体。谁溅湿了她的灵魂。已经四十九天了，她都没来看看你。

细叔耸耸肩。那以后是一大片空洞的沉默。你们搅拌各自的饮料，像两个问卜者，专注地凝视那一朵属于自己的漩涡。

你摇晃着装了盒饭的塑料袋，一步一步走到301号房。没错，现在你也只需要四十三步。前几年你发觉自己长高了，上楼时喜欢连跨两级梯阶，让301号房变得更近一些。但那是母亲还在世的时候，你故意要让她听到你那莽撞的归来的脚步声。即便那样，她还是喜欢在你推门而入时，装出一副介于沉睡与死亡之间模棱两可的姿态。你不理她，她总会轻易失去耐性，改成以咳嗽或哼歌等别的方式去吸引你的注意。你再不理她，她只有趴在床上，睁开眼睛，安静而痛苦地活下去。

妈。

你在梦里呼唤她。梦里空空如也，只有一片漆黑。你什么也没看见，却感觉那里有走不完的梯阶，自己在里面跌跌撞撞。梦如此崎岖，梦如此局促。妈。你以为自己一直在往前走，但那些梯阶并不规则，它有时候向上，有时候朝下。你磕磕碰碰，无数次摔倒，最终从梦中的高处坠下，一直没有落地。

你唯有睁开眼睛。原来天已经黑下来了。你不动。身体在等待梦中传达过来的疼痛，脑袋在等待虚空。空气里有些不寻常的味道。你闻到了。它愈来愈浓稠，愈来愈靠近，愈来愈真实，几乎像人间烟火。你挣扎着爬起来，坐在床沿又感受了一阵。那真是榴梿的气味，甜腻，媚俗，芬芳。

你走出301号房，循着飘在鼻端的榴梿香味往楼下走。它愈渐浓烈，你觉得自己正在进入它的腹地。今日的五月花还有谁会把榴梿带回来呢？细叔向来不好这个。他说自己的身体底子燥热，内有干金之气，太阳之火，即使只吃一两颗果肉也会得燥咳或咽痛耳鸣，最严重的一次甚至咯血。借宿在底楼的两个妓女已经老得不该再吃榴梿了。那浓稠的果肉会黏住她们的口舌，果肉纤维会塞进假牙和真牙之间的缝隙，还会使她们的糖尿病恶化。

你走到二楼，那里香气馥郁，以致弥漫了一种类似椰花酒般发酵的味道。你按捺不住心里的激动。吃榴梿的玛纳，偷腥的暹罗猫。

这一回你确定了，她在204号房，就在细叔的房间隔壁。你甚至可以听到房里有人正贪婪地吮吸果核上的剩余。

你站在门外窃听，兴奋得像个祈祷者似的紧扣住两掌。现在你们很靠近了，你和你的猎物玛纳，只隔着204号房门，而那门板似乎变得像厚纸皮一样脆弱和单薄。你直觉它没有闩上，只要你拉下门把便即时可以把它推开。但你知道自己不该那么做。你以为自己或许应该敲门，可你无法想象她若开门了，你该对她说什么。

嗨，玛纳。

你在门外又站了一阵，仍然拿不定主意该如何把玛纳"拽出来"。就在这时候，楼下传来闸门被推开的声音。你知道是细叔回来了。这让你感到慌乱，仿佛螳螂捕蝉，黄雀在后。你想立即冲上三楼，却明白那样的速度需要太大的动作，这必然会让旧楼里的老骨头反弹，反而惊动正在上楼的细叔和房里的玛纳。情急之下，你打开对面205号房的房门，纵身闪入那裂开的黑洞，像跳进一张无牙的大嘴巴。

细叔走到203号房门前。你听到他拿钥匙开门的声音。但他没有马上推开房门。你听到一种迟疑的意味，他往前走了两步，停在你的房门外。你屏住呼吸，手还握住门把，恨不得让心跳也暂停下来。

叩叩。

你缓缓嘘了一口气。对面的房门吱呀被打开，你听到细叔沉着嗓子嘱她去开窗。玛纳，榴梿的味道太重了，听到吗？对方似乎应了一声。细叔站在那儿，看着她旋身走去开窗。她必然赤足，她十分轻盈，脚步几乎无声。你们都听到那久未被打开过的百叶窗咯噔一响，细叔又嘟嘟哝哝地不知说了什么，才把门带上，转身走进他自己的房间。

空气在慢慢流动，依然飘送着榴梿的浓情蜜意。你被205号房含在它黑暗的口腔内，不知何故感到安慰。你们很靠近了，三个人，被榴梿的味道拥入她丰腴的怀中。你竟然想到母亲，怀疑这是她死后的安排，榴梿的气息是她的体味。她知道你要的是什么，她把玛纳留给你。你觉得她就在这暗中，她朝你的耳蜗细声说话，你去找啊。她的声音很近，如一只振翼的飞蛾驻足在你的耳沿。就像她去世前的某一天，你背她下楼时她忽然轻声笑起来。

"你长这么大了，你居然可以背我了。"她笑，混浊的鼻息喷上你的耳郭。

你不曾对谁诉说过那一刻你的哀恸。把母亲背到楼下时，你已抑制不住泪水。后来母亲死去，你也没有这般伤悲。

如今在这盈满榴梿香的黑暗中，你才想起小时候背着你的小行囊跟着母亲走。她提着硕大笨重的蓝色行李箱，得歪着上半身抵抗箱子的重力，而且每走一小段路就得换另一只手。不知怎么，你喜欢走在没有行李箱的那一边，所以每一次她停下来换手，你自然而然地从她背后走到另一边去。刚开始的时候，母亲会以她空出来的那只手牵着你走，但那箱子会变得愈来愈沉重，她最终必须以双手应付它。而即使那样，她需要的停歇愈来愈频密，停下来的时间也愈来愈长。你们站在灼人的赤道阳光下，脚下的影子不住地往后躲，母亲在喘息。汗珠溅碎在路上。

"还没到吗？"你抬起头，阳光蒙上你的眼。

"快到了。"她总是这么回答。

她说要进去店里买一瓶矿泉水，叫你在外面看守行李。她进去后又即刻走出来，有点不放心地抱起你，让你坐在行李箱上头。"这样我才可以看见你。"她笑，随手乱拨你的头发，"谁让你个头这么小？矮冬瓜。"

你撇着嘴拨开她的手，再看着她走进店里。五脚基上来往的人不少，你背靠着墙，垂下头，空茫地凝视地面，让成双成对的脚与鞋子穿过视界。

母亲买了矿泉水走出店里，阳光从斜角漫入，淹没了地砖上的浅纹。你像一只疲软的玩具熊，与那行李箱安置在一块儿。

3

韶子的母亲去世以后，有些沾亲带故的好事之徒借"协助处理后事"为名,进入老人家与韶子共住过好几年的屋子去探看。让人们惊异的是,这幢四房一厅的双层排屋,虽然布置整齐,却不像大家之前想象的那样,有一个像样的书房或工作间。

人们找不到一个文人、一个作家存在的证据。他们以为韶子必然喜欢阅读,但屋子里找到的读物无非几本八卦杂志与一摞一摞堆叠好了,似乎随时准备要卖出去的旧报纸。楼上的几个房间都放置了睡床和妆台等家具;楼下的房间比较小,里面堆满杂物,却是老人家的卧房。屋里毫无"书房"的迹象,他们甚至找不到韶子自己的著作,也寻不着她生前得过的奖杯。那些奖杯大多是沉重的铜铸品,也有两个易碎的琉璃制作,韶子能把它们放到什么地方呢?总不会都塞进银行的保险箱里吧?

这事何其神秘,就连第四人也无法理解。根据他对韶子那些作品的评论和分析,这位"善于模仿与互文"的小说家①,按理说应该接触过不少其他小说家的作品了。可是别说她家里无书,城中的图书馆也没有她登记借书的记录。她家附近有个路边书报摊,摊主只记得丽姊偶尔会去买报纸,顺手拿一本八卦杂志,有一阵还买过两本"数独"填字游戏

---

①见《不死的杜丽安》一文。

集。还有与丽姊相熟的发廊老板也说，丽姊健谈，特别爱撩人说话；茶喝得不少，却极少翻阅手边的杂志。

这位娘娘腔的发廊老板回忆说，和丽姊聊天是件乐事。她的话题天南地北，偶尔也穿梭阴阳，连她未曾去过的东京纽约北爱尔兰，她也能描述一番，且说得都像真的一样。所以后来听说丽姊写小说，他一点也不觉得惊讶。

除了发廊老板以外，有几位小学时与丽姊同班的同学，也记得杜丽安是个讲故事高手。那时候每天下课休息，必有一群拿着便当的小朋友围着她，听她即席编造前所未闻的鬼故事。那些故事太久远了，人们只记得女同学的惊呼与尖叫，还有人为此晚上做噩梦。

"不读书的小说家"让韶子更添一层神秘色彩。人们倾向于把韶子描述成能升天入地的奇人异士，文坛女巫[①]，据说还有些渴望得奖成名的年轻写手，会在枕头下放置韶子的著作（更有甚者，干脆以书当枕），并视"梦见韶子"为即将得奖的吉兆。久而久之，国内的中文系课堂与写手的圈子发展出一套相当于蛊术的"梦的占卜术"来。譬如在两年一度的花踪颁奖礼前梦见韶子，或乳罩，或盗版光碟，俱为得

[①] 诗人刻舟在其得奖作品《昨夜我与女巫对话》中注明，诗中的"女巫"，指的是已故女作家韶子。

奖之预兆；梦见书本，高跟鞋，口红，校服或紫色的头发，则预言各组比赛皆全军覆没。这套理论相当复杂，还得配合梦的时辰以及梦中其他具体的符号，像塔罗牌似的排列出一串预言来。

这当然只是年轻人的游戏，所有成熟的文人和真正的职业写手，都把这视为荒唐的迷信。他们宁愿相信韶子是一个颇具天赋，源于生活而高于生活的"人生派作家"。也因为如此，尽管韶子的作品本身大多介于写实与非写实之间，也往往都掺杂了现实，现代和后现代派；古典，科幻，意识流，历史，魔幻，乡土与城市等元素，但评论家与几个编撰"本土作家群像"的史料整理者，都习惯把韶子界定为"现实主义作家"[①]。当然也有个别人士别有创见，因韶子作品那不断游移而难以界定的特质，而把她称作"无主义作家"，"自由主义作家"以及"后后现代主义作家"，等等[②]。

虽众说纷纭，第四人却不为所惑。他对于韶子的作品，

[①] 二〇〇〇年后出版的《300作家群像》、《你不可不知的108位本土作家》以及《最感动读者的100篇本土小说》，都在韶子的简介中，把她称为现实主义作家。
[②] 自从第四人的《形影不离》在书市狂销后，有好几位文人学者陆续发表谈论韶子作品的文章，并试图重新定位韶子，故而生出各种不同的称谓。

乃至于"由作品本身所推算的作者其人",一直保持坚定的立场。他至死仍然坚持韶子"善于模仿与互文",唯他无法在韶子故居中搜获证据以印证其论点。这一点令他耿耿于怀,更有人戏曰,第四人为此"含恨而终"。

第六章

1

最初听人们说刘莲在外头有了对象,杜丽安只是撇着嘴摇了摇头,眼珠滴溜溜的,视线没离开过她的账本和计算器。她还不清楚吗?刘莲每天早上准时出门到成衣厂,傍晚准时回来。晚上不是在房里看琼瑶亦舒,就是在厅里看电视。那阵子家里换了彩色电视机,钢波也从外面拿回来一台录影机。刘莲为了追看《上海滩》,有几个周末宁愿不回去渔村家里。即便如此,她把录影带都刨过以后,也会主动到平乐居帮忙,或者带娟好的女儿到附近逛街。这哪像个在拍拖的人?"哼,除非他们每晚在梦里相会。"

后来人们说得更真切了些。不知是真是假,反正平添好多细节。杜丽安印象比较深刻的是,他们说那男的长得有点像明星周润发。她扑哧一笑。"你们啊,"杜丽安暂停按键,抬起头来,"全都中了连续剧的毒!"

但以后这些信息仍零零散散地传来，杜丽安便知道它不是空穴来风了。她把之前听到的传闻组合起来，凭直觉分析了一下。那"貌似周润发的男子"是成衣厂里新来的财副，年纪好像比刘莲大挺多的；没大上一圈，也有八九年吧。人们还说他长得帅气，笑容真诚，嘴巴也甜，工厂里的女工对他前赴后继，没有不心仪他的。

杜丽安合上账本，叹了一口气。

下午茶时间，平乐居忙得不可开交。娟好端着托盘无数次从柜台那里经过，看见杜丽安难得地想事情想出了神，不像平日那杨戬似的一眼关七、八臂哪吒似的指手画脚。她忍不住敲敲柜面，说哎阿丽你灵魂出窍了呀？人家喊埋单呢。

茶室打烊后，杜丽安匆匆结了账便等着教车师傅来载她。那天是她第三次上课，仍然笨手拙脚，而且也心神不定，几次在路口换挡都出差池，惹得教车师傅发毛了，便让她在幽僻的小路上随便开了一阵，草草结束当天的课程。师傅把她送回家，路经旧街场，穿过那一条有很多干货铺的老街。杜丽安摇下车窗。她喜欢闻空气中那股虾米的咸香。好些年过去了，这里还是老样子，那条通往培华小学的小巷依然静静躺在原处，而巷口居然还停着一个三轮车加篷改装的流动小食摊。景色依旧，只是摊主换了个中等个头的女人，头戴草帽，脖子上圈着毛巾，穿得像洗琉琅的矿工。杜丽安看她正在收拾锅盘餐具,一天的营生便到此为止。

回到家里,杜丽安没顾得上休息便赶紧下厨。家里雇了印度女人上门来洗衣服,娟好也替她找了个中年妇人每周上门来处理粗重家务。但做饭这事,杜丽安坚持不假手于人。苏记传下来的广西酿豆腐和芋头扣肉,经她加料"改良"后,钢波可是吃得碗里没饭了,也要蘸肉汁吮筷子的。她晓得钢波喜欢吃客家菜,便也学做盐鸡和算盘子,油重味浓,吃过的人都赞不绝口。然而要靠这几道板斧让钢波每天回来吃饭,终究是不可能的事。他虽然常说自己爱吃住家饭,但在外头顶着庄爷的名头奔忙,少不了吃吃喝喝。今天在这个小埠吃大虾,明日在那个大镇尝野味喝小酒。他说他连熊掌猴脑老虎肉都吃过了。杜丽安啐他一口。钢波便欺近来,满脸堆笑,口腔里的酒气呵上她的脖颈。

"你不信?不信你可以自己来验一下。"

杜丽安甩开他的手,他也就顺势扑倒在床上,连袜子都没脱就躺在那里,呼噜噜地打起鼾来。他偶尔会在梦中说些醉话或呓语,词句像香口胶,都嚼成一团。杜丽安觉得像江湖切口,她怎么听也听不明白。

但正如娟好姊说的,他没在梦里喊别的女人已经很不错了。杜丽安未尝不同意。她也不天真。这男人的世界有烟有酒有钞票,怎么可能期望他嫖赌饮吹三缺一,独少了女人?

这么想的时候，杜丽安也就对钢波频频回渔村那边感到释怀了些。怎么说回去抱孙儿总比在外面抱别的山鸡和野花强。

"阿丽，女人之中，你很好命了。"娟好说时苦着脸，像是又要拿自己的遭遇去提醒杜丽安。你很好命了。他疼惜你。你有屋子，有平乐居，现在还学开车了，很快会有自己的汽车。这一整排房子就你一家先有彩色电视，电冰箱，现在也只得你们家有录影机。你就看看吧，周末晚上有多少邻居的孩子挤在窗外要分享你们的连续剧。

杜丽安苦笑。为这个，她和邻居都有点闹得不愉快了。那些孩子像甘蔗水摊档上的苍蝇和蜜蜂，一窝一窝地出巢，把窗口都堵满了，而且他们也吵，闹得人心烦；看《京华春梦》那么苦情的戏，大结局了刘松仁要死，她也烦得哭不出眼泪来。

所以那一阵杜丽安便盘算着要买新房子。附近有发展商要建十来幢半独立式双层洋房，她看了图样，比现在这排屋气派多了。"院子里放得下两部汽车，衬得起你建德堂堂主的身份。"夜里杜丽安伏在钢波背上，把他的大耳垂含在嘴里。钢波禁不起这一着，他的耳垂与堂主的名头，被杜丽安衔在唇间轻轻啃啮，令他浑身酥软。他咬着牙忍了一会儿，终于禁不住翻过身来把杜丽安压在胯下。杜丽安咬着下唇浅笑，脸上有一朵绯色的云彩散开。那一晚她没提起钢波答应过酒后不碰她的承诺，钢波也没想起来。完事后他一头栽在杜丽安身旁。杜丽安贴近他的身体，把头枕上他的臂膀，听到他迷迷糊糊地说了一句"女人真厉害"。

杜丽安听出来，这话里的"女人"并非专指她一个，那里面必然有其他人和事。也许身体太贴近彼此了，她头一次听真切了钢波的呓语，而这听来竟不像是嘴里说出来的话，却像是从胸膛内发出的声音。杜丽安微微感到悲凉，身体里刚激发起来的热情与甜蜜，迅速冷却下来，剩下一股微凉留在脚掌。她听到黑暗中有蚊蚋振翼，有一只蚊子巡视后，如蜻蜓停落在她露在毯子外的脚趾上。那蚊子必然十分健硕，它把粗大的吸管插入她的皮层。杜丽安感觉到蜇痛，但她一动不动，而且也不想驱赶那细微但真实的痛楚。那一刻她集中注意力幻想自己是一具尸体，因而顾不得再去分析钢波那一句梦话的内容和含义。也因为欢爱后的疲累，她很快便带着随血液传遍全身的痕痒，以及那叮痕上的一点痛与麻木，沉沉滑落到烟与酒与汗味交织的梦中，等着为明天醒来。

杜丽安从未过问钢波从哪儿找来的钱，但他平日排场阔，开销大，钱都左手来右手去；要一下子拿一万多元付房子的头期，肯定有难处。杜丽安适时适度地压压挤挤，总算让他凑齐了这数目。钢波平生不畏上警局和医院，可最怕上办公楼。因而银行借贷与律师楼的手续，都得由杜丽安操办签字。

新房子的事，杜丽安虽兴奋得很，却按捺着没告诉任何人。就连娟好这好姊妹也一概不知。杜丽安这几年历练过了，知道愈是不动声色愈好办事。而且人啊，活得愈占优势便愈不该张扬。即便是情同姊妹的娟好吧，杜丽安也发现有好几次跟她分享自己的乐事，她当时高兴，接下去几天却总是态度有异，眉目间有一种故作冷淡，像要疏远她的神色。至于家中的刘莲，虽说石鼓仔离开后，她的态度逐渐软化，没再像一头箭猪似的绷得紧紧，但钢波为这边供应的东西，以及他与她的恩爱，要是让刘莲看在眼里，难保不会当成是非，给搬弄到"那边"去。所以杜丽安待刘莲虽然周到，可那热忱也就像人家说的君子之交，彼此都点到即止，不至于一厢情愿地真把对方当亲人。

"不就只是背了个名分吗？说穿了非亲非故，用不着仆心仆命。"杜丽安是这么对弟弟阿细说的。其时屋子里没其他人，她还是下意识地拿手挡住话筒，像是怕秘密泄露。石鼓仔在都门待不下去，三几个月换一个东家，女友忍受不了，半夜走人。更可怕的是他打一天鱼晒三日网，实在没钱了便上酒楼找"舅父"。阿细没投诉什么，倒是杜丽安听得一肚子火，一再叮嘱弟弟"别管他了！"她气急败坏，"他那么大的人，生死与人无尤。"

但她感知阿细没把这些叮咛放在心里。从弟弟的言谈中,她反而察觉他与石鼓仔真有了点交情。杜丽安知道那不是舅父与外甥之间的情谊,而是两个年轻人之间的男儿义气。所以阿细后来渐少提起石鼓仔的近况,她却愈来愈明白弟弟把石鼓仔的事看成"朋友的事",那是心甘情愿地帮忙,再不想"出卖"对方了。

那她就不动声色吧。杜丽安很清楚,男人之间这种奇怪的交情,不能强攻,它受的外来刺激愈大便愈容易膨胀,会反弹。但这东西里头不就只充了些气吗?其实都是空的。日子久了让现实生活再煎熬一下,它自会慢慢泄气。等着吧。

那一年庄爷要庆祝七十五岁寿辰,传闻他摆了寿宴便会宣布退休,打算把大伯公会的事务交给他儿子。这事弄得会里挺紧张的,钢波更是如坐针毡,镇日找庄爷密斟,还约了一批弟兄帮忙劝说。杜丽安装着不闻不问,但她见微知著,大概预料到这事情拖得过今年也躲不了明年。庄爷老了,钢波只是寄生在老树上的一蓬野蕨。老树枯死有期,依附在它身上的蕨叶还能有多少茂盛的日子?再说,钢波自己也老了。

庄爷在寿宴上接受钢波的敬酒,过后微笑着拍了拍钢波的肩膀。他说钢波你也不年轻了,我们该共同进退。

庄爷回过头来,杜丽安马上向他举杯。老人家红光满面,脸上依然维持着雍容的微笑。他说阿丽你是他老婆,要帮我好好照顾他。杜丽安饮尽致意,尽力让自己笑得如范丽般妩媚灿烂。钢波回到座位上,才坐下来便愤愤地咕哝:"你看,他愈老笑得愈像个太监。"杜丽安听得心惊肉跳,连忙伸手在桌子底下使劲拧他一把。她清醒得很。一整个晚上,她那酒杯里盛的都是茶。

筵席散了以后,钢波与他的班底到别处继续狂饮,杜丽安自己坐德士回家。那时已经是晚上十点多了,抵达家门时,她发现大门前停放着一辆以前没见过的汽车,再看看客厅的百叶窗居然被合上,铁花门里的木门也半掩着。那间隙内一片幽深,隐隐闪动着电视屏幕投放的光芒,显得暧昧无比。她再看见台阶上的男士皮鞋,心念一动,便轻手轻脚地推开大门,缓步走到门前。

尽管那角度看不真切,但正如她猜想的,沙发上果然有两个……不,缠在一起的一团人影。电视上放映的是《亲情》,周润发的大特写,七情上脸,说话的声量也大,杜丽安听不见沙发上混合的呢喃。她大声清一清喉咙,又故意用力晃动手提袋,让里面的钥匙杂物啷啷作响。沙发上的人影马上弹开,杜丽安听到"啊"一下虚弱的惊呼,女声。

"是阿莲吗?"她问,"还有谁在啊?怎么不开灯?"说着从手提袋里掏出钥匙来。

她说要有光,就有了光。灯光让厅里的白墙显得特别苍白。杜丽安推开半掩的木门时,刘莲怔怔地站在她面前,头发披散,面色与墙壁一个调,手还搭在电灯开关上。杜丽安看了看她,沙发上的人影这时也站立起来,"丽姊你好。"

男声。

高个子。

肤色有点深,一口好牙齿。

眉很整齐,横如双刀。

眼神温和,里面盛着两泓清泉。因为个子高,他微微低着头,任谁被他注视都会觉得自己像个孩子。

杜丽安也像刘莲一样愣在那里。她觉得血在凝固,心脏在冻结;它不跳动了,而且突然变得很重,像被灌了铅。它沉甸甸的,正往下坠落,压在其他脏腑上。手很冷,像握着两块冰。她已经把钥匙插进门锁里了,却忘了该旋动。

"丽姨,他是工厂的财副。望生,叶望生。"刘莲缩起双肩,怯声怯气。

杜丽安不知道自己费了多久才回过神来。望生?叶望生。她听过这名字,知道这个人。这让她的心脏又再跳动,呼吸恢复正常。待她想起该开门时,厅里的两个人像已等得太久,以致站在那儿眉来眼去,都有点手足无措。

杜丽安跨入厅里,与他的距离又近了一些。就着灯光看真切了。天呀,果真是孪生兄弟,居然可以如此相像。她向刘莲瞪了一眼。"望生吗?这么晚了,我男人也不在,"她说,"对不起,这不太方便。"

她觉得自己吐出来的话像冰块,碰上空气竟哐啷哐啷的,铿锵有声。她说完便礼貌地避开男人的直视,依然盯紧在一旁低头抿着嘴的刘莲。男人礼貌地告辞:"那真不好意思,丽姊,我改天再来拜访。"杜丽安昂起脸来,见他笑着点了点头,没有一点窘迫的神色。

她就那样木然地把叶望生送走了。刘莲陪他走到门外,看他俯身穿上他的皮鞋。杜丽安在厅里除下耳环,看到他离开前握了一下刘莲的左手。动作很快,刘莲也飞快地抓住他的拇指,几乎不肯放手,就像那是小小的一块浮木。叶望生眨一眨眼睛,给了她一个会意的、坚定的、安慰的眼神。刘莲这才依依不舍,迟疑地松开手指。

杜丽安去关了电视。她把录影带从机器里拿出来。"你们在看《亲情》吗?我以为你们看的是《家变》。"她说。门外的汽车开走了,杜丽安听到汽车离去后的空寂。刘莲没有回应,依然站在那里凝视外头。她们背向彼此。

她说去洗澡。她扭开水龙头往缸里注水,然后一屁股坐在马桶上,看着一只灰褐色的飞蛾屡屡扑向灯管。水满了,从缸里溢出来,水帘似的倾泻到地上。她仍然在翘首,像吊在那里待宰的禽畜。这一管冷火烧不死飞蛾，它一定十分焦虑，最后只有把自己撞得遍体鳞伤，折翼死去。杜丽安问自己，你在想什么呢？她说那样死去要比扑火焚身痛苦多了。飞蛾没听见，仍然奋力地撞向灯管。

这时候，有人敲浴室门。刘莲在外面怯声喊她，丽姨。杜丽安没有应声。水潺潺流下。地上积了点水，她把双足踩在水中。丽姨。刘莲又凑了点勇气，把门敲得更响一些。杜丽安应了，唉，什么事？

"今晚的事，可不可以不要告诉我爸？"她的那一点点勇气正在消失吧，声音如此虚弱。

"你们要是正正经经的，怎么会怕你爸知道。"杜丽安大声回答。

门的另一边没了声音。过了好一阵子，杜丽安起来旋上水龙头，水声停了，她才听到刘莲在外面小声饮泣，"丽姨，我求你了。"

有那么一瞬，杜丽安脑中闪过刘莲哽咽着吃下碗底几块肉的情景。"造孽。"她在心里说，"放心吧。你爸回来大概已经醉醺醺了。"她说了便开始舀水冲凉，把冷水猛烈泼向自己。她打了个哆嗦，但只咬了咬牙，身体很快适应，几乎像麻木似的，马上变得与水一样冷了。

洗了澡后，浴室里的飞蛾似已疲困，却仍有气无力地冲向冷火。杜丽安熄了灯,不晓得那样做是在拯救一只飞蛾,抑或是在折磨它,让它失去方向,掉到水里,死于暗中。

刘莲已经不在门外了。杜丽安也回到睡房,像往常一般坐到梳妆镜前抹脸和上发卷。镜里的人双眼无神,神情麻木地任她处置。她看着她,觉得她愈来愈臃肿,这令她忽然感到难堪。叶望生那么倜傥,她却变得庸俗而肥胖。在那惨白的灯光下,她让叶望生看见那样的她。

钢波回来时天已微亮。彼时杜丽安的灵魂正飘游在闷热的空气中,头皮上的汗湿了发根。钢波躺下来时,梦乡弹动,她睁开眼看了一下,迅即又回到梦里去掇拾记忆及欲望的残余。她梦过的。那膨胀的梦于闹钟响起的一瞬,像含羞草似的紧缩。她喘着粗气醒来,似有"几乎醒不过来"的余悸。梦里的人以热吻堵住她的嘴,用坚定的口吻对她说,不许动,别声张。

两个月过去了,叶望生并没有再登门造访。杜丽安只在暗地里对刘莲训了几句话,也不怎么严厉,只是说好说歹。女孩怯怯地点头。杜丽安知道她感激不尽。那她就不动声色吧。横竖对钢波说了,于她又有什么好处呢?就像去说石鼓仔的事,终究吃力不讨好,说不定弄了个挑拨离间的罪名,还会挑起渔村那边对她的仇视。杜丽安现在精得很,都是跟电视剧里学的,那两年可看了不少家族里钩心斗角的戏。

但她说不清楚自己是否真希望再看见叶望生。他会堂堂正正上门吗?捧着个水果篮,学着刘莲喊她"丽姨"。她不敢去想。倘若天意如此,只好等桥到船头自然直。可天阿公玩的是什么把戏,她不过是个凡夫俗人,怎么懂?但不管怎样,叶望生终于来了,他拿指节敲一敲柜面,喊她丽姊。

杜丽安的心弦被狠狠弹了一下。这声音她认得。原来她已经等了两个月。她抬眼。只有她自己知道这动作有多吃力,眼皮有多重。她以为自己一定脸红了,但她没有。她歪着头装了个迟疑的神情,就像一时认不出对方的样子。但她心里讶异得很,不明白自己是怎么做到的,居然仅凭一眼就认出眼前人是望生,而不是莲生。

"是我啊,叶望生。"他扬了扬眉,笑,"阿莲的财副。"

"哦,是你。"杜丽安把找给客人的零钱放在小托盘上,"叶望生,我记得。"

"现在不是上班时间吗?怎么你会到这里?"她说着扭过头去看一眼墙上的挂钟。三点半。

"有个供货商从南边来了,老板要我带他尝一尝本地的好东西。"

杜丽安斜睨他一眼,"这么抬举啊?谢谢你了。"

叶望生又咧嘴笑,像在炫耀他的好牙齿,"平乐居,他以后只记得平乐居。"

他说了转身便走,却又在走到自己的桌子后,忽然走回来。杜丽安一直以眼尾盯着他,这时候见他穿越那些挤满人的台凳,往柜台这边走来,她没来由地心跳加速,紧张得把小托盘里的零钱倒出来,放在掌心胡乱点算一下,再放回托盘里。再抬头时,叶望生已来到她跟前。

叩叩。他敲敲柜面。她抬头看他。她以为自己的眼睛里一定有个大问号,但没有。她纯粹凝视着他。

"丽姊,我一定要说。"他用两眼迎接她的注视。他的眼睛那样深邃,像海洋迎接川河,"你瘦了。你知道吗?很好看。"

杜丽安以淡然的微笑化解这一下撞击。她想这世界只有她听得见自己心里的欢呼。是的,只有她听见了。"你真会说话,看来这杯茶得让我请客。"她把放了零钱的小托盘递给经过的伙计,"十号桌。"她说。

"不,下次吧。"叶望生甩一甩头,转身走了。

十二号桌子收三块半。她接过伙计拿来的五元纸币,转身去按她的收银机。叮。钱箱弹出。她把一元五毛放到托盘里,伙计拿着钱走了。杜丽安把钱箱合上。身旁的香烟柜上镶着一面写着对联的镜子。她以眼角窥看镜里绮丽的人影。

生意兴隆通四海，财运亨通达三江。她在两列楷书之后。是窈窕了。这两个月的努力没白费。

娟好经过，问她刚才那人是谁。"刚才？"杜丽安蹙眉，装了个没放在心上的样子。娟好扭头看一眼坐在五脚基那里的叶望生，"外面那个男的，高佬，斯斯文文。"

"你说他啊，"杜丽安随着她的视线瞥了一眼，"是阿莲的同事。"

她没忘记他们两人都是这么向她介绍的。工厂的财副。不是吗？除此以外，其他的都名不正言不顺。她去按那收银机。叮。多清脆的声音。

钱箱弹出。满眼硬币与纸钞。

2

玛纳会看见床头的柜子上有一朵非洲菊。你原来要找的是向日葵，但卖花的说你不可能在这里找得到新鲜的太阳花。他递给你一枝毛茸茸的人造花，它看来很真实，花盘大如面盆。你最后买了一朵橘黄色的非洲菊，把它插在绿色的汽水瓶里。它在204号房的床头柜上，清晨时天光渗透磨砂窗后，会抵达那里。

她看到了。她往那花瓶添水。但花总有凋谢的时候。

她会在那时候看见一个小巧的指甲剪。它穿上苹果绿的套子，看来像一只蚱蜢栖息在非洲菊的落瓣里。玛纳用它来修剪了她的指甲。她没有涂指甲漆，剪下来的月牙形指甲都干干净净。她把残花与弃甲都扔到墙角的小型垃圾桶里，那原本只用来装载嫖客们用过的安全套。他们会把安全套的包装纸随意扔到地上或留在床上，有时候会留在床头柜半开着的抽屉里。但他们总会在完事后，把自己的精液打包起来，慎重地在套口上打结，再隆而重之地放进套了塑料袋的小垃圾桶内。

你也会在那些垃圾桶里找到妓女揩抹下身后丢弃的许多卫生纸，凡士林润滑油的空罐，四粒装"威而钢"的包装盒，烟屁股，空烟盒；偶尔也会有一些糖果纸，或人家从裤袋里掏出来的各种被挤压过的废弃物。譬如过期的彩票，购物收据，戏院票根，搓成一团的纸巾。也曾有妓女把用得快融化的口红丢弃。

接下来你给空置的汽水瓶放入另一朵紫红色的非洲菊。你可以想象她咧着大嘴笑的样子。她是玛纳，肩上有巨蝶振翅的女孩。你认出来她放在床底的鞋子，那仿草织的松糕鞋，上面都没有了小小的向日葵，只留下一小团凝固的强力胶。你下一步要做的是：趁她不在时，把从女红店里买来的布制菊花粘在那鞋子上。

你把那两朵布菊花和一小只强力胶都放在背包里，带着它们到肯德基上班。你负责处理炸薯条，有时候也得处理沙拉和马铃薯泥。穿上那制服以后，你觉得自己和别的男员工变得十分相似。你们像许多个复制人，在鸭舌帽的阴影下处理鸡块、饮料、汉堡和其他。但真正与你相似的J却不可能在其中。他看来家境优渥，这时候他也许正和父母到国外去旅游。现在的欧洲可是初冬，他会在滑雪吗？当然他也很可能与其他俊秀的男女结伴到芭堤雅游泳；在沙滩上，把脚伸入潮湿的细沙中。他总喜欢待在阳光盛放之处。

你会在无人干扰时，安静地享用你的想象。你想象玛纳蹲下来，看见躲在床底下的鞋子长出了菊花，而不是羊齿，也不是蕈。你发现她放在床底下的大行李袋，那里面的T恤都小得像童装似的，你也看到了那天遇上她时，她穿的那一条七分裤；后面的裤袋有银线绣的蝴蝶图案。她就像你的母亲一样，喜欢把行李放在床下，仿佛随时会再上路，而且说走就走。但你知道她如今也想逮住你，像你想引她出瓮一样。在你们其中一人抓住对方的手腕以前，你相信她不会离开五月花。

可她毕竟比你沉着。她不动声色，经常早出晚归，或晚出早归，如一缕幽魂，隐居在人们的背影中。玛纳。你下班后回到301号房，从背包里翻找出菊花与强力胶，有点兴奋地等待天黑。你胡乱翻一翻桌上的书本。那一本《告别的年代》将届归还日期，而你从未打算归还。现在你把它当成了"父亲"的遗物，那是他故意留在图书馆里，等待你去认领的东西。书里面藏着某些等待你去指认的秘密，而且你已经喜欢上书里的韶子了。她神情孤傲，心不在焉，长得就像玛纳一样；乘风迎向你，向你展示她的肩。

你醒来收拾自己的梦遗。精液像万能胶一样黏在裤裆。这些日子，玛纳以无数绮梦预告她的到来。梦境逼真得让你怀疑她在你入睡后来过了。她按着你的肩膊，让你深陷在梦的荡漾处。她矫捷地潜入那里面，如同一尾人鱼替你口交。你在那样的梦里感到窒息，常常因为实在憋不住了而猛然射精，然后魂魄徐徐升起，游到梦的出口。你醒来，疲惫而满足地收拾自己的梦遗。

你吃了打包的晚餐，那些饭已经有些干硬。你想象杜丽安亲手做的芋头扣肉，有着五香粉与八角味的南乳汁，和着五花肉渗出的油脂，热腾腾地流入你的饭里。母亲也爱这道菜。菜端来时，一个热碗扣在盘子中央，生菜垫底。她把热碗撬开取走，翠绿的菜叶烘托着紫红色的芋头扣肉，南乳汁流到菜叶上，多么丰盛。

难怪母亲后来会放任自己变得臃肿。她自知不会遇上命中的叶望生。细叔也只能让她放心地纵容自己自暴自弃，最后变成一摊扶不上墙壁的烂泥。在五月花的最后一夜,你在这房里守住她的尸体,闻到那肿大流脓的膝盖发出臭味,一度以为天亮时她会彻底化作一摊脓血。你读过毕淑敏写的极短篇小说《紫色人形》,一对严重烧伤的夫妻相拥死在床上。你以为最后便是那样了,母亲会渗入床垫,留下南乳汁般酱色的形状,像床单上一幅丰美的蜡染。

确认了玛纳不在,你潜入204号房。紫红色的非洲菊仍然娇美,床铺凌乱,她出门时一定非常匆忙。她把两件衣服胡乱掷到床上,似乎是出门前试穿过,觉得不满意。你拿起其中一件艳红的衬衫,觉得它符合你想象中新鲜的血衣。它质地柔软,你把它凑到鼻端嗅了一下,闻到一股洗衣粉常有的、化学物的味道。你把床铺约略收拾,再把两件衣服折好,整齐地叠放在床上。然后你把床底下的鞋子拿出来,花了些时间把两朵布菊花粘上去。在等待胶水凝固时,你忍不住又把床下的行李袋拖出来,无意识地查点一遍。于是你知道她今天穿着一件白上衣加波希米亚风的长裙出门,而且还拿着那个艳丽的僧侣布包。白上衣底下是一件单薄小巧的藕色乳罩,下面是一件蕾丝镶边的粉色内裤。她戴了些饰物,起码有一圈劣质的仿贝壳手串,以及一只象牙戒指。这样的打扮,她会去哪里,要见什么人?

白色的单瓣菊在松糕鞋上生根,你扯一扯它们,确定它们已十分牢靠。玛纳以后可以拿这鞋子配搭她的阔摆长裙或轻纱上衣，那让她看来像一只飞舞在菊花上的彩蝶。你把东西回归原状。行李袋被推回到深处，鞋子守在前面。鞋子上的菊花无须日照，它们在黑暗中守候。你熄了灯，把房间归还无明，那是它原来的位置。

回到自己的房里，你坐在灯下听光明的偈诵。细叔回来，直接走到他的203号房，隔了好几分钟后，再走出房门，穿着拖鞋到二楼的盥洗间洗澡。你听到他在走廊上浅哼某支粤语旧曲；咿咿呀呀，几乎无歌词，唯有这一句"命里有时终须有，命里无时莫强求"。

你打起精神，认真去思考望生与莲生。这一对孪生兄弟长相近似。他们如此可疑，让你想起自己与J。尽管你与J的关系未获证实，但你已认定他像电光枪或其他因为母亲收藏太久而被遗忘了的物事。而望生、莲生或许有双胞胎遗传，他们其中一人可能是这本大书的作者，母亲倾心于他，为他怀孕生子。你甚至猜想母亲在那堆满书籍的图书馆里勾引了他，在未完稿的大书上与他云雨。叶莲生有书生气，显然更像是会动手撰写《告别的年代》的人，而望生浪荡不羁，似乎只有他会做出在图书馆里调情交媾的事。你不知道此刻兄弟两人谁坐在你心中的图书馆内，你以为母亲也未必知道，谁在她的耳畔说着情话，谁正同时钻入她的身体，最后谁又留在她的记忆中。她很可能始终不晓得这里头有两个人,一对兄弟。

你睡去又醒来,因为天未亮,你每次睁开眼睛都怀疑自己其实在另一个梦中。你以为梦本身是蚁穴那样的国度,里面沟壑纵横,蜂窝状的小房间鳞次栉比,你永远搞不清楚自己的位置,也不知道出口在何处。但你总算真正醒过来了,纵然你明白那未必正确,但真正的出口总会有一大片耀眼的亮光。

你去洗漱。昨夜在绵延无尽的梦境里跋涉以后,你精神倦怠,但仍庆幸自己又回到满布牙膏痕迹的镜中。这天你心情明亮,也许是因为梦境创造了劫后余生的错觉,也可能是因为你总想着玛纳如何发现床底下绽放的花朵。你洗过澡后回房里穿好制服,收拾背包,再随手翻一翻昨晚做的笔记。那本子里滑下一张卡纸,掉落到地上。你把它捡起来。那是一张3R彩照,一个铜色皮肤的瘦女孩在照片里对你笑。她戴着一顶结了缎带的白色宽边帽。有点风吧,她拿左手按着那过于秀气的帽子,像是怕它会飞走。她笑起来嘴巴真大,照片里的光全部投射在她身上。看来真像一株能召唤阳光的向日葵。

她进来了,走了,留下一张照片。很可能在你洗澡的时候。你凝视照片里的人,忽然被某种不曾有过的情绪触动。

那是一种美好而哀伤的感觉，它在你的心脏与肺腑之间，像一簇不断膨胀中的气球，让你以为自己被充满。你觉得自己被寻获了。就是这样一种虚无的幸福感吗？让母亲自愿死在那一刻。她闭上眼睛里的眼睛。我在人世已然饱足。

你想哭。这是个美满的日子。长假中的年轻男女携手走在开满阳光的路上。你已经穿过一夜忽明忽暗的雾障，推开那一道进入"明日"的大门。外面天晴，你步行下楼，到了闸门那里，天光兴盛，人世的声浪向你扑来。

3

韶子有一个处理同性恋题材的小说，《只因榴梿花开》。当时的文坛特别流行感官书写与同志性爱，而作家写手们也都乐于让自己披上一点点亦幻亦真的同志色彩。却没想到向来"独立于世界以外"的韶子也无法免俗，在这同志书写的高峰期，发表了《只因榴梿花开》。

对于这一点，第四人自然深表不屑。此外，他亦不讳言自己对这类"跟风"的同性恋题材深恶痛绝[①]，也因此《只

[①] 见《同志蜂拥的朝圣之路——评韶子的〈只因榴梿花开〉》，一九九九年发表于《椰雨》。

因榴梿花开》在他个人的"韶子著作排行榜"中排名甚后,仅仅名列《昨日遗书》之前①。

但由于文化圈中的同志队伍日益壮大,也因为当时本地的政局跌宕,以及政要的肛交案丑闻引起文人们的情绪反弹,韶子的这一篇小说大受欢迎,被誉称为"最能反映社会面貌与时代精神的杰作"以及"回应世纪末政治闹剧的最后一个隐喻"②。韶子甚至凭这作品获得该年度优秀作家奖提名。即便第四人当时作为评委之一,曾极力反对让这"伪后现代主义作品"获奖,并举证说明它有模仿国外名著,或起码有"互文"的嫌疑,然而其他评委不以为意,韶子最终仍以高票得奖。结果第四人为此拂袖而去,并扬言从此不再参与同类型的评奖活动。

这次评奖风波经内部泄露,再由第四人高调承认以后,反而使得韶子这篇作品更受瞩目。《只因榴梿花开》因其"广义的,多元的,开放性的,不确定的题旨",多年来被各个不同主题的文选竞相收录,在本地文坛创下了"被收录次数最多的小说作品"之纪录。也因为阅读者广泛,它一般被视为韶子个人的代表作。

---

① 见《形影不离》文末附录。
② 前者见韶子短篇小说集《只因榴梿花开》序文,后者见书腰封上的推荐文案。

第四人经研读后认为,《只因榴梿花开》具有一定的自传性质,未必不可将之视为韶子的"半部自传"。但这个论点主要建立在小说设置了一个"女作家"为主人公的根据上。连你也觉得单单以此推论未免牵强,而且你也像其他人一样,怀疑第四人想借这肤浅的推论暗示韶子有同性恋倾向,多少有点抹黑她的意图。

这或许就是后半部《告别的年代》最诡异的地方了——韶子从未出现,但你因为那些从未读过的"韶子著作"而逐渐对她产生好感,于焉生出一种近乎怜爱的,想要保护弱者般的情怀。由于丽姊已被证实了是个浪漫的异性恋者,你当然不认为韶子会是个女同志,但第四人在他的论述中引用了《只因榴梿花开》里的几个段落,却让你读得心惊胆战。那里面同时写童年时与成长后的女作家,居然十分符合你对韶子的想象。

女作家那年十二岁,中等个头,面有饥色。她戴着一顶下午才刚修整过的蘑菇头,跟随她的母亲到朋友家去坐夜。没有人注意到这个安静,腼腆,其貌不扬,手上拿着一本小说的女孩。纵使人们发现她了,也只以为她在看书,却没想到她一直坐在那里构思一篇未来的小说。

在那一篇小说中，有另一个女作家正出席类似的场面。她面带冷笑，双手在胸前交叠，独自坐在最靠外面的一张塑胶椅子上，静静注视着人流与白灯笼上虚报的岁数。下点雨吧，斜飞的雨丝飘落到她的背脊或向外那一边的肩膀。但女作家对此不以为意。她总是以一副自矜，骄傲，冷漠而心不在焉的姿态屹立在人群中。

仿佛她很清楚自己到这地球来，只为了等下一班飞船载她返回外太空。

仔细想想，每一个丧礼上都似乎曾出现过女作家，或起码一个类似女作家那样的人。她会拒绝给死者上香，甚至由始至终一直跷着腿，没有跟随大家去瞻仰逝者的遗容，也没有对死者家属说上半句安慰的话。她明明是和其他人一起来的，也和大伙儿坐在一块，但沉默让她看来孤僻而抢眼；让她在镶嵌画般热闹的"整体"中，突出如一片不搭调的空无。她用一种不合理的方式，一种叫着"个人风格"的强烈特质，渐渐引起所有人的注意。[①]

对你而言，韶子就是那个被飞船载到外太空去的

---

① 见《同志蜂拥的朝圣之路》。

"人"。她的存在唯有《告别的年代》做证，而这本书却丝毫不足以采信。它充满矛盾，不断自我驳斥；徒有虚构的张力，但看来如空中楼阁。正如《只因榴梿花开》里写的，它像一部早已写好的"未来的小说"。

但你已经喜欢上韶子。你喜欢她，就像你站在橱窗前凝视玻璃上反映的一个从你背后行过的女子。你看不真切她的眉目样貌，但你喜欢看她如一尾鱼似的，安静地在橱窗这张屏幕上游过。你喜欢那样一个沉静地记录众生的小说家，你确定你喜欢的是韶子而不是在迷恋你自己的影像。是的你肯定，你不是神话中爱上水中倒影的纳西瑟斯。

你同时也开始有点了解了介于存在与不存在之间的第四人。你发觉你和他其实一直并肩站在一起，都面向着同一个橱窗。你们之间错开了一些年代，互不认识；你们的心思都不在橱窗里，而在窗玻璃上。

现在你明白了第四人是你和韶子之间的媒介，作者通过第四人文集《形影不离》里的文字，如灵媒般召来了韶子。你知道有一天作者把第四人所写的论述全部说完，小说里关于韶子的一切也将随之终结。因察觉了第四人对韶子的拥有权，你感到有些嫉妒。他掌握了韶子的所有作品，并且把它们都装入他的评论里。这如同男魃，他掏空自己的躯壳，拿它来装载韶子的灵魂。

第七章

1

想象那里有一棵高可通天的波罗蜜树。

杜丽安抬起头,仿佛已看见光箭穿过枝叶间的漏洞。她说不行,波罗蜜树长茁壮了,它的树根最后会把旁边的沟渠毁掉。"那么,在后园种一棵杧果树吧?"她也说不行,杧果树长高了可不容小觑,一朝开枝散叶,会把楼上的窗户挡住,影响采光。

但那两个房间会有人住吗?这幢双层洋房有五室二厅,真正住在那里的只有她与钢波。刘莲终究是个过客,弟弟阿细大概会在都门安家了。总不成把老爸和那印度女人也弄过来吧?不管怎样,杜丽安最后决定在前院种几棵皇家棕榈,树下再摆几盆苏铁和九重葛。"怎么种这些不能吃的东西?浪费土地。"钢波显然不满意,"苏铁还有刺。你看过吗?像黄蜂尾后针。"

杜丽安不作回应，依然低着头在算她的账。只要摆出这姿态，钢波便明白他已无法左右杜丽安的决定。这女人自从操持了平乐居以后，已练得意志如钢。是的，就是皇家棕榈、铁树和九重葛。她可以想象那画面。有叶有花有树有果，应有尽有，刚柔并济。

钢波却是一个缺乏想象力的人。他甚至无法想象庄爷退下来后，他自己的处境。反正庄爷尚未正式宣布退休。他的大儿子热衷经商，已经是锡埠中华总商会的重要理事；次子在政界也颇有名望，故而对大伯公会的会务都不感兴趣。尽管两人偶尔也有需要借重大伯公会众弟兄的时候，但他们都十分谨慎，不想让自己的名字直接与私会党联系起来。至于庄家小妾生的幺儿，据说浑身二世祖习气，不过是等着败家而已。

事实上，由于庄爷淡出，正逐渐把会务与权力都交出来。那时的钢波正做着"接掌大伯公会"的美梦。杜丽安察觉他的不安，也看到了他与兄弟们相处时，气焰愈来愈高涨。但她不至于意识到这事情的险恶，所以也没去戳穿钢波梦里的大气泡。

或许因为那一年国家刚好换首相吧。老首相下堂，副首相升正，钢波便感到气象大好，也觉得自己忠心追随庄爷多年，该等到那一天的到来了。

杜丽安没把心思放在这渺茫的事情上。她那阵子刚拿到新屋子的钥匙，正忙着打点装修入伙的事。平乐居的生意红火依旧，她只有待下午茶室打烊后才赶去监工。负责木工的是叶望生介绍来的师傅。偶尔叶望生也会顺道过去看看。一般在下午茶时间，他往往还买了冷饮包点，见者有份。杜丽安去到那里，叶望生总已离去。工人们说他心细得很，有几个学徒甚至曾误以为"叶先生"便是屋子的主人。杜丽安在那里得待上一两个钟头。反正那时钢波忙着拉拢他的班底，很少回家吃饭。杜丽安也就失去了做饭的兴致，有时候她索性在新屋待到傍晚，和收工的工人师傅一起离开。走之前她到屋子里外巡视一遍，把工人们随处挂着的饮料袋子拿下来，扔到废物堆里。

她想，已经很久没见到叶望生了。

那家伙确实有好长一段日子没出现在平乐居。杜丽安婉转打听，知悉他辞去了成衣厂的工作，说是和朋友合伙做点建材生意。她在刘莲身上却没看出什么端倪来。这女孩心思很深，口也密。自从上次叶望生"夜访"被撞破以后，杜丽安三缄其口，她也一样不动声色。平日作息照常，只是偶尔在早上出门时交代说放工后会与工友去看电影。杜丽安打开百叶窗窥看，见她几次都独自乘德士回来；但她心里清楚，刘莲口中的"工友"必定就是叶望生。

杜丽安人脉广了，平乐居是个消息流通的地方，她多少也听得一些关于叶望生的事。虽然无从证实，但这男人无疑有过不少风流韵事。人们说他三心二意，总是在一脚踏两船。"两船？不会那么少吧？"杜丽安想起刘莲紧紧抓住他的拇指。唉，那可是个倔强而执着的女孩啊。她还真怕有一天出事了，刘莲会学《亲情》里的郑裕玲割脉自杀。

那现在，此刻，叶望生那花心萝卜正在干什么，又和谁在一起呢？杜丽安开车在街场兜了一圈，看见大华戏院正在上演许冠杰的新电影。那建筑物灯亮火着的，人影幢幢，看来很热闹。以前传说戏院闹鬼，日子久了没人再当一回事，那故去的陈金海是否还在女厕流连不去？杜丽安看到华灯下交错的人影，不知怎的感到心里烦躁，也特别不想回家。她顺着道路胡乱绕了一阵，最后把车开到旧居那里，想看看老爸过得怎样了。

那两个月杜丽安的老爸为风湿痛所苦，走路一瘸一拐的；因为行动不便，也很少到平乐居去耍赖了。杜丽安舒泰了一段时日，这时候站在楼下，她想起这些天老爸受苦而自己竟乐得自在，心里忽然惶惶，以致一时不好意思上楼，便在五脚基踯躅了一会儿。那楼道在夜里看来阴森森，灯光昏沉。适逢阴历七月，杜丽安更觉得那里鬼气氤氲。真奇怪，自己以前是怎么走上去的呢，何曾这般提心吊胆啊。

杜丽安提了口大气,摸着扶手走上楼了,才想起身上没带着房子的钥匙。她只好拍门。老爸,老爸。来开门的是印度女人华蒂。她未到五十岁吧,但比前两年与杜丽安初见时显得苍老,两鬓灰白参差。这印度女人极有语言天赋,广东话说得要比苏记流利和标准。她一边熟练地打开两重门,一边对杜丽安说治安和门锁的事,杜丽安才发现门耳朵上扣了个崭新的大锁头,看似比铁门本身还要坚实。她等在门外,心里觉得怪异极了。这陌生的印度女人已宛若家里的女主人,她总以为这开门的女人和那锁头一样,都有点拒她于门外的意思。

今年农历新年,阿细仍然回到这里来过年。年初二杜丽安回娘家。印度女人给他们弄了一桌子牛羊肉,全是咖喱。阿细和老爸吃得津津有味,只有她觉得那样的年饭不伦不类。但印度女人搬进来以后,房子总算干净整齐多了。阿细告诉她,那女人洗衣服时咬牙切齿,像跟衣服有仇。老爸的宝塔牌与阿细的飞鹰牌汗衫禁不起她的搓洗,没洗几次就变了形,却又洁白得像新衣。

"你看,连衣领上的陈年汗渍都不见了。"阿细说时背转过来,翻起他的衬衫领子。

吃了那一顿开年饭后,阿细出门去探访师傅华仔叔,杜丽安便和他一起离开。他们在楼道上碰见两个拾级而上的印度青年，阿细和他们打了招呼，回头对杜丽安说这兄弟俩是华蒂的儿子。"饭菜太多了，要叫他们上来帮忙吃。"杜丽安侧身让道，也朝两兄弟点头微笑，但她猜想这应该不是两人头一回上去蹭饭了，否则弟弟怎么会识得他们。

"我昨天才跟他们去打羽毛球了。哥哥球技好得很。"阿细走在前面，后颈一片苔绿，"我打不过他。"

杜丽安瞪了他一眼。这弟弟怎么还能像以前一样天真。她回身看见华蒂让两个青年进门了，才禁不住闷声嘀咕："牛高马大，居然还会到母亲的男人家里吃饭。"阿细没听清楚，问她说什么了。杜丽安看弟弟扭过头来，才刚理过的陆军装让他看来气质稚嫩。她说你这平头又是到印度店里弄的吧。阿细有点不好意思，笑着又挠一挠后脑，"是啊，新年也没起价。才一元。"

"那够你在平乐居喝一杯咖啡了。"杜丽安伸手触抚弟弟的脖子，果真有点扎手。那一刻她莫名其妙地想起叶望生。不，也许是叶莲生。她喜欢看他们刚理发后清爽的样子。望生还会用上许多蜡油，他的衬衫和长裤也都熨烫得服服帖帖；无论何时何地，总是一副光鲜整洁的样子。

还没走进屋里，就看到了老爸躺在懒人椅上。他的风湿症看来比她想象的严重。才两个月，人瘦了下来，皮肉一坨一坨的，都软绵绵地垂挂在脸颊和腋下。杜丽安拉过一把椅子，在他身旁坐下。老爸说阿丽这么晚上来啊，吃饱饭了吗？老爸是个天生的大嗓门，那时刻他说话仍然中气十足。听到这声音，杜丽安悬着的心便舒坦了不少。她陪老爸闲聊了一阵，直至老爸连着打了两个哈欠，她才意识到时候不早。她瞅了个时机，趁华蒂走到厨房，便从手提包里掏了几张五十元大钞塞到老爸掌中。

"中医不行就去看西医吧。也许打一针就没事了。"

老爸撇着嘴直摇头。杜丽安后来回想，也觉得自己当时说得太轻松。多少年的风湿症了，而且老爸这岁数，一把老骨头，也唯有穷耗了。她走的时候，华蒂正端着一碗中药从厨房里出来。她问那是什么，华蒂回答说是她熬的甘草附子汤，能除湿祛风。杜丽安睨一眼那蒸腾着当归味道的黑色汤药，不由得心里慨叹，这印度女人的广东话说得真好。

华蒂放下药碗，给她开了门，复把门锁上。杜丽安本想向她讨一只新锁头的钥匙，却因为看见她急匆匆地赶着给老爸喂药，一下欲言又止，便来不及说了。

十来天以后吧，她与阿细跪坐在老爸的灵柩前，总想起那天晚上自己心血来潮回家一趟，这事有点玄。但她最后只看了一眼家门上的大锁头。在他们家老旧而单薄的铁门上，那巨锁看来大得离谱，真像细细一条项链荷着过重的大坠子。

打斋期间，华蒂也来了。由始至终她都识趣地坐得老远，偶尔也躲在后头帮忙折元宝。几年情分，也算尽了人事。她那两个儿子也曾来过，母子三人坐在角落以淡米尔语谈了一夜。杜丽安则断断续续地忆起那天晚上与老爸的谈话。她早该发现其中的各种征兆，那时神龛上有只黑蛾萦回，死亡的魅影已鬼鬼祟祟地在周围游窜。老爸还主动提起苏记的遗物，那不是罕有的事吗？他说你妈留下的金链戒指什么的，你都收好了吧。杜丽安为此警惕起来，以为老爸在向她讨要苏记的遗物。

"我当然收好了。那些东西是老妈的命根。"杜丽安瞥一眼坐在一旁看电视的华蒂。她后来告诉阿细，她以为老爸要把那些金饰给了华蒂，"你知道的，印度人啊，他们有多爱黄金。"

阿细点点头。杜丽安有点不理解弟弟的沉着。他低着头把一摞摞穿起来的冥钞拆散，再逐张扔到火盆里，专注得就像在酒楼的厨房里清理海参，又像在处理燕窝。杜丽安自己可是精神恍惚，老觉得心神不定。也许是因为丈夫的情况有异吧。钢波只交代说会里有事，便连着几天在灵堂有一阵没一阵地出没；即便人来了，也总是没打招呼即与几个兄弟匆匆离开。这些绷着脸碎步奔走，不时以耳语通风报信的人，让杜丽安警觉气氛紧张。再说她可没忘记上回苏记举殡时是怎样的场面,而这次庄爷只差人送来一个花圈,人却一直没有到场。

请来打斋的道士名金不换,算是老爸的旧相识,故人西辞,因而分外卖力。他休息过场时老爱神秘兮兮地说些阴阳界的事。他说是苏记把老爸召了去。杜丽安轻轻点头,这让金不换特别来劲。他盯着杜丽安的脸,他说人有三衰六旺啊,老板娘。

出殡前一天晚上,叶望生也来了。阿细看见他走进灵堂,惊得揉了揉眼睛。杜丽安倒是先看到弟弟脸上诧异的表情,才发现叶望生站在门口,正低着头与刘莲私语。

真的,已经很久没见过他了。杜丽安忽然感到心里一阵难过,却不明白这凄苦从何说起。不管怎样,那感受根本无从抑制,酸楚已涌到鼻尖了。她眯起眼,眼前的一切变得朦胧,叶望生成了一袭模糊而遥远的人影。他在,却始终可望而不可即。

"他不是你想的那个人。他是叶莲生的孪生哥哥,叫叶望生。"杜丽安装着若无其事,"他是刘莲以前的同事。"她别过脸来,直视阿细。她希望他明白,"我没告诉他,我认识他的弟弟。"

阿细未必了解姊姊的心事,但他点点头,他明白她的意思。保守秘密,对不对?杜丽安苦笑。她也说不清楚那何以成了个秘密,她甚至有点迷茫。这秘密的内容太过隐晦,里面的重心是叶莲生吗?抑或是叶望生?她无法向自己解释,也不知该如何厘清。

叶望生没逗留多久。他烧了香,上前来说了些慰问的话。杜丽安颔首应答,不时抬眼窥看望生身上的各个局部和细节。衬衫有点皱,真热的天,腋下有汗印了;大概一整日都在外面奔走,还没来得及回家洗澡更衣吧。果然望生说他这几天人在都门办事,刚回来便直奔灵堂。杜丽安没认真在听。她瞥见他的胸襟上粘了一小团绒毛似的东西,像一球蒲公英。她的眼光便离不开那一蓬小东西,一直有个冲动想把它摘下,却始终没有动手。叶望生只寒暄了几句便告辞离去,杜丽安目送他的背影,看见他在门口被刘莲拦住。两人说话时,她凑前去拨了拨他的衣襟。

比起七年前苏记的丧礼,老爸举殡虽也隆重,来吊丧的人也更多了,但灵堂上的氛围显然不对劲。紧张有之,郁闷有之,兄弟们总是倏忽露脸,却行色匆匆,教人预感暴雨将至,那莫名的不安让杜丽安感到烦躁极了。娟好连着几个晚上都来帮忙,最后一晚因为是周末,她把女儿矮瓜脸也带来。那女孩一副无所谓的样子,刘莲没空理会她,她便独自坐在门外的铁棚下看书。这一年她的身形拔高了不少,却仍然瘦骨嶙峋。倒是头发十分茂密,还理了个蓬松的冬菇头,以致她看来头大身小，像一根火柴。

杜丽安在门口站了一会儿。那一晚，憋了几天的雨终于下了起来。出人意料的是无风无雷，只有密雨在铁棚顶上噼里啪啦炸开。铁棚下的人们纷纷移步到灵堂内，继续灌茶和剥花生。杜丽安对矮瓜脸说，你把椅子挪前一些吧，雨都打上你的肩膀了。

翌日老爸出殡，全程细雨霏霏。杜丽安打着黑篷大伞站在荒山上，心不在焉，只一味看雨。金不换沉着嗓子吟哦，老半天没完，像是在与坟洞中的老友交代今生来世。入殓时杜丽安被嘱回避。她转过身，凝视着地形像波浪似的义山。天高地远，雨丝轻飘飘的，像是天地间扯不断的藕丝。仪式完毕后，她回到家里便感冒发烧，昏睡了好几日，醒来看见娟好忧心忡忡的脸，才听说大伯公会出了大事。

那时杜丽安仍迷迷糊糊，娟好带来的消息也支离破碎。她强打起精神耐心倾听，才明白前两天庄爷宣布把大权交给他的亲侄儿，钢波带头，率领好些兄弟即席翻脸，在大伯公庙里上演铁公鸡。钢波还跳出来当众数落谊父，把庄爷气得闭了窍，当场中风倒下。据说当时场面紧张得很，兄弟们却还拖拖拉拉；若不是几个元老当机立断，老人家是险些死在那里了。

杜丽安总算听懂了事情的来龙去脉。她困乏地合上双眼,以为自己睡了好一会儿,再睁开眼却发现时间淤塞在空中,娟好仍然维持着刚才的姿势。"钢波呢?"她平静地问,"他们怎样处置他?"

娟好耸耸肩。"跑了。"她一脸抱歉。

杜丽安费劲地转动眼球,看见刘莲背着手站在房门口,神情无辜地摇摇头。

事情发生后,钢波一直不见踪影。刘莲回渔村打听,亦无人有他的消息。直至杜丽安康复,甚至连脑血栓后偏瘫的庄爷也出院回家休养了,钢波依然音讯全无。坊间自然有各种江湖传闻流散开来,譬如说钢波被大伯公会的新龙头,也就是庄爷的侄儿派人"解决"掉了,尸体捆了块大石头,被扔到老河里。也有人说他早已预留后路,事发后立即坐船到印尼某岛屿匿藏起来。更有谣传说他窜回老家,一直躲在渔船上。

杜丽安表现得非常镇定,对所有传言都不以为意。除了曾两度上门探望庄爷以外,她仍然每天打扮靓丽,坐在平乐居柜台里按收银机。叮,叮,叮。尽管她变得寡欢,也不爱说话了,却终究冷静得不合常理。因此连娟好也在暗地里对人说,老板娘啊肯定掌握着钢波的行踪。

事实上,杜丽安只是习惯了,面对愈大愈复杂愈难堪的事,愈不该躲,却愈要不露声色。这一个月来,平乐居打烊后,她都直接回家。可她已无心做饭,便让刘莲随便煮,吃过后她开着电视,坐在厅里空茫地聆听房子里的一切动静。左邻右里总爱在外面探头探脑,她便装模作样地嗑瓜子,也让刘莲把录影带租回来,让邻居听见日常生活的声息。

她总以为钢波会给她捎信,起码会打个电话回来吧。但三十多天过去了,她愈等愈心寒。倒不是担心钢波的生死。毕竟庄爷抽搐着面肌对她说过,阿丽,我做事不会那么绝。可怜的老人家中风后嘴巴歪了,说话总咬着舌头,但语气坚定,双目仍清澈凛然,一如往昔。杜丽安点点头。

让钢波看看这双眼睛吧,他就会明白自己有勇无谋,又不具才德,实在不是当头头的料。

杜丽安连要说的话都想好了,从呵斥到责诉到奚落,再到诘问到规劝到原谅;她几乎每天都想出新的一套话来。但钢波终究没联系她,只让她以空想与猜测煎熬自己。杜丽安唯有在梦中咬牙切齿地哭诉,再愤恨地醒来,幽怨得像个弃妇。

出这种事,杜丽安才真切感觉到身边没有可以商量事情的人。要是老爸在,他虽然胡混,或许也能扯出几个像样的主意,而老爸却已不辞而别。那一夜他在懒人椅上睡死以后,便钻入墓穴,躺到苏记身边去了。别人告诉她,老爸去世后,那个印度女人一直留在杜丽安家的老房子,还让她的两个大块头儿子也搬进去，"一家人乐也融融"。杜丽安听了居然不怎么激动，她沉默半晌后说，反正那房子也该有人看守，"她一个女人，总不能自己住在那儿。"

来说事的人顿时感到自讨没趣。"哎哟哟，平乐居老板娘成了慈善家？"他们各自挤了个冷笑，讪讪离开柜台。

杜丽安提不起劲去应对这些闲人琐事。这一个月来，她被平乐居和家里的电话铃声折磨得精神紧张，夜里也没睡好，其实已疲惫不堪。要等到有一天傍晚耽误了打烊，她看着伙计拉上平乐居的闸门后，独自走去开车。那时刻两旁的店铺多已关门，路上也没多少车辆了，街景十分落寞。路旁的街灯忽然抖擞着亮起来，像一行站岗的巨型萤火虫，吸引了杜丽安的目光。她停下脚步，昂起脸，凝神看最后一抹晚霞隐入宝蓝色的天幕。多美啊。杜丽安由衷地赞叹。

也就那一刻起，她对"回家等电话"这事情感到心灰意冷了。

于是那天傍晚杜丽安再开着车子在街上兜风，还刻意绕到旧居那里，看见楼上的窗口果然透着灯火。她昂首望着那昏黄的亮光，心里觉得悲酸而感动。家里有人啊。尽管那透光的窗户像个演皮影戏的箱子，帘幕后晃动的人影已经在演另一台戏了。

回家之前，她忽而想起自己的新洋房。自从老爸去世，那里的装修工程已暂停下来。杜丽安把车开到那小区的新路上,看见有些新房子的住户已经在整理园圃,还真的有人在庭院里栽种果树。她下车,走进新屋的荒园内。那里杂草丛生,装修工人将许多废弃物堆在正中,看着真像个野坟。

望生就是在那时刻闯进来的。不偏不倚,当杜丽安正忧戚地感慨着人生的荒落和命运的无常时,骤见光。她抬头,见是大门前两盏迎面的车灯。那灯光十分炫目,引擎也十分震颤;有个男人走下车来,站在大门外。她认得这瘦长的身影。"真巧。"男人说。

"我路过这一带,想看看你的屋子装修得怎么样了。"

她也认得这声音。这笑容。这眼睛。她记得这人曾经深情地向她走来。穿过培华小学校门前那些青龙木树下的光斑,以及巷子里倾斜的暗影;穿过粗暴的警员与动乱的平民;穿过平乐居挤逼的桌椅与人群,以及灵堂内寂寥的走道;再穿过旖旎的梦境与人世的荒岭。他向她走来,她从未把目光抽离。她总喜欢把他唤来。来,让我看看你有多高。

"我多久没见你了。"这话憋了许久,她终于幽幽吐露。

他们选了楼上的套房,把装建材的纸箱拆开来垫在地上。叶望生吻她,把她放在蓝色的月光里,像是把一尾鱼放入水中。杜丽安伸长脖颈,用全身的感官去领受他的热吻与爱抚。男人比她想象的温柔而有耐性,修长的手指如弹琴似的在演奏她的身体。杜丽安听到一支淙淙的慢曲,如微温的溪流,经由触抚,在她与他的身体内来回传送。她让他脱下她的衣物,让他轻咬她的耳垂,让他吻她的嘴角,舔去她的泪。她拱起腰迎合他的进入,扭动身躯顺应他的撞击。世界缓缓沉没,很宁静,天籁在他们的血液里循环奔流。她看见墙上的窗棂如一幅底色深蓝的画,有一轮圆月停在右上角。世界噤声聆听他们,听她在呻吟中一遍一遍呼唤。望生。望生。

他轻声回答,我在。

2

你看见烟花了。它们射向夜空,像一支一支脱弦的箭,然后在黑色的穹苍里以昙果花的形状盛开。它们的花期比昙花短暂,往往来不及陨落便已被夜幕没收。你听人们的喝彩。每一个人都伸长脖子,对下一簇烟花凝神期待。烟花的演出让城市震慑,时间静止在那里,只有你与少数几个志不在观赏烟花的人,汗流浃背地穿行在人与人的距离之间。

你知道玛纳一定在这广场上。你知道她今天傍晚穿了有白色单瓣菊的松糕鞋出门。她会像小说《只因榴梿花开》里的艾蜜莉那样出众和美丽。你深信自己能在挤满人的广场上把她找出来。当你看见杜丽安与叶望生在《告别的年代》里裸身相拥,她敞开自己让他嵌入,与他结合。你激动无比,便坐不住了。就是今天吧,还要等什么呢?你要捉住她的手腕,你要喊她的名字,玛纳。

玛纳不在房里。你检查了床底下的行李袋和抽屉里的化妆盒,知道她精心打扮后出门去了。房间里飘荡着淡淡的香水芬芳,叫人想起初绽的茉莉花在风中摇曳。你躺在她的床上,闭上眼小憩了一阵。无梦降落。你记起小说中的描写,杜丽安眯着眼喊你的名字,你几乎想要动手自渎。这念头使你惊起。不行,你要的是玛纳。

真奇怪,你就此按捺不住。就像小说里写的,这雨已憋了好些时日,一旦下起来便挟风带雷,势不可当。你在204号房内焦躁地来回踱步,直至听到回教堂播送的晚祷,才忽然像有天启,想起来今天是除夕,市中心的广场上有夜市场开放与烟花表演。你不知何来的把握,却认定玛纳一定是到那里去了。她穿着那让她骄傲的松糕鞋,也许挽着谁的手臂,先在夜市里逛了一圈,然后站在广场某处翘首等待天上即生即灭的繁花。

于是你也出门,要潜入那人头涌涌的夜市。外面的世界热闹浮华，五月花却空寂得像一座高大的坟墓；你走出去后仍然听到旅馆里回响着你急促的脚步。那时天空还有暮光，大路上的街灯与悬挂在电线杆之间的元旦灯饰已经亮起来。街上的店铺已全部打烊，路上行人寥落；长街冷寂至此，反而经受不起璀璨的灯火。你记起小说里的韶子，她在小说《只因榴梿花开》里把这样的暗角形容作"城市的后台"。

到了广场，那里的临时夜市场比你想象的要大，人却多得水泄不通。你挤进淤塞的人流，既茫无头绪也实在不由自主，只能被后面的人推搡着往前走。到了这芸芸众生里，你才发现自己与玛纳何其渺小；要找到她，或甚至你们要找到彼此，终究也只能是一件随遇而安的事。

这样不知走了多久，你看着前面每一个背影以及所有逆流而来的人，还有那些站在摊档前挑选衣饰、小食和其他商品的女孩。你特别留意她们穿的鞋子。两朵白雏菊，那是玛纳的标记。纵使这样，也并没有减少寻觅的难度。你总是看不见女孩们脚下的鞋子，或者也来不及看清楚她们的样貌。因为人太多了，每一个人的加入都在抵消他人的存在，几乎所有人的独特性都被消灭，这里也就成了最不适合寻人的空间。

但你固执地以为今晚便是与玛纳相见的最好时机。即使你明知道，即便玛纳真的在这儿，你们已经如两颗水珠融入人海。你们在这里与整个城市的人们摩肩接踵，与每一个人相遇，再马上与每一个人失散。你愈往夜市的腹地里走，人愈密集。人们的面孔在你眼前摇晃，挤满你的视野，让你觉得氧气不足。你下意识地昂起脸来挺胸呼吸，觉得夜空外有某个孤独的神明正冷然注视这拥堵的广场。"如果你感觉到他正注视着你，你就不必怕会失散。"

这话像一块浮木，突然在你的脑海冒现。说话的是一个经常到旅馆里向妓女传福音的老妇人。她面容干净，牙齿洁白，喜欢小孩。你记得她在聆听别人说话时，总爱在句子与句子之间非常短促的空隙内，突然插入一句"感谢主"或"哈利路亚"。那时母亲正愤愤地说起昨日与你在夜市场失散的事。她说她找了两个小时，急得六神无主，最后才在夜市附近一家卖模型的玩具店门外找到你。

她喊你，你转过脸看她，竟神色自若，似乎并未察觉自己曾经被遗失。

"感谢主！"老妇人轻柔地拍拍你的背，"你这失而复得的孩子。"然后她直视你的眼睛，像催眠似的，用极慢极柔的声调说起那个牧羊人放下羊群，出去寻找一头失羊的《圣经》故事。你缺乏耐性，没听完便回过身去把玩一个刚找到的魔术方块，所以并未留意故事的结局。那天她走之前把你拉过去，把你夹在两膝之间，竖起她的一根食指。你不自禁地随着那手指的方向看着窗外。老妇人在你耳边说，如果你感觉"他"正注视着你，你就不必惊怕失散。

在你的印象中，那老妇人永远脸带微笑，有一种教人不可抗拒的魔力。她喜欢让你的母亲以及其他妓女跟她念《圣经》里的句子。你站在母亲身旁，被母亲握住小手，往往也忍不住跟着大家一起念："耶和华是我的牧者，我必不至缺乏。"

我必不至缺乏。

"他使我躺卧在青草地上，领我在可安歇的水边。"

可安歇的水边。

"他使我的灵魂苏醒，为自己的名引导我走义路。"

灵魂苏醒，走义路。

"我虽然行过死荫的幽谷，也不怕遭害，因为你与我同在；你的杖，你的竿，都安慰我。"

不怕遭害。你与我同在，安慰我。

"在我敌人面前，你为我摆设筵席；你用油膏了我的头，使我的福杯满溢。"

敌人面前。油膏，福杯满溢。

"我一生一世必有恩惠慈爱随着我。我且要住在耶和华的殿中，直到永远。"

一生一世，直到永远。

第一朵烟花在空中粲然绽放,像一棵稍纵即逝的金色棕榈。所有人都抬起头来,发出赞叹。仿佛天启,你霍然省起母亲临死之际念的正是这一句,一生一世,直到永远。那一刻她想起那慈祥的老妇人吗?抑或她已经看到了耶和华的殿?

烟花演出揭幕,夜市里流连的人们都急着拥到广场上,你也就得以随波逐流,跟着大家走到广场。那里已黑压压地挤满人,砰砰砰,天幕上火树银花,像一颗一颗照明弹,在人们的脸上投射明明灭灭的光。你也一度停下脚步。天有流火,烟花如星群撒落。时间静止了。你环顾周围,这时候每个人都神情肃穆,像在对天上幻灭的光华默默许愿。你不禁也在心里默念女子之名。玛纳。

你在人体摆成的复杂桩阵内穿行,去搜寻玛纳。当年母亲也是这样在寻找你吗?孩子,虽茫茫人海,你的存在无人可以抵消。她终于看到你了,她冲向你,喊你。

你听到你的名字,便回过脸来,受她狠狠掴的一耳光。你捂着脸,犹不自觉自己是那离散后失而复得的羔羊。但因为脸颊火辣辣地痛,也因为感到委屈吧;在她后来使劲掐你的耳朵时,你终于忍不住放声大哭。

烟花散尽以前,你在广场上遇见好些认识的人。连五月花的老门房也带着孙儿站在广场中央,一老一小张着口,像两尊塑像，无声地哗然。你还看见了一男一女牵着手的两位同学；在肯德基店里共事的锡克青年，你们管他叫黑杰克。他们都没察觉你，任你像个陌生人似的从他们的身旁走过。你似乎还看到了细叔的背影。那是最后一组烟花了，数十响连珠炮向天空喷射。砰砰砰，砰砰砰。天上落英缤纷。广场上的人们目眩神迷，齐声喝彩；细叔却头也不抬，径自离开。

你在那广场流连到午夜，坐在石阶上看人们倒数新年后带着怅惘的笑脸相携散去。烟花演出与节庆似的欢腾，仅仅是两个年份之间短暂的过渡。你离开广场时，也和其他人一样怅然，疲惫，觉得美好的希冀总如棉花糖般经不起享有。

五月花仍然维持着去年的入定，二楼有细叔的鼾声，马桶的水箱依然漏水，一整座楼的地板关节都在呻吟。你回到房里，灯亮了，你立即看见搁在桌上的一个打包用的保丽龙盒子，盒子外面有用红色马克笔写的"Happy New Year"。马克笔是你的，本来插在笔筒里，如今搁在"大书"的书皮上。你打开盒子，里面装着两块精致的千层糕，其中一块边角上有个弧形的缺口，隐约可见齿痕。她咬过它了。也许就在那"最好的时机"，当你坐在石阶上仰望高空，听人们大声倒数新年的时候。十，九，八，七，六……玛纳坐在这里，愤愤地在你们的新年蛋糕上咬了一口。你不禁失笑，忍不住舔了舔那咬印,也从那一口开始吃起蛋糕来。

母亲是那么说过的:"以后不准再走远,要停在原地;等我来找你。"

"听懂了吗?回答我!"她掐你的耳朵,脸凑得很近,像要朝你的耳蜗咆哮。

牧羊人也对走失的羔羊这么说吗?

母亲不知道。可以后你在成长中经常耳鸣,而且无端晕眩呕吐,被诊出耳源性眩晕,母亲便一直怀疑是她当年那一巴掌把你的耳朵打坏了。她为此懊恼不已,以后常常会在百无聊赖、空间里充满睡意的下午,一边收听电台的节目一边跷起腿来托腮凝视你,出了神地追忆那一天的情景,想弄清楚她掌掴的是哪一边脸颊哪一只耳朵。

也许是那两块糕点实在太甜腻了,那一晚你在梦里总感觉上下颌被某种甜蜜的稠液黏住。凌晨时有人推开你的房门,你不确定那声响来自现实抑或梦境,但你想那人一定是玛纳。为此你不愿动弹,怕会把梦戳穿,又怕惊走玛纳。她在门外站了半晌,像是迟疑着该不该进来。你屈身躺着,背向房门,觉得自己像穿在鱼钩上的一条蚯蚓。时间过得极慢。她有那么多顾虑吗?而她终于走进来了,把门轻轻带上后,又在门前驻足了一阵,像是随时要夺门离去。

玛纳。你在梦里喊她,她听到了,便蹑足向你走来,却又在床前静伫。你几乎可以确定这不是梦，即使你背向她，而她小心翼翼地屏住呼吸，但你们那么靠近，以致你可以感知她的目光停留在你的背脊上，如同你能感知眼中之眼。书中之书，小说里的小说。

你在梦里艰辛地张开被甜液黏住了的嘴巴，你的耳朵听到从梦中传来的声音。你说，Happy New Year。床畔的人扑哧一笑。她爬上床，钻进你的被子里，把脸贴上你的后颈。这又恍惚如梦，但你明明感受到她干爽的鼻息喷上你的颈椎。她从你的腰上伸过一只手来，你轻轻抓住它，把它放在你的掌中。她毫不挣扎，反而更贴近你，像一只温驯的猕猴伏在你的背上。

你睁开眼，窗外的月光十分稀薄，一切尽如幻象。但玛纳的手确实在你的掌中，背上真实地传来她的体温，你们的掌心都微微沁汗。你曾想回身，但她感觉你的动静，把你抱得更紧些，显然不愿让你翻过身去。你遂其意，仍然紧握她的手，两人沉默地凝视着窗外如雾的月光，像胎盘中的同胞一起向往人世。

这一觉你睡得十分安稳；梦囊空空如也，连你自己也被空梦消化，不复存在。大概在黎明时，玛纳被回教堂响起的晨祷唤醒。她走了，床垫上留有她的气息，被子里有余香，你的口腔仍然有涂了蜂胶般的甜蜜。你起来，坐在床上凝视枕边一条微鬈的发丝。朝晖漫入,你止不住爱欲如潮,遂而勃起。

3

《只因榴梿花开》里孤傲的女作家爱上了一个市井中的混血女孩,艾蜜莉。她说她有葡萄牙血统,有英国人的血统,有印度裔和华裔血统。女作家说你祖上几代都是娼妓吧。她就是这么说话的人,嘴角带着恶毒的笑意。这世上只有艾蜜莉听了能浑不在意,她还可以全情投入地叉着腰哈哈大笑。

她如此化解女作家的冷酷。以后女作家老去了仍念念不忘那个让眼镜蛇缠在手腕上的女孩,坐在大象上的女孩,亲吻鳄鱼的女孩。她在自己的作品里形容艾蜜莉"宛如印度神祇"。这神祇以吗啡拯救女作家,以爱情令她沉沦。

小说前面四分之一写她们在泰国共游的七天。年轻的女作家在马泰边界下车,遇上艾蜜莉。她们乘巴士沿宋卡、喀比、华欣,一路走走停停地去到曼谷。途中的风景都被女作家记录下来。那些摊放在天幕下的稻田和水牛,以及盛开在田里许多少女羞赧的微笑。所有景象都被阳光肆意染色磨光,如明信片上的图像般流光溢彩。女作家第一次看见蓝天碧海，暹罗湾西岸狭长的海岸线在巴士的挡风玻璃前，像一卷地毯展开，这景象充满了投奔的意味。

艾蜜莉坐在她身旁。这女孩随时随地看来都像心情很好。她的行囊里有吃不完的零食和水果，也分了几支香烟给女作家。她才十七岁，在那旅途上对女作家说完了过去十七年的事。她曾经跟一个秃头洋人过了半年，那洋人为她取名艾蜜莉。女作家写下来——他标记她，如同上帝为一根肋骨取名夏娃。

那一次七日行的结果是：女作家独自回国，艾蜜莉却因为一个美国来的小伙子而留在曼谷了。小说中间部分写女作家在三年后重游泰国，艾蜜莉到车站接她。在曼谷华兰蓬车站，那戴桃红色宽边帽的女孩（现在你对"宽边帽"感到十分亲切）在黑压压的人群中盛放自己。嘿，这里啊我在！女作家循声看去，艾蜜莉似乎又长高了许多，修长健美的肢体躯干竟有金属感。她摘下帽子奋力乱晃，像在炫耀刚捉到的一只巨蝶。

女作家看见艾蜜莉在人海中划动双手，朝她"游"来。艾蜜莉的手脚很长，动作很大；笑容也是，声音也是，以致人群为之侧目。不少洋人回过身来，用饶富兴致或充满占有欲的眼神看她。女作家留意到那些目光里的艳羡与倾慕。一个挺拔招摇得像太阳花那样的女孩。

那时候,谁会想到凋零呢?想到那些与青春无关,却其实一直躲在青春背后的阴暗与晦气。女作家凝视着在人海中逆流而上的女孩,她桃红色的宽边帽乍浮乍沉,终于飘荡到女作家跟前。艾蜜莉几乎是冲过去的,她扑过来搂住了女作家。你终于来了,你,想死人了。

女作家后来自杀未遂,仍经常旅行。她常常在世界各国的车站想起这一幕。她当时满心欢喜与感动,情不自禁地亲吻了艾蜜莉的额头与脸颊。艾蜜莉你长大了,好漂亮的艾蜜莉。

艾蜜莉带着女作家挤到她开来的蓝色甲虫车里。窗玻璃被摇下来,风和阳光涌入,街上的喧嚣涌入,收音机里的噪声扩散,加上她们俩的话语和笑声,把小车子灌饱。那一顶宽边帽已经戴在女作家的头上,帽子上长长的缎带不断往后翻飞。

那也许是绝无仅有的一次,女作家感到了"在地球生活"的喜悦。甲虫车莽撞地穿行在曼谷市脏乱的街道上,越过许多装饰艳俗的牛只与载着游客的嘟嘟车。晴朗多云的天空像一个凹进去的穹苍,一口倒扣的大锅。泰王像如四面佛一样无处不在,并且总是于高处俯瞰。女作家这么写着:"这城像被装置在一个充满节庆氛围的玻璃球内。世界往顺时针方向悠悠转动,收音机震震颠颠地溢出电吉他的狂欢与愤懑。这些异国情调能给人什么呢？无非是出逃的快感。"

女作家后来写艾蜜莉，那形象是和蓝色甲虫车相连的。她们在那车子里共处了二十一天。艾蜜莉用手肘鸣笛，用穿了高跟鞋的脚踹车门或轮胎。"破车，烂人。"她说的烂人是甲虫车的旧主，她刚分手的情人。除了这些以外，湄公河上被剪碎的阳光，人们围观的巨鲇，长嘴鳄的入定，象鼻与蟒蛇的雷同，人妖们冰冷的红唇与缤纷的鹅毛颈饰；音乐咆哮，东炎汤里翻滚的朝天椒红如人妖的指爪。艾蜜莉落力地仰天大笑，总是用英语对她喊："欢迎来到曼谷！"

曼谷确实是艾蜜莉的世界。她把女作家领到这城市的后台。那里宛如灯下的暗影，由光明所生，与光明紧紧依偎，却又被四周的光所摒绝。她尾随艾蜜莉走在许多灯泡下，穿过一巷子陈列的梳妆镜与伫立的人体。镜里的人忙着勾勒眼线或昂起脸来凝视自己空茫的眼睛。女作家看见自己与艾蜜莉从这面镜子跨入那面镜子里，犹如穿过一道一道的门，也如兽纵过一道一道火圈。镜里的人们多么专注于脸上的绘画，仿佛在描绘着记忆中昨日的自己。

你能拼凑出来的唯有这些了。这艾蜜莉，要是你在那小说里，很可能也会爱上她。她的风情，狂放和世故；她的经验，阅历和人脉，去到哪儿都能弄来几张免费入门券的手腕。甚至那一辆甲虫车和认路的本领，以及她让群蛇缠在身上的勇气；在路上多次摆平警察滋扰的手段，还有把各种语言交杂使用的能力。你想象艾蜜莉的形象时，脑中偶尔会闪过母亲那嗓音低沉、中性打扮的朋友。你忆起她坐在窗前被阳光裁剪下来的侧影，流金的毛边，周围是白雾般袅袅的烟。她是那样调侃过你的："这小子，卵毛都还没长齐。"

但艾蜜莉并不存在，因为女作家也不存在。《只因榴梿花开》只是一部虚构的小说。即便你觉得这小说引发你所想象的一切十分真实。你多次看见女作家与艾蜜莉的背影，她们并肩站在桥上看着湄公河上热闹的水上市场。这一幕有太多细节，桥下来往的船只总有人举起蔬果兜售叫卖；许多金发的游客笑着从桥上走过，露出他们被太阳烤红了的臂膀。艾蜜莉站在那里说起一个小伙子被鳄鱼咬死的事，这话题与周遭生机蓬勃的环境很不搭调。女作家也没认真在听。

"他们把他从鳄鱼的嘴里抢回来时，他的脖子已经快要断了，脸可以完全扭到背后，一百八十度。"

这段话，因为河边正好有人运来一条十分巨大的鲇鱼而被打断了。那鱼硕大如史前生物。人们拥上前去围观。似乎连河面上载满货物的独木舟都纷纷往那里划去。女作家看着河上反射的阳光，觉得景象虚幻。人们吆喝与惊呼，游客们急匆匆举起相机。艾蜜莉把架在头上的墨镜挪下来，对她说，你明年五月来，我带你到班哈县吃普拉霸大鱼。你会爱上它的，你会的。

翌年五月，女作家在家乡的戒毒所里写下她的告解。她说自己在榴梿园的浮脚楼里抱住将死的艾蜜莉。那时艾蜜莉轻得像一具遗体，原来发亮的皮肤已然黯哑，大眼睛深邃而空无。她写"像某些劝捐传单的图片里，一个等待死亡多于等待被救赎的女孩"。艾蜜莉死前把过去不曾与人说的事情都告诉了她，包括她诞下了自己的弟弟，再把他扔弃；也有一次，她把"那烂人"推落到鳄鱼池里。女作家紧紧拥抱她，两人的肋骨相碰。她说那一刻她想到象鼻神大圣欢喜天，双身而为一神，示现相抱同体之形。也因为如此，这部在戒毒所里写的小说被她取名《欢喜天》，纪念艾蜜莉之死与她自己的重生。

你用谷歌搜了一下。大圣天神，梵名葛那钵底（Ganapati），其形象为夫妇二身相抱。象者为湿婆大自在天的长子，为危害世界之大荒神；女天者为观音所化现，与彼相抱，得其欢心，以镇彼暴。因称欢喜天。

女作家与艾蜜莉生命中最后相处的时光是在一座种满榴梿树的山丘上，两人说要捡当季第一颗落下的榴梿。但是还早呢，那是女作家第一次看见榴梿花。她对艾蜜莉说，谁想到这样漂亮的花会结出那么丑陋的果实。艾蜜莉背倚着一棵老榴梿树粗壮的树干，看来如一只大眼猴，幽深的眼里充满空梦。

"漂亮的花这世上还少吗?榴梿花知道自己的价值在于结出恶果。"艾蜜莉说。

山丘上种植的榴梿,品种名为"金枕头"。因其时满园榴梿花开,韶子遂以此为题。这以双女为主人公的"女性主义+同志风潮"的"半自传体小说",不出意料地被第四人归纳为韶子笔下的女人神话之一[1],同时也是"女人神话系列"的尾声[2]。

---
[1] 见《同志蜂拥的朝圣之路》。
[2] 见《梦中梦——谈韶子的〈昨日遗书〉》,二〇〇六年发表于《文艺广场》之《韶子纪念特辑》。

第八章

1

果然是个好日子。晴天，诸事顺利，午前就把该搬的东西都搬进去了。道士金不换说，吉日进宅千载旺，良时入屋万代昌。他领着杜丽安拜四角，让观音、土地、灶君和天公都各就其位。厅里的神台是在外埠定做的精制品，沉稳的红木雕花，抛了光，看上去金碧辉煌，可就是有点太大。上面只站着一尊瓷观音，孤零零的，看着寥落。按杜丽安的本意，观音身旁还该供奉祖先。只是等到神台运来了，金不换才问知渔村那边向来供着历代祖宗，杜丽安这边是不能再请"他们刘家的祖先"上神台了。

"那我把我爸妈，我们杜家祖宗请上去，总可以吧？"杜丽安有点不快，也气金不换没先说好，致令她面对这尴尬。

金不换皱着眉，缩了缩脖子，"那也不行，那只能是你弟弟做的事。老板娘，你嫁出去了。"

杜丽安真不晓得供谁拜谁还有这许多文章。她圆睁双眼，差点没把憋在心里的粗话喊出来："那我是谁啊？泼出去的水了，还两头不到岸。既不是杜家女儿，也不是刘家的人。"

气归气，反正神台就只能那样了。她在那上面摆设了一大堆好东西，瓷瓶玉杯，铜烛台石香炉，青绿新鲜的观音竹，再加两盏粉色的莲花灯，一盆水晶树。没想到的是，如此翠绕珠围，那一尊白瓷观音却显得更苍白了。金不换建议她在旁供个关公，杜丽安想象关帝那红颜美髯反衬观音的净衣素脸，似乎也不对路，加上关公一身江湖味，手中那一把杀气腾腾的大刀，更让她想着心里不舒服。金不换看她叠着手，一脸不情愿，便笑着说，阳宅风水最注重的还是主人自己顺心。

"福由心生，地由心造啊，老板娘。"

安了神，杜丽安严遵吩咐，捧着满载暹罗香米的米缸进门。之后火庵，全屋亮灯；娟好与刘莲也帮着开火煮了一大锅红豆糖水。金不换还说新居入伙得多聚人气，杜丽安便让平乐居休业一日，订了一条脆皮烧猪，再买些包点炒粉和汽水，把茶室的伙计和摊主们都叫来凑热闹。那时附近的房屋已多有人家入住，杜丽安沿户去把邻居请来。时值正午，大日头,屋内老老少少的,人气还真旺得很。

新屋子装潢华丽,杜丽安领着一批又一批人上楼下楼,屋里成套的家具和电器,还有琳琅满目的灯饰,让平乐居那些伙计摊贩看直了眼。叶望生来到的时候,看客已走了大半。刘莲主动说要带他逛一圈,叶望生笑她不懂事。"你这是喧宾夺主。这是女主人做的事。"说着瞟了一眼杜丽安。

"对吧,丽姊?"

杜丽安觉得身体里的血一下子全涌到心脏了。她说走吧,叶望生便跟着她,刘莲也跟在后头。他们先在楼下走了一圈。这是厨房,这是饭厅。叶望生双手推了推那张云石桌面的八人饭桌,他说这桌子真坚固,可以当床用了。这话听得杜丽安头昏脑涨,就像心脏里的血霍地都泵上大脑。她以为自己一定脸红了,但她没有,倒是刘莲面红耳赤,马上把头脸埋入自己的胸口。

杜丽安伸手触摸桌面上的云石,真光滑。她看见他们三人的倒影。刘莲在她和他的背后,还羞嗔地伸手扯了扯叶望生的衣袖。

"就是太大了些,家里没几个人吃饭。"她说。

楼上有一个小厅和四个卧房,那自然更让杜丽安心猿意马。她没踏进主卧,只站在房门口说,这是主人房。

"主人房。"叶望生也没走进房里。他在她身旁重复一遍她说的，主人房。这听来饶富深意。他站得太靠近了，说话的声音耳语似的，令杜丽安一阵晕眩，仿佛耳鸣。

"有冷气机呢。看到吗？"刘莲说。

叶望生点点头。脸上的笑影多么邪恶，"喏，这是主人房啊。"

他们转身去看刘莲的房间。里面除了一张实木做的单人床以外，其他的多是从旧屋那边转移过来的旧家具。刘莲自己的意思是要继续住在以前那小排屋里。但杜丽安不让。一说单身一个弱女不宜独居，二说她要把那排屋出租了帮着还新屋的贷款。杜丽安只给她两项选择：一是一起搬到新屋子，"那里多的是房间啊。要不，你就搬回渔村老家。"

"你人在这儿一日，丽姨对你就有一日的责任。"杜丽安说着松开眉心的纠结，叹了一口气，"你爸不在，你就当是给我做伴吧。"

她摸清了刘莲的脾性。这女孩外表倔硬，骨子里却柔弱；得恩威并施，却也得拿捏有度。果然刘莲咬着唇默想了一阵，左右权衡后便答应一起搬到新屋。杜丽安早料到她不会选择回去渔村，她怎么舍得下叶望生。再说，钢波离开后，家里只剩下她们两个女的，难免都有点凄惶吧，也唯有在生活上互相照应了。日子有功，或许也因为叶望生在背后劝导，刘莲变得可亲了些，不再像贴错门神似的，总是闪躲她,背向她。

但叶望生是个解铃人吗?杜丽安睨他一眼。解铃还须系铃人哪。他却在她与刘莲之间偷偷打了个难解的暗结,不时把它扯紧,令她揪心。

"她没搬过去,我们不是更方便吗?"他吻她的脖颈,把暖暖的鼻息留在她的耳背与发鬓。杜丽安觉得那里的一大片神经都发麻了,她这上瘾的肉体在颤抖。哈。她扭过头逼视他,纵身跳入他水一样的目光中。

"我们?最方便的人是你吧?"她翘起嘴角,"我不会成全你们。"

她吻他,也逐渐摸清他了。之前去找金不换择日入伙时,杜丽安拿了个八字让他批命。八字却是别人的,阳男。金不换在纸上写写画画后,说"攀缘外境,浮躁不安。以难化之人,心如猿猴,故以若干种法,制御其心,乃可调伏"。那时娟好刚好来到,只听得后面一小部分,便以为他说的命中人是钢波。杜丽安但笑不语,免得愈描愈黑。但她想金不换果真了得。叶望生确实像只大猿猴;人长得潇洒,头脑也灵活,处世世故圆滑,嘴巴还能甜出糖浆来。以后大概会腾龙飞凤吧,谁捆得住这么个男人。

新屋火庵,金不换嘱咐要全屋亮灯三日三夜。杜丽安打算和刘莲三日后才搬进来住,然而全屋灯火通明而无人看管，她想着总是不放心。正在和刘莲与娟好商量时，叶望生在旁听到，便主动请缨。"该男人来掌更的啊。"说着他模仿戏里的打更佬吊起嗓子来，"笃笃笃，锵锵锵。小心门户，提防火烛！"

杜丽安与刘莲都笑起来，一旁的娟好与矮瓜脸也忍俊不禁。叶望生受到鼓舞，更要装模作样地演下去。刘莲一时笑岔了气，猝然呛着，便抚着胸部狂咳。杜丽安正想给她抚抚背，叶望生就近伸了手，在她薄薄的背上轻拨，说你没事吧。刘莲摇摇头，却仍然抑制不了咳嗽。

"我去给她斟杯水。"杜丽安转身往厨房走去。她想，这男人真神奇。那样轻而易举地让一屋子的女人开怀大笑，却又只需一个简单的动作，便让她的心一截一截地冷下去。

下午时一条烧猪分完了，来庆贺入伙的人也全部告辞。待收拾好后，杜丽安开车载刘莲和娟好母女一起走。娟好不知怎么特别来劲，话多。她与矮瓜脸坐在后座，说话声量大，总是有意无意地要打听刘莲与叶望生的事。

"喝喜酒得提前通知啊，我得存钱，准备给红包呢。"

刘莲脸颊通红，头愈垂愈低，却是什么也不肯透露的。杜丽安却被娟好叽叽喳喳的声调烦死了。她找了个卡带塞进收音机里。许冠杰唱《天才与白痴》。边个系天才？边个系白痴？杜丽安把声量调大，她说："我老爸最喜欢许冠杰了。"

刘莲点点头。

杜丽安斜睨一眼,笑着说:"我说的是我的死鬼老爸,不是你的衰鬼老爸。"

明明想在心里是个笑话,但话才出口,幽默感却没了。除了杜丽安以外,车里无人在笑。但娟好总算识趣收声,不再喋喋不休了。杜丽安看一眼望后镜,矮瓜脸坐直身子,像警戒什么似的,扯一扯她母亲的衣袖。窗外日光大放,她收起笑脸,跟着许冠杰哼歌。那一刻她确实记起自己的老爸,想起某夜他在街上跟跟跄跄行走,用嘶哑的声音高唱《凤阁恩仇未了情》:

哀我何孤单。何孤单!

娟好母女在密山新村下车后,杜丽安与刘莲几乎一路无话。卡带里的歌转了一圈,歌者又在追问,谁是天才,谁是白痴。杜丽安想起刚才那"我爸"与"你爸"的笑话,才忽然记起来,这刘莲与她绕了些路,两人的关系曲曲折折,却总算挂着母女的名分。

"母女"这个词让杜丽安心里一寒,不由得头皮发麻。这是钢波给她们的名分。本来也很简单,可叶望生这男人系了个暗结；跳三人舞似的，带着女人团团转兜怪圈，便使得这辈分的计算变得复杂。这笔账可没有数字，杜丽安愈想愈觉得混乱。

"阿莲，你今年几岁了？"杜丽安问。

大概是有点唐突吧，刘莲愣了一下，"二十五。"

"哦，那我比你大了整整一圈呢。"杜丽安叹了一口气，"嫁给你老爸时，我二十六岁。"

刘莲听见这话，以为杜丽安拐着弯要打听她与叶望生交往的事，白脸马上涨红。她别过脸面向窗外，拿右手抓住左手的食指，折它，拗它，搓揉它，跟它过不去。杜丽安看在眼里，"别紧张，丽姨不是在催你嫁。"

"嫁人哪，那是终身大事，你自己得想清楚。"她说，"男怕入错行，女怕嫁错郎。你看过不少了。"

她装着专注开车，目不斜视，尽量把话说得轻描淡写，还朝一只在马路中间犹豫着不知进退的野狗按响车喇叭。但她还是不免想起苏记与娟好。她自己也在这行列里了吗？也在现身说法，像当年娟好抱着矮瓜脸来劝；小孩一把鼻涕，大人一把眼泪。

"他……那个叶望生啊，听说人很花心。不是吗？"黄灯转红。杜丽安缓缓煞车。

刘莲回过脸直视车前的长街，无力地耸耸肩，"我不知道……丽姨,我不知道。"她眨眼,日光穿入她棕褐色的眼睛。那眼睛太清澈了,像里面有颗波纹清晰的玻璃弹珠,什么也藏不住。

杜丽安点点头:"有些男人天生就像大猴子,要如来佛才能压得住。"她说:"如来佛呢,那要有多大的本事。"

刘莲没接话,杜丽安也没了说下去的兴致。阳光刺眼。这一天她起得早,又忙了大半日,这时候已感到困顿。回家睡一觉吧。听许冠杰在唱什么。难分真与假,人面多险诈。

还没到家门,她隔着老远便看见了停在路旁的老款马赛地。那黑色大轿车看着笨重得很,也灰头土脸,像在沙场上抛锚的老坦克,蒙了不少沙尘。

刘莲抽了口凉气,她从座位上弹起,目瞪口呆的,半晌喊不出话来,"那车,丽姨,爸回来了!"

杜丽安眨了眨眼。她想自己的脸大概冷若冰霜了。是的,那一刻她不惊不喜,倒是打从骨头缝里迸出一声轻蔑的冷哼。看见了吗?小说里有一只乌鸦的影子掠过车前的挡风玻璃,杜丽安笑得像扑克牌里忧伤的皇后。平静,孤傲,诡异。她让刘莲下车去推开大门,好让她把汽车开进院子里。刘莲便下车了。有那么一瞬,杜丽安突然想踏油门驱车离去。但她比过去更冷静,听得到自己心里的声音。

她也就把心里的话直说了。

"这么快回来了？我以为你死在外面了呢。"杜丽安只瞄了一眼，说了就穿过客厅，越过门口的刘莲和沙发上的钢波，兀自走向睡房。钢波喊她，她没止步，头也不回。快到房门时，隔壁房里忽然走出一个人来，杜丽安几乎撞上他。她定睛一看，那么瘦的赤膊汉子，脸色蜡黄，像一条风干的精瘦腊肉。杜丽安愣了一下，直至那人喊她"丽姨"，她才确认这人是石鼓仔。

"今天真是个黄道吉日嘛。"杜丽安冷笑。可眼前这石鼓仔与她印象中那浑身是劲的彪悍男儿判若两人，她忍不住多打量几眼。"看，一家团圆了。"她越过腊肉般的石鼓仔，走进房里，闩上门。

她真睡了一觉。醒来已是傍晚。房里的光线一度让她误以为是黎明。从梦到现实得有一段时间缓冲，她睁着眼，在床上继续躺了一阵，浸泡在脑海里的真实才慢慢显影。钢波明显发胖了，或许不是，而是皮肉松弛下来。不过一年光景，过去的锻炼都已荒废。她当然也发现他挂在脖子上的金项链和四面佛坠子都已不在，手指上只剩下一枚金镶玉，可见外面的日子并不好过。至于石鼓仔，却像被时间压榨，变得干干瘦瘦，两眼无神。杜丽安想起那年他说去看拳赛，当时他还皮坚肉厚，浑身上下一股跃跃欲试的劲头。

杜丽安每隔一段日子，总可从阿细那里套知石鼓仔的近况。自从他大半年前离开都门,说是南下打工后,便连阿细也与他失去联系。当时杜丽安心里还叫好呢,如今他却回来了,像一个厄运的钟摆,在她与弟弟之间摆荡。

她起床来,觉得脑袋里像装着一团糨糊,想了老半天仍无法整理出头绪来。她知道的是,钢波已不再是昔日的建德堂堂主了,石鼓仔看样子比其父更萎靡;这父子俩的出现要比他们失踪更让她心烦。

天要黑了。她到镜前梳理头发。这一觉睡了足足两个小时,人看起来精神焕发。她明白要来的总是来了,逃避解决不了问题,但总得养足精神了才好应对以后的日子啊。她朝镜里的人微笑。嘴角翘得够高的。叶望生说,你这么笑好妩媚。

第二日早上,娟好眼睛睁得老大,不相信她真能睡那样一场午觉,"天呀,你男人回来了呢。他走了多久?他到哪去了?你不质问他?"

杜丽安但笑不语。叮。钱箱弹出。她把它推回去。现在她已掌握了这台收银机的节奏,熟练得几乎可以用它来演奏了。叮。娟好仍然站在那里,一脸逼切的好奇。杜丽安又再笑了,笑得比昨晚更自信。

"为什么要问呢?我不想知道啊。"

娟好不信。但杜丽安确实没追问。昨晚钢波特意从外头买了德记的炭炒沙河粉回来,拿满室猪油、虾膏和辣椒香诱哄她。她大大方方坐下来吃了,但对钢波与石鼓仔不闻不问,甚至正眼没看他们一下,倒是与刘莲闲话家常,聊了一些电视连续剧的话题。"谢贤很老了,还当男主角演年轻人,真不自量。"她说的是《万水千山总是情》,"主题曲倒是很好听的,对吧?"

刘莲怯怯地点头。杜丽安吃过了就出去租带子,回来真看了两集《万水千山总是情》。她把钢波的枕头被子从衣柜里拿出来,放到沙发上,然后便哼着那主题曲洗澡去了。这歌,翌日早上出门时她还浅声唱着,夹着身上的香水芬芳,越过钢波躺着的沙发。钢波睡眼惺忪,满目眼屎,只依稀听到这歌,看见一袭飘香的彩色人影。杜丽安始终没看他一眼。啦啦啦,聚散也有天注定,不怨天不怨命,但求有山水共做证。

那天下午杜丽安还去整了头发。她把大波浪剪了,短发微烫,显得更新潮更神气些。顶着这发型回到平乐居,叫好声不绝,还有相熟的茶客吹口哨。杜丽安挺起胸脯,益发笑得娇媚,茶室里的男人没有不看得眼金金,一脸馋相。反而是娟好与几个帮摊的女人撇着嘴,不时互打眼色,似乎深不以为然。杜丽安有预感,接下来好几天吧,娟好肯定会疏远她而去亲近那几个女人。她们会经常翘着手聚在一角,像已暗中缔盟，团结起来以冷脸抵制她的热浪。

但杜丽安早已摸透了这些路数。娟好或许是个患难姊妹，但她那是一种同是天涯沦落人的心思。既对杜丽安一直以来的关照不无感激，却又因为两人出身相似，免不了暗中攀比，因而她对杜丽安的感情矛盾得很。杜丽安失意了，她总会倾心尽力相护；可杜丽安得意了，她又往往因妒生恨，甚至会有意无意地带头疏远这老板娘。

摸懂了这其中的规律，杜丽安也就娴熟应对，不当一回事。反正人有三衰六旺，娟好运衰时她也会主动伸出援手，谁也没欠谁。像去年矮瓜脸得急性盲肠炎，又验出有黄疸病，杜丽安出钱出力，没少帮忙啊。那时娟好还感激得声泪俱下，可今天看见她艳光四射锋芒尽露，终也一样心里不爽。都说了那是"规律"，就像月亮阴晴圆缺，自有它的周期。

事实上，杜丽安也明白了要享受男人的赞美，就必须忍受女人的忌恨。而男人的欣赏要比女人的认同单纯多了。一个女人命好不好，看身边其他女人的态度与评价便可测出一二。这些年，她已懂得"享受"女人间的横眉冷眼和风言风语，所以她非但不在意，反而喜欢看见娟好的冷脸。那些天她都丰姿绰约地出门，松糕鞋喇叭裤大耳环，挽个小巧的手提包，走路刻意腰扭臀摆，让平乐居那些欲振乏力的女人恨得牙痒痒，她心里才得意。

但这其中最大的乐趣，莫过于每朝出门时看见钢波贪婪的眼睛与咬牙切齿的表情。这人自以为干了件了不得的大事，事后仓皇走避。孰知一整年过去了，庄爷由始至终无所动静，大伯公会那里自从庄爷的亲侄接棒后，众人也依然舞照跳马照跑，仿佛大伙儿全然没把他当回事。这对钢波而言，要比派人干掉他打击更大。

后来杜丽安旁敲侧击，得知过去一年他先在东海岸的马来渔村，战战兢兢地躲在村屋内吃咸鱼吹海风。后来他南下与石鼓仔会合，父子俩无处可去，在山顶赌场耗了些时日，最后弄得几乎囊空如洗。这时候钢波再怎么自欺欺人，也确认了大伯公会根本没对他下追杀令。父子两人眼看日子过不下去，便硬着头皮一起回来。

如此在外"逃亡"了一年，钢波筋疲力尽，回来人便委顿不已，活脱脱一个泄了气的皮球。杜丽安也向庄爷偷师，始终表现得漠不关心，还刻意张扬自己的姿彩，让这男人看看她在"被遗弃"后活得多风骚。这一招确实管用，钢波发现大家都活得好好的，连刘莲也面色红润，脸上的神情比以前柔软，独他焦头烂额。这让他意识到自己当初殚精竭虑，大张旗鼓，最终只弄了场闹剧，而他一直以为自己挑大梁，演的竟是个窝囊的丑角。

钢波鸟倦知返，自知已赔上了大半生打下的江湖地位，却没预料到自己在家里的角色也变成小丑。杜丽安芳华正茂，眼睛都挪到额头上了。她虽招呼钢波两父子一起搬到新屋，但自此与钢波分房而寝，再不让他碰她了。渔村那边对他也早已心灰意冷；大家看见他时，眉目间神情冷淡，还有点不屑，竟无人追问他之前的去向。

他后来被杜丽安押着去向庄爷请罪。杜丽安没走进那房间，但听说钢波跪在老人家面前，痛陈自己的罪状，再烧爆竹似的噼噼啪啪猛搁自己一串耳光。那以后他更是一蹶不振，本来已十分稀疏的头发与两道眉毛都灰白了，往日在眼睛里狂烧的野心与焰火也已全熄，看来比庄爷更像个老头。

钢波回家的消息传开后，自然有好事者到平乐居那里问长问短。这些人不叫伙计埋单，却亲自到柜台那里结账，为的就是要向杜丽安打听个中始末。杜丽安自然懂得仪态万千地耍太极，必要时还能仗恃她那台收银机。叮。叮。叮。伙计们在旁观察，不得不夸她厉害，三言两语就能连消带打。那时人们最爱说一句名言，浪子回头啊，老板娘。

"对啊，还一下子回来了两个浪子呢。"杜丽安笑嗔似的睨对方一眼。男人，骨头都酥了。

叮。

至于那些长舌妇人，则不约而同，都喜欢把头伸到柜台里,神秘兮兮地问,喂,他以后都住你这边吗?不回"那边"了?

"渔村没这里舒适吧?"杜丽安冷笑,"男人都不笨啊,精得很。"

叮。

一天便那样兵来将挡地过去一大半。杜丽安伸手给自己的肩膀按摩,再扭动脖颈。不期然与人群中的一双目光相遇。是他啊。下午的平乐居高朋满座,叶望生那么挺拔,坐在芸芸众生之间,毫不忌讳地一直盯着她。她的胸脯,她的颈项、脸、耳朵、眼睛。他的眼里吐着熊熊火舌,似要把她熔化。

对于这双眼睛,杜丽安已经不像过去那样毫无抵抗力了。她也不会笨得在这众目睽睽之下,与他眉来眼去。但她有别的方法使这双眼睛离不开她。

她稍微伏身,一只手肘抵着台面,拿手掌托腮。她装着在发呆,目光迷蒙,像是看着他,又像是看透了他,在看着外头的街道。天气闷热,怕是会下雨了。那一刻平乐居里几乎所有男人都瞄住老板娘。娟好蹙了蹙眉,别的妇女也纷纷挤眉弄眼,一个劲示意对方往柜台那儿看。看,看那骚货。杜丽安都察觉了。她让手肘在柜面上稍微往前滑,身子便也跟着往前倾,伏得更低一些。大"V"字领内春光无限。面前的男人们禁不住喉结动了动，咕嘟咕嘟猛咽口水。妇人们则夸张地眦目嚼齿。那一刻，似乎满场男女都恨不得把这老板娘吞进肚子里。

"收两块半。"娟好走上前来，把三元放到柜面上，顺便拿她直条条的背挡住看客的视线。

杜丽安找了钱，回头才发现叶望生已经离去。那座位空了，桌子上只有一个咖啡杯和空盘子。很快有刚走进来的茶客坐上去，也很快有伙计前去收了杯盘。杜丽安才意识到刚才的三元是他付的账，而他不等找钱便走了。大概是生气吧？气她拿乳沟示众，遍洒甘露。杜丽安本就有点要刺激他的意思，可是他这么一言不发地走了，她却没有像刺激钢波那样的欢喜，反倒怅然若失，忽然懊恼起来。

她又结了两笔小账。叮。叮。但心里阴霾笼罩，像外面的天色一样酝酿着雷雨，再也不觉得好笑。她郁闷地看着收银机，心里能想到的只是叶望生这名字。杜丽安朦朦胧胧地意识到，就那一刻吧，她是愿意放弃一切去换取这男人的。而就在这时候，收银机旁的电话忽然铃声大作，将杜丽安从混沌中惊醒。

她拎起话筒，哈啰。电话另一端以沉默回应。杜丽安听见电话里充满空间感的杂音，不知怎么直觉是他。她说是你吗。说着她站起来朝小路那边张望，看见德士站那里的电话亭竖立着一竿身影。她不免得意起来。"我知道是你。我看见你了。"电话亭里的人没有回过身来,他对杜丽安说,你玩够了吗?

这情景真怪。杜丽安以后常常会无端端想起。那人站在对街,建筑物的阴影长长地覆盖下来。她的视线从众多茶客头上穿过去。他们隔得很远,茶室内重重叠叠的人影,茶室外来来往往的车辆。但他的声音很近,如一小匙甜蜜的冰激凌融化在她的耳道。

"玩够了。"是的,自她看见那座位空了以后,她已失去玩兴。"我想你了。"她不得不悲伤地承认。我想你了,望生。

他们已不能在新屋那里见面。旧屋子也快租出去了,左右也有相熟的邻里,不是相会的好地方。叶望生说到我们上次去的地方吧,五点半,同一个房间。

杜丽安犹豫了一下。她不喜欢那地方,也不以为那里很安全。但她明白不会有其他更好的选择。

"好的,五点半。"她拿手指缠弄那连着话筒与电话机的卷须。

小说里的旅舍也许就是你现在住的地方,在锡埠内一个闹中带静的角落。五月花。杜丽安从侧门的楼道走上去。你心弦一动,仿佛感觉到她正向你走来。你听到她的脚步声,当年的松糕鞋像木屐一样的笨重。你竖起耳朵细数她的步伐。她走得很慢,谨慎而迟疑,一步一步,脚链上的小铃铛发出玉裂般清脆的响声。一,二,三,四,五……杜丽安,她来到了。她在外面迟疑了几秒钟,也许正警戒地左右张望。放心,楼道和走廊上一片死寂,没别的人影。终于,她小心翼翼地敲了你的房门。叩叩。

2

你不知道在你所站立的这一大片国土上,究竟有多少家名为五月花的旅馆。但你自己总是见过不少的。似乎由北至南,每一个华埠城镇都可能有一两家老旧得不行的五月花客栈。它们之间并无联系,却不谋而合地弄得像连锁店,都一致地走平民路线,经营方式相同,而且都历史悠久,似是当年专供南来北往的商贩脚夫下榻的驿站。你猜想这名字典出历史上有名的"五月花号",那艘船上载运的不都是贫民、工匠与奴隶吗?

这些五月花,后来都无可避免地被日益臃肿的城市挤到各个暗角与缝隙。它们猥琐而自卑,与城市格格不入,并且与你所在的五月花同一命运,无可避免地,渐渐沦为野鸳鸯偷情或妓女与嫖客进行交易的地方。它们由计日收费改为按钟点计算，也因此完成转型，由原来的"旅馆"变为人们俗称的"炮房"。而现在，它们已穷途末路；新型的连锁式现代化小旅馆在城中冒现，衣履光鲜的男人搂着穿细带高跟鞋与露背装的年轻女孩，出入于落地玻璃内的酒店接待厅。你觉得世上所有的五月花业已凋萎。唯有年华老去又讳疾缠身的妓女坐在旅馆床上张望自己干涸的阴户，偶尔有些印度苦力或经济拮据的外劳尾随她们缓步上楼。

你想，叶望生开门让杜丽安走进去的，不会是这么一个房间。那时的五月花肯定没这么幽暗龌龊，不会有蜘蛛在窗台那里以白发结网去筛滤阳光。那时这房间勉强算得上窗明几净，但杜丽安不喜欢这地方。她觉得这里像个盘丝洞，叶望生像在自己的老巢，熟练得令杜丽安战栗。当他把她放到床上，她便会不可自抑地想象叶望生与别的女人在这房内欢好。这床，莫非刘莲也曾躺卧其上？她狂欢而痛苦，想到自己和别的什么女人一样，仅仅是横陈在砧板上的一块肉。

偏偏她铆足全力仍抗拒不了叶望生的召唤。他老练地解开她，把她的童女般害羞而贞洁的灵魂掏出来，晾在一旁。他给回她纯粹的肉体，那是一副恬不知耻的肉身。她听从他，以爱欲供奉他。她抓紧被子床单，忍受他的舌尖带来的麻痒；就像有一列蚂蚁沿着他留下的涎湿，在她的肌肤上跋涉。她为这短暂的填入而承受长久的虚空。她让他听她妓女般的呻吟与浪叫,且大胆地向他需索与讨要。

叶望生用低沉的声音说,我在。

你想象他们在这里。床架上的弹簧在承受他们的压挤。事实上,《告别的年代》并未提及杜丽安与叶望生幽会的旅馆房号,作者甚至也没有提到五月花。是你一厢情愿地相信自己与他们交叠在一个空间的两个时间层上。这让你们多么靠近,你只需闭上双眼便可以看见在这房内,这床上,杜丽安像挤牙膏似的,把你和J挤出她的阴道。或许就在与叶望生的某次交欢以后,她回到生命的原地,诞下你们。

你把这想法告诉玛纳。但这想法太荒谬了,你的言辞又难免故作深奥,玛纳大概听不懂。她像个芭比娃娃似的只懂得笑与眨眼睛。那眼睛如同猫眼似的洞悉世情,尽管她什么也不说,她那瘦脸上总挂着一张半透明的,似乎什么都懂了的表情。

她仍然喜欢在夜间偷偷溜进来,钻入被窝与你相拥。她喜欢听你自言自语似的复述小说里的许多故事,她尤其钟爱《只因榴梿花开》。玛纳是个哑巴,她从不说话。你与她在一起,只听得到自己的言语,以及两份心跳的声音。但你觉得那样也不错,你们纵使好奇也不会去追问彼此的身世与来处。你在床上多放了一个枕头,也开始习惯了睡前在床上预留玛纳的位置。她特别喜欢从背后抱住你,全身心投入地伏在你的背上。

你在梦中微笑,你说玛纳你快变成一只树袋熊。

你知道玛纳也弯着嘴笑了。她薄薄的胸腔里装着一颗庞然的心脏,你说那里面像有一个嘀嘀嗒嗒的闹钟,有时候也让你联想起计时炸弹。你转过身,把脸贴上她的左胸。那心跳明显过急。你拿脸去摩挲那睡衣里小小的双乳,她的心跳得更快了。"会不会整颗心脏从口腔里蹦出来?"你说着亲吻她,她也吐舌回应,像有两条蛇在你们的嘴里交缠。这样的吻让你想起相濡以沫,想起相爱,想起杜丽安的沉溺。

但玛纳会在她认为该走的时候,丝毫不惊动你便悄然离去。你在被窝逐渐失去她的体温后醒来,始终感到存在只是一场幻梦。有两回你察觉到她正在离开,你捉住她的手腕,叫她留下来。玛纳在月光与晨光的交界中回头,她朝你微笑,然后轻柔而坚决地把手抽走。

这让你觉得玛纳并不属于你。那从掌中流失的感觉,令你想起小学时某个同学把拿到学校炫耀的新玩意借给你。那是一个电子游戏机,他在你玩得兴起的时候,忽然将游戏机从你手中抽走。那一瞬你感到愤怒,但你一动不动,眼睁睁看着他按键熄机,轻易把你辛苦经营的成果抹杀掉。

你难得拥有真正属于自己的东西。从小到大,只有母亲是你的。她在你与J之间,选择了你。但有一天连母亲也得流失,你终于得把她归还给她真正的拥有者。

玛纳眨动她好奇的眼睛。谁?谁是那真正的拥有者?

宇宙,命运,冥冥。

谈到生死,显然你们都太年轻了。玛纳在纸上写下她的年岁,那要比你年长一些。你告诉她,那是杜丽安最初出现在书里的年龄。当时她正钟情于一个比她年轻的华小教师,叶莲生。玛纳歪着头翻动桌上的大书。她不懂得书中的语文,因而她并不在阅读,而像是用眼睛扫描书中的符码,仿佛那样可以找到某种解密的路径。

你看着她。她的手,古铜色发亮的皮肤,细长稠密的毛发。你的目光沿着她的手攀升,像一尾隐形的蛇,从手腕缠上手臂,再绕上她修长的脖子。她凸出的锁骨与优美的肩胛;她的下巴,嘴唇边不太容易被发现的小黑痣。玛纳是你见过的最性感健美的女孩了,你有带她出去炫耀的冲动。你要牵着她的手,走在有许多玻璃门窗反射阳光的大街上;要在十字路口的交通灯下与她相视而笑,并且趁着行人灯尚未转绿,与她在街头拥吻。

玛纳笑着继续翻书,始终不置可否。

你忍不住走上前去,从身后抱住她。你把鼻子凑上她的耳背与脖颈,闻到一股纯净的汗味。杜丽安穿好衣服准备离开的时候，叶望生也这么做，从背后抓住她正在梳头的手。杜丽安看着墙上的小圆镜，那里面有一个女人在凝视她与她身后的男人，那眼神竟有点忧伤。叶望生认真地替她整理头发，把一度被弃的灵魂交还给她。但杜丽安心里清楚，那灵魂已经不可能溶解于肉身。

你心里最希望让J看看你的玛纳。这像艾蜜莉似的，可以让每个男子感到自豪与骄傲的情人。白天你在肯德基的厨房里工作，总会在不太忙碌的时候，站在那里浏览窗外走过的人们。你以为必然有一天你会看见玛纳丰姿绰约地走在灿烂的阳光下。你要看路上的行人频频回首，用惊艳与倾慕的眼光注视她。J也会和其他人一样，猛然甩过头来，就像走过去以后才蓦然发现橱窗内的一件好东西。

"不如这样吧？下个星期我生日那一天，你陪我出去吃饭逛街？"那一天黎明她要走的时候，你忽然扼住她的手。玛纳在晨祷与薄光中微笑。她想要抽回自己的手，你却像个捕兽夹，钳紧她，不让她挣脱。玛纳叹了口气。她咬着唇坐到床沿，静默地凝神观望半空中的某处，像是那里有一个你看不见的窟窿。日光渐稠。曾经有一刹那，你恍惚以为她会在你的掌中消融。也许在你无法看见的深洞里，会有一艘飞船来渡她。

僵持了半晌，玛纳拿你没办法。她回过身来嗔睨你一眼，对你点点头。

如果时光能停在那一刻，如果能在你们都感到幸福与喜乐的时候，让你们一起消融，你和玛纳会是何等美满的一对？然而人生中的故事，是喜剧抑或悲剧，总取决于它结束的时间点。而这些故事往往都流于拖沓了。仅仅因为无人舍得在香口胶的滋味最丰满时，把它吐掉。

那一刻以后你便一直在期待下一周。你向主管申请，与一位同事调换值日班次。你故意在墙上的挂历上做记号，用马克笔画了个醒目的红心。玛纳会看见的，你把那挂历放到门边当眼的地方。她也确曾于某日离去时，站在那里端详了一会儿。

好些年后你只身到北方出差。在开往泰国边境的长途巴士上想起这段日子，忍不住对着窗外的夜色嘲笑自己。那巴士上挤满了周末时急着到边城嫖妓的男人。他们坐在狭小的座位上，歪七倒八地仰头打鼾，打算养精蓄锐后在别人的国境上播种。车子行得不疾不徐，车厢里装满了各种调子的鼾声。你也许是车上唯一的失眠者，在那漫长的暗夜中回忆起五月花，以及这段日子里出没于301号房的玛纳。她拖出床底下的行李袋。那袋子太大了，而属于她的东西实在寥寥可数。你想象玛纳也钻进她自己的行李袋，像个睁着大眼睛、被折拗起来的洋娃娃。她不属于谁，也就不会被任何人遗弃。

她走进301号房,拿自己的绿蚱蜢交换了你那粗笨简朴的老指甲剪。末了,她拿猩红色唇膏在你的镜子上写了"Time to say goodbye"。

你生日的前一天,从肯德基下班回来后,细叔忽然提出要和你吃一顿晚饭。他本来说要明晚一起吃饭。你有点愕然,告诉他明天你值晚班,晚餐是要在店里解决了。

"那不如今晚去吃吧。"他挠挠头。你觉得他似乎正在制造机会要和你谈话,或商量什么事。这让你感到紧张。但你明白这样的对话无可避免。那个一直站在你们之间的女人已经不在了。

以前母亲病重,你已经担心着有一天细叔会要你们离开五月花。母亲不以为意。她还在抽烟,跷起膝盖肿大的那条腿,勉力晃晃她的脚板。她喷了一圈烟雾,眯着眼看朦胧的前景,"你细叔不是那样的人。"

你抢过她手中的香烟,把它捻熄。母亲像个神奇的魔术师,不管你如何遏止,她总有办法把香烟弄到手,再把它们藏起来。你把她的床和周围的柜子都搜过了,虽也曾找到一些,但母亲仍然能无中生有,似乎只要右手食指与中指一夹,便能凭空冒出一支香烟来。她也喜欢在你面前炫技,仿佛抽烟本身最大的乐趣在于把你惹恼。你知道她喜欢看你怒气冲冲地上前去把她的香烟夺走,而如果你不那么做,她也会毫不在意地把烟抽掉。

看你把香烟捻熄后扔到书桌下的垃圾桶里,母亲装了个惋惜的表情。你不理她,回过头去继续温习功课。似乎过了好一阵,母亲的声音幽幽地从你背后传来,像一团迟缓飘来的烟霾。她说,不用怕,你细叔不是那样的人。

母亲对你透露,细叔年轻时曾经常常被人轰出门,"那时他穷得吃不上饭。他知道走投无路的滋味。"

也许母亲是对的,至少在母亲有生之年,细叔不曾驱逐你们。他把301号房留给你们,给你添了张书桌。他自己住在203号,母亲的膝盖肿起来以前,经常会在那里过夜。你听过母亲对那位穿夏威夷衬衫的阿姨说:"这年纪了,第一次和男人过夜。"

那阿姨没表示什么。她若有所思,把手伸到窗外去掸掉烟灰。

若说细叔念着一场相好,母亲过世以后,这点旧情也该风流云散了。自从母亲的丧事办完以后,你便总是躲着细叔,料想着有一天他会与你撇清关系。多年来,你们鲜少独处,而且两人都内向寡言。母亲把她的角色撤走,你们更觉得无言以对。仿佛她带走了你们之间的台词与对白,把你们留在五月花这个既破败也没有观众的舞台。

那一天傍晚你硬着头皮上了细叔的车子。他说冷气故障了,着你摇下车窗。偏偏这一日天气特别闷热,雷电在愈积愈厚的云层背后磨刀挥鞭,要有雨了,大雨。你们去到老张记那里,两人都满额大汗,得拿饭店给的餐巾纸拭去汗水。穿木屐的大婶来下单时,细叔擦着汗说今晚就吃好一点的吧。这令你对这顿饭更是充满警戒,认定它有种饯别的意思。

细叔点了一尾白须公,芋头扣肉,干煎明虾,腐乳油麦,还要了一大瓶啤酒。他说你喝一杯吧,也不再是小孩了。这意料之外的丰盛菜肴让你愈发忐忑,而看着细叔啜了一大口啤酒,你猜想他接下来或许就要对你说些难以启齿的话了。

但细叔却没头没脑地说了许多不相干的事。他说这饭店下个月就要关张了。以前老张记只是在路边斜坡上的铁棚大排档,生意红火极了,他和你的母亲经常去光顾。"有时候坐下来把一大瓶啤酒喝光了才有人来写单,点了菜还得再等上大半个钟头。"但后来老张记迁到新买的店铺里,生意从此冷淡下来;苦苦撑了几年后,到现在已实在撑不下去。

除了老张记,细叔还胡乱说了些什么。你似懂非懂地听他说起新一届大选过后的闹剧,印度人放火烧回教堂的事,某些华人政要的黑社会背景，以及抱怨外劳带来的一些社会问题。他的谈兴极高，说的话与喝的酒一样多。你觉得他正尝试把你当作一个成人，似乎他以为你已经长大了，可以像个大男人一样，在这乱七八糟的社会上独立生活。

你陪他喝了些啤酒，几乎独力把一整尾清蒸白须公吃掉。直至细叔想起该埋单，桌上已搁了好几个酒瓶，菜肴却剩下不少。细叔说你吃吧，你妈最爱吃这里的扣肉。"以后再吃不到了。"他打了个酒嗝，有一种悲酸的味道。

回去时开始有雨撒下。雨丝从半开的车窗斜飞进来，凉凉的，一鞭一鞭抽在你们的脸上。你说这车子也开了很多年吧，该换了。细叔苦笑。"将就着用吧。要是有钱，还不如先买一间像样的屋子。"你咀嚼这话，怀疑里面有弦外之音。

"五月花太古老了。楼太旧，现在已经不值钱。"细叔说。

"还长了白蚁。"

细叔点头。他开动刮雨器，霓虹灯光在挡风玻璃上晕渲开来，视野反而更模糊。城市的夜景缤纷绚丽，你们都不说话，定睛注视着看不见的前路。

在五月花楼下，细叔的脚步有些摇晃，动作也迟钝了，老半天才开得了铁闸上的锁。你耐心地跟在他身后慢慢走上楼。到了二楼,他忽然转过身来,有点笨拙地从裤袋里掏出一个物事来。

"明天生日,你自己看要怎么花吧。"

细叔不由分说,把那物事塞到你前襟的衣袋里。你看见那是个对折起来的红包。这是他头一次直接给你钱,你感到尴尬,却不知道该如何推辞,你说细叔,我打工了。细叔似乎也不太自在,他空笑着说要的要的,"我昨天中彩票了,一点小意思。"

"你妈怕我忘记你的生日,老早便在我的月份牌上打了好大个记号。"他甩一甩手,叫你上去吧,别婆婆妈妈。

那晚的雨下得很不酣畅。无声无息,雨丝如冷刀划过窗玻璃。直至午夜时大雨才倾盆而下。你坐在床上等玛纳,毫无把握她是否会出现。三点过后她才走进来,头发湿了,白色薄衫贴在身上,在闪电的光芒中看来如同水中升起的幽魂。你把她抱在怀里,却又觉得她像金属似的坚硬和冷冽。她凝视你的眼睛,轻吻你的眼角,她知道你流过眼泪了。你把脸贴到她的胸前,那埋藏计时炸弹的位置。

"玛纳,怎么办,我很想念我妈。"

玛纳只能以拥抱和亲吻来表达她的怜悯。她的吻如雨点般密集,双手如蛇,时而盘绕你的脖颈与四肢,时而在你身体上急速游移。她给你母亲所不能给你的,那深入骨髓中,让灵魂也酥软下来的安慰。你以为你们一定会做爱了,这个晚上,你说玛纳我又长大一岁。但玛纳灵巧地抽身,始终不让你更进一步。她的温柔如此老练,让你害怕。她的唇舌,她的手指;她微眯着眼像在说,虽未让你占有,我却已对你奉献所有。

电光连闪,你看着精液自她的嘴角淌下,你说玛纳你真像一条毒蛇。一条有着斑斓花纹的剧毒之蛇。它盘在你身上与你厮磨,阴柔之至,爱怜无比,但你毕竟知道它有着毒牙。它朝你吐舌,分叉的舌尖与尖锐的獠牙一起碰触你的身体,让你在这潆潆的柔情中,为即将到来的伤害与痛楚感到心悸不安。

3

在韶子的小说作品中,五月花是个常用词。第四人当然注意到这一点。基本上,韶子把同一类型的小旅馆①统称为

---

① 这里说的是《告别的年代》中,"无论大城小镇,人们总可以在一些意想不到的陋巷或阴影最茂密的地方,发现一家仍在惨淡经营之中的五月花"这一类的小旅馆。也即"你"与母亲多次迁徙与寄居过的,"名字本身一点也不重要"的客栈。对于这类旅馆的详细描绘,可见《告别的年代》第八章。

五月花。根据第四人做的统计,五月花作为旅馆名字,先后在韶子的一个长篇,两个中篇及四个短篇小说中出现[1]。

在那些作品中,短篇小说《推开阁楼之窗》里的五月花让你最感兴趣。这是韶子早期的作品之一,第四人给这小说的评价不高,认为它追求小说的故事性,深受大陆文学爆炸时期作家的影响,其小说语言更是明显承袭了某中原作家的风格,读感造作,无法成功地融入本土色彩的小说背景中[2]。

你在意的却仅仅是小说中的"故事"。在那小说里,女主人公小爱在五月花阁楼诞下野种,并将婴儿带到厕所内"处决"。尽管《告别的年代》对这小说的着墨非少,但你读了那寥寥数句以后,便开始幻想你自己所在的五月花有一座未被发现的阁楼。阁楼这个意象与你过去想象的地窖形成强烈的对比,它们好比天堂与地狱,而母亲,母亲会在哪一边呢?

文坛上有好些评论者,对于韶子作品中出现的"五月花

---

[1] 出现过"五月花"旅馆的韶子作品,包括长篇《告别的年代》,中篇《失去右脑的左撇子》《树欲止》,短篇《无雨的乡镇》《推开阁楼之窗》《只因榴梿花开》《昨日遗书》。

[2] 见《马来半岛上的大陆土壤——我读韶子的〈推开阁楼之窗〉》,一九九三年发表于《政报》之"文艺苑"。

现象"深感兴趣,并且一般上也把她小说中的五月花视作一个承载量大而精确无比的历史符号[1]。可以理解的是,五月花这名字表现的是殖民时期英国政府与其文化的影响力,却也多少表露了当时华社对于建立公平社会的期许。第四人未尝不认同这种说法,但他认为那仅仅是"歪打正着"[2]。

"五月花号"这艘最先由英国开往北美的移民之船,一六二〇年十二月二十一日在普利茅斯上岸。登陆前,船上的贫苦大众在船舱内制定并签署《五月花号公约》,奠定新英格兰诸州自治政府的基础。

你对这些不感兴趣,因此只是草草浏览,便把这几页翻了过去。作为一名纯粹的读者,你意识到许多评论家都只能是专业的评论者,而不是真正的读者。他们更倾向于表现自己"独特"的切入角度与别扭的阅读姿态。第四人是其中的佼佼者,然而他愈是铆足劲寻求各种管道要进入小说,小说本身则更严厉地反弹与拒绝。

你由此同情起第四人来。你觉得他是最孤独的读者。也许比作者更孤独。他是被小说遗弃的读者,注定了一辈子只能阅读自己想象中的小说。

---

[1] 见《搁浅在历史之岸的五月花》,作者为某大学资料室主任,二〇〇七年刊登于《南国文艺》之《韶子逝世一周年纪念特辑》。
[2] 见《形影不离》文末附录之《韶子作品中重复的符号与意象》。

第九章

1

石鼓仔被杜丽安逐出大屋的那一个下午,钢波在会馆里打牌打得天昏地暗。到了亮灯时分,牌桌上的吊灯忽然放光,他与几个牌友揉揉眼睛,眼袋愈搓愈肿,他们才在惨白的灯光下发现彼此的憔悴与疲乏。

会馆的杂工出去买了些熟食,钢波要了一包猪红粥草草果腹,之后与牌友作鸟兽散,打着充满猪血味的饱嗝开车回家。因为连连打瞌睡,路上撞了人家的车尾。他不得已下车来与人争论。以前在盛年时,他遇上这种事可是十分雀跃的,人未下车便已捋袖揎拳,凶神恶煞。人家看见他那铁臂上的私会党图腾,就算有理吧,也肯定会退让几分。然而此时的钢波年岁已大,盘踞在臂上的神兽随着肌肉的松垮而垂垂老矣,都成了站不住脚的虫鸟;加上他才刚在赌桌上经历了一日一夜的搏杀,这时候神色委顿,面肌抖抖,看来像一只雄风不再的老狮子,就连声音也比不得壮年时洪亮。

对方开的是一辆半新不旧的日产车,推门走下来的是一个戴粗框眼镜的瘦个子后生。钢波原来还一阵窃喜。仗着昔日的威风,他也曾想借这种鸡毛蒜皮的小事振作一下。只是还没来得及把架势摆好,那轿车又走下来一老一少两个穿甲巴雅服的圆润妇人。这两个女人黄皮白肉,身上的马来装红的红绿的绿,张口便是行云流水般滔滔不绝的英语。钢波哑口无言,还亏得那戴眼镜的瘦男生插入几句广东话,要不,钢波即便想道歉,恐怕也难以找到插话的缝隙,更别说咆哮了。

他最后从皮夹里掏钱,把一日一夜厮杀的成果都拿出来,才总算把事情摆平。但两个妇人犹不满意,上车以前仍不断做状检视车尾,且频频回头瞪他,噘着嘴碎碎念。

今时今日,钢波最忌讳这种穿着优雅,目光狡猾而手段泼辣的女人了。过去一年,杜丽安可让他真正领教了女人的威势。他开着那辆车盖微凹,前面的车牌摇摇欲坠的旧马赛地回家时,想起多年前在大华戏院看见杜丽安坐在那售票的铁笼子里,亭亭玉立,含羞答答,像一只金丝雀。却忘了从什么时候开始,她变成风情万种的老板娘,跟她打过交道的人谁不夸她了得,"平乐居那个老板娘啊……"

时髦,惹火,黄蜂腰甲甴肚;机灵,犀利,打烂算盘,机关算尽。

这些评说传到杜丽安那里,她不嗔不怒。"怎么?他们没说我笑里藏刀,杀人不见血吗?"说了她还能翘起嘴角,媚眼含春,把来人瞟得失魂落魄。

钢波在外浪迹了一年,回来后一直碰她不得。但他眼睛半点不蒙,惊觉她日益美丽。都三十八九了,却像艳红的玫瑰初放,可也浑身尖刺,发起狠来杀气腾腾。钢波的牌友们提起她便禁不住满脑淫思,嘴巴也就不干净了;都说你老婆啊,虎狼之年,得多给她吸收日月精华。钢波听懂那意思,可他总不能告诉别人,自己已欲振乏力。有一回撞见杜丽安浴后裹着毛巾走出房门,那外露的肉体皎如白玉,又那么丰润饱满,像是只要轻轻一拧就能挤出琼浆。他当时仅仅心头一热,丹田却是凉的,胯下毫无起色。杜丽安也半点没有邀请的意思。她睨他一眼便走回房里,还闩上门。

还有什么好说的呢?以前他生龙活虎,杜丽安却常常推三阻四,声明酒后不得碰她。钢波答应时没想到她那么认真,以后却屡次在欲火烧身时,被这"铁规"惹得怒火攻心,差点没对她动粗。那样折腾过许多遍,他自己意兴阑珊,宁可早些熄灯入梦,也总比在床上死皮赖脸地哄她就范要好。

"你去洗个澡,刷一刷牙,不就行了吗?"杜丽安在她的半张床上喃喃抱怨。

而现在,即使杜丽安光着身体再让他看看那一对狂放的豪乳,即使她如狼似虎,钢波也自知有心无力了。这事想了让人丧气,钢波因而情愿到会馆里彻夜小赌,听老钟在木盒子里点滴到天明,输也好赢也罢,就一百几十元的事。扑克牌里虽然有四个女人苦口苦脸,却终究不比家里那女皇的架势和冷言冷语让他难受。

儿子石鼓仔算是废了。这幺儿以前是他的心头肉,如今可成了他胆囊里化不去的石头。杜丽安没少说奚落的话,好几次还当面连父带子一起嘲讽。钢波也发过火了,石鼓仔却宛如一团烂泥,既懒得振作,也不肯回渔村老家去投奔两个哥哥,便索性躲进睡房,要不是日夜颠倒地乱睡觉,便是把脸埋到一堆看了再看的连环图和武侠小说里。

钢波居然也去劝告过这儿子。他走进石鼓仔的房间,拨开床上堆放的《龙虎门》、《醉拳》和《如来神掌》,一屁股在石鼓仔对面坐下来。石鼓仔知道这不寻常,他稍微挪低手里的连环图,挡住口鼻,只露出一对微凸的、发黄的眼珠。父子俩怔怔地对看了一阵,过早出来巡视的蚊子像饮了醉汉的血,摇摇晃晃地从他们之间飞过。他们不由得都盯着那蚊子,等它飞过去了,两人才晓得尴尬,又始终不知道该怎么打破僵局。

钢波向来拙于言辞,那时也只是一时心血来潮,并不真知道自己有什么话要说。他随手拿起一本被他压在大腿下的武侠小说,翻了翻。几百页的书,厚得像通胜,里面密密麻麻全是字。他叹了口气,说你毕竟读过点书,识很多字啊。

石鼓仔不发一言,依然定睛看他。

房里的窗帘拉上了一半,光照不足,钢波看着儿子那充满警戒的眼睛。这儿子还年轻啊,一对眼珠却像生了锈的铁球,它们在那有点宽松的眼眶内显得无比沉重。钢波的目光溜到石鼓仔的左臂,看见那只长尾鸟,便禁不住转过头看一眼自己的。那鸟的尾巴大概与身体等长,翅膀却相对小得不像话,怎么可能飞起来?钢波抬起刺青的手臂,拿另一只手使劲触抚那刺青,像看见一团污迹,便尝试把它擦掉。

"以前刚刺上去时觉得很好看,颜色像景泰蓝,对吧?"他说,"日子久了它会变色,黯哑了。你不喜欢它,可是要擦也擦不掉。"

石鼓仔没搭腔,只是偶尔眨一眨眼。那只酒醉的蚊子又左摇右晃地回头巡航,像哼着歌,几乎细不可闻。

"你还年轻,将来的日子很长;一世流流长,不能就这样。"钢波甩手,把手中的武侠小说啪嗒一声扔到床上的书冢里。石鼓仔仍然不语,他的脑子愈来愈转不过来了,他自己也觉得颅骨里像灌满了泥浆沙石,像一台笨重的水泥搅拌机。身体又沉沉的，嘴巴里像填满混凝土。再说父子俩这样很别扭，老爸长吁短叹，变得像个苦口婆心的老女人。

要是在十年八年前，老爸绝不会耐着性子跟他耗，肯定会把他从房里揪出来暴打一顿，或索性锁着房门让他在里面饿上两天。长这么大，他与两个哥哥没少挨过老爸的铁腕。尤其是他，以前他粗壮得像《龙虎门》里的石黑龙，大家都说是让他老爸"打造"出来的；老爸是钢，他是石。

这些心思，钢波没读出来。他看到的只是一对黄迹斑斑死气沉沉的眼珠，并且想起十分不新鲜的死鱼的眼睛。石鼓仔始终无语，看来也并不想接话。钢波叹了口气，站起来拍拍儿子的肩背。"你自己想想吧。"这很诡异，钢波的手掌刚接触到石鼓仔的肩，那一瞬那场景他觉得很眼熟，连光影的方向和长度都似曾相识。仿佛很久以前他已梦见过这一天了，又像是更久以前他的老叔父也曾于某个午后这般掀开门帘走进房里，用家乡话对他说，一世流流长。继而站起身来无奈地拍拍他的肩。

倘若那真是一截记忆的碎片，那当时他一定还只是个小伙子。大概是在外面打架受伤，逃返老家暂避兼休养。记得有一回他在渔船上躲了半个月，天天晃晃荡荡，吃蚶补血。可伤口发炎流脓，一条手臂涨成酱紫色，肿得像大腿那么粗，人还发烧晕厥，不得已上岸寻医。村里的老中医与小儿子屏息给他放血挤脓，裂口里腥臊扑鼻；血色发黑，闻着像一箩发臭的蚶蛎。

那一回折腾得够久了。换回来庄爷的赏识，让他正式在庙里下跪上契，敬茶结义；拿过庄爷给的一套金碗筷，从此可于场合中以谊父谊子相称。是那时候吗？父亲早年下海丢了命，进房里来的是叔父辈，瘦瘦长长，几十年日晒雨淋，人黝黑得像一长条影子。老叔父叹着气拍拍他的肩，用他这辈子总学不好的家乡话劝说过他。当时他气盛，必然很不耐烦地顶过几句话。挑！你们吃粥吃饭看天阿公，我看庄爷。都一样！

好像是那样的，又似乎不是。年少的记忆已经离开他太远了。钢波挠破头想了好久，只记得那些今人说不出来的乡音，却怎么也想不起叔父掩埋在黑影中的轮廓相貌。

不管怎样，那一天与石鼓仔的"谈话"似乎有些效果。石鼓仔第二天便接受了钢波的建议，到平乐居去帮头帮尾，做些端茶洗杯的杂役。杜丽安半信半疑，却也爽快答应，钢波为此还兴奋了数日。那几天他特意约牌友们到平乐居喝下午茶，其实在偷偷监察。杜丽安可不留情面，即便钢波的几个牌友在座，她也照样对石鼓仔呼来喝去，把他当一般杂工使唤。钢波心里揪得紧紧的，但想到石鼓仔或许真该学着受点气吃点苦，便唯有陪儿子一同哑忍。

只是那样过了几天,连茶水头手都敢对石鼓仔大声说话,嫌他慢吞吞,走路脚跟不离地。"死蛇烂鳝!"那师傅这么说。钢波的老脸挂不住,却发作无门,便渐渐失去热衷。他也认清了石鼓仔不过是在平乐居打杂而已,低三下四;说是洗心革面,其实没有比窝在房里刨公仔书强多少。有此一念,他很快又回到赌桌上,今日桥牌明日麻将后天牌九,宿赌后回家倒头便睡。

"你倒不好赌马,"杜丽安语带讥讽,"不然你愈活愈像我老爸。"

钢波开车发生小碰撞那天,石鼓仔在平乐居当帮手还不满一个月。就当天下午杜丽安逮到他躲在厕所里吸白粉。这事杜丽安自然早看出蹊跷来,其他伙计也一再向她告状了,说石鼓仔经常夹着公仔书窜进厕所,往往在里面一待便十多二十分钟,霸占茅坑不屙屎。那可是公厕啊,被他那样占用,就连顾客也时有投诉。杜丽安当面提醒过他,语多尖刻,却无警醒的效用。她便暗地留神,加上娟好奔走相助,发现石鼓仔每次进去厕所时,夹在腋下的都是同一本《龙虎门》。那公仔书皱得像一把唐山咸菜,又像被他翻破的武功秘籍。这显然很不对劲。杜丽安便差了在猪肠粉档帮摊的印度少年"吉宁仔",趁石鼓仔拿着书抢占厕所时,担了把木凳到后巷,爬到厕所的小窗口窥看。吉宁仔气喘吁吁地抱着木凳跑到柜台来汇报,说,里面有蜡、蜡烛,火,锡箔、纸,白、白粉、白色的粉末。

杜丽安听了脸色铁青,她给吉宁仔赏了点小钱,嘱他不要声张,然后便把娟好唤过来商议。姊妹俩斟酌了一阵,决定由娟好去找个机会把石鼓仔的那一本"藏书"拿到手。娟好听说是吸毒这么大的事,她可表现得比杜丽安还要紧张,动作也就僵硬迟缓了些,几次错失良机,要到快打烊时才终于得手。那简直像个烫手山芋,她鬼鬼祟祟地直冲到柜台,把卷成筒状的《龙虎门》塞到杜丽安怀中。杜丽安放到抽屉里打开一看,果然所有乾坤都在里头了。

就那天下午,杜丽安在大屋里,把那一卷"证物"掷到石鼓仔脚下。"在找这个吗?"石鼓仔眼睛一眨不眨地看着那些东西。他垂下头,一对眼珠似乎随时要从眼眶中滑落。只有他自己知道那一刻有多吃力。他在想一些辩解的话,也在想自己是否该道歉认错,但他的思想马上被这些问题堵死,脑中的一潭泥浆勉强冒出几个泡泡。石鼓仔俯身去捡他的工具,还把它们重新卷入那一本皱巴巴的《龙虎门》里。

杜丽安本来已预备了要应对狗急跳墙的场面。她把刘莲也叫来了,以为石鼓仔在她们面前,至少该面红耳赤地抖擞出最后一点虎威。然而石鼓仔什么话也没说,只是讪讪地弯下腰,屈膝去捡散落在地上的东西。她在那高角度看到石鼓仔弓起的背,粗大的尾龙骨如一枝拗穷了的藤竹,一节一节,在单薄的背心里凸现。那像是一种萎缩的、鞠躬尽瘁的姿态,杜丽安没来由地想起老人的驼背。

她长吁一声。"你回渔村那边吧!等你妈和你哥来教你,"她说,"你现在已经这样子了。丽姨没本事,管不了你,也养不了你。"

杜丽安清楚得很,吸毒的人哪有回头路?她见过好几个那样的后生了,除了庄爷那油头粉面的小儿子,其他的最后总落得人不人鬼不鬼。以前旧街场不也有一个苟活着的白粉仔吗?几次抢劫路过妇女的钱包和金项链,被街坊追捕,且老是被街尾杂货行的伙计拦截,当场押在路上一轮拳打脚踢。终于有一回被打得断了一条胳膊,杜丽安那时候还钻进人群里一块儿围观,总觉得自己曾听到咯嘣一响,清脆得很,仿佛那皮囊裹着的是一堆朽木废柴。伤愈后的白粉仔仍然在旧街场流连,人们说他撇掉毒瘾了,却变得混混沌沌,成了乞丐。有时候他会走到苏记的摊子前,撮手讨食。杜丽安会给他一些当天卖不完的食物,通常是咸煎饼或炸油条,反正隔夜溢油,第二日就不能卖了。

不知道从什么时候开始,那乞丐没在旧街场出现了。苏记说他被恶狗咬伤,得了疯狗症,也不知横尸在哪条倔头巷里。"横竖是死路一条。"苏记含着她的龅牙说。但杜丽安不知何故老以为他只是在外面发现了新天地，并且一直怀疑那经常出现在桥头至大华戏院一带，推着脚车赤足行走的流浪汉，就是那白粉仔的变身。他把自己掩埋在层层叠叠的尘垢、毛发、衣衫与年月底下。有时候杜丽安在大华戏院门外遇见他，他还会眯起眼睛盯着她看，像是依稀想起某些湮沉之事。杜丽安还曾经把卖不完的咸煎饼和娘惹糕带给他。他欢喜无比，会毫不迟疑地把糕点都塞进衣兜里。

因为杜丽安曾经那样施舍他，她甚至以为这"疯子"还有一点灵台澄明，其实对她是有好感的。所以她真不敢相信以后他会那样回报自己——"五一三"那日，他甩着脚车链子狙击杜丽安，把她逼进了钢波的马赛地大轿车里。

现在这辆马赛地看来像一辆笨重的坦克。前面的车牌就靠左边的一颗螺丝勉强钉住，哐啷哐啷乱晃。钢波才刚把汽车开进院子里便感觉到不妥。刘莲青着脸从屋子里走出来，哽咽着说，三哥走了。钢波听得脑中轰然一震，差点以为石鼓仔出意外丢了命。刘莲本来就不太会说话，多数时候总是怯声怯气，语不成句。待她抽泣着把事情说明白，石鼓仔已不知走得多远了。

但刘莲真没想到父亲听到这事，情绪会有那么激动。她说石鼓仔收拾了仅有的几件衣衫，拎了个塑料袋离开，她跟在他身后连着喊了几声"三哥"，他都没答应。刘莲还问他,你回家吗?回去妈那里吗?石鼓仔也不作声,径自推开大门,往大路那边走去。

钢波双目圆睁,眼球充满血丝,像红色的叶脉。刘莲被这表情吓了一惊,她觉得钢波像突然触了电,而电流循环不止,就在他的身体内横冲直窜,烫灼他的脏腑。刘莲不禁喏喏,她把舌床上一些零碎的话语咽下。

钢波冲进屋内,直奔上楼,一把推开杜丽安的房门。床头的收音机沙沙地播着人声,杜丽安正倚窗坐着,趁着日色将尽,她在天光与灯光交汇的地方,掌着小圆镜修眉。房门砰一声撞上墙壁,她没转过头来,只觑了一眼掌中的镜子。钢波就在那一面小圆镜里,多么卑微。他在镜中朝杜丽安怒吼。你你,你够狠!

"我怎么了?你问问阿莲,我给了他五百元。仁至义尽。"杜丽安抬起下颔,"你自己算算他在平乐居才做了几天。我给他五百!"

她说的是遣散一个杂役,钢波说的却是驱逐他的儿子,刘家老三。但钢波被杜丽安的气势震慑了。他想,五百元确实没亏待石鼓仔呀,可又隐约觉得这里头有些逻辑不通。于是他僵持着脸上悲切的表情,眼珠却一直在转,极似庙中被菩萨踩在脚下的罗刹。

"至少你得等我回来啊。"

"等你?"杜丽安拔下一根眉毛。就这一举便让那眉峰变高了,看来十分神气,"你明知道的吧?你早知道你儿子染毒瘾了。你招呼没打一声就把他带到我这儿。我是他什么人啊?你还敢让他到平乐居。"

杜丽安扭过头来,左眉高高张扬,"你这做老爸的,真够意思。"

"以后该轮到做老妈的为他操心了。"

钢波和刘莲都意料石鼓仔不会回渔村,却也毫无头绪他会往哪里去。钢波驱车去追,刘莲也钻进车里。那车一路鸣笛,风风火火开到巴士总站。两人在那里等了将近两个小时,直至最后一班开往渔村的巴士喷着一团黑烟离去,始终不见石鼓仔的踪影。那时已万家灯火,夜空看来像电影剧终后的黑银幕。钢波摇摇头,对刘莲说走吧,我饿了。

回去的路上车子稍经颠簸,两人听见哐啷一响。刘莲问是什么声音呢。钢波知道是那摇摇欲坠的车牌掉在路上,他只是浑身没劲;头沉甸甸的,脑浆如一罐硬化了再也搅拌不了的混凝土。他既没有回答,也懒得停车去捡。

那天过去两个月以后,钢波因为被警察拦路警告,付了二十元"喝茶钱",于是他才心不甘情不愿地去弄一个新车牌。至于那凹进去的车盖,要不是后来下雨渗水,车子出了故障,他还真打算不了了之。所以至少有两个月吧,钢波用硬纸皮制作了个临时车牌，挂在车前凑合着用。杜丽安见他每日开着这庞大、老气，甚至有点残破和滑稽的老铁甲出门，心里说不出是什么滋味。以前她坐在这车里，车尾满载了钢波买来讨好她家人的礼物。榴梿，海味，布料，成衣，还有他从渔村那边弄来的鲜活鱼虾。车子停在她家楼下，杜丽安打开车门，朝楼上的窗口大喊，阿细阿细，快下来帮忙。左邻右里都听到了，大家都从门窗里探出头来张望，一些特别好事的还会背着手趋前，看钢波像变戏法似的，不断地从车尾掏出各种好东西。苏记穿着木屐急急忙忙奔下楼，阿细和老爸则姗姗跟在后头。杜丽安向他们招手。不管她如何自制，终究遏抑不了眉梢和嘴角的笑意。

这些丰盛的礼物，预告生活中的飨宴；这辆锃光明亮的大轿车，这男人。

她试探钢波，以为他没钱修车。钢波无精打采地说："我有钱，我只是懒。"

钢波上次"出逃"归来后未几，杜丽安与他达成协议，以不需他负担家用和房子的供款，并且把旧屋子给了他为条件，着他把大屋转到她名下。论算盘功夫的精到，钢波自然比不得杜丽安，再说他回来后总觉得以后的日子就是余生了，实在提不起劲再为没完没了的供款与房杂伙食费头痛，因此乐得接受献议。两人到律师楼办妥割让手续后，他靠着两间小排屋收月租,平日小赌小饮,也能自供自足。只是他也意识到今非昔比,农历新年时给小辈派红包,出手再不比以往阔绰。

钢波那注册商标似的金项链和派头十足的金手表不知哪儿去了,只有一枚镶玉金戒指还戴在手指上。而无论如何,今时的钢波终究像他的座驾,成了不修边幅的老铁甲。以前这轿车被他当宝贝,每周总得开到旧街场,让拿了水桶蹲坐在路旁的印度孩童给清洗一两遍。那些洗车童认得钢波,知道他不吝赏钱,看见他便抢着喊"头家",洗车也分外卖力。杜丽安还曾目睹两帮孩子为了争这生意而当街打架,钢波在一旁笑着观战,那神情可真得意。

如今这一辆马赛地不知已多久没好好清洗了。钢波每天开着它在大街小路上转悠,手工制作的硬纸皮车牌,用黑色马克笔歪歪斜斜地写上车牌号;乍看像挂在旧楼房门上的"待沽"或"招租"牌子。后来换上去的新车牌,却又黑白分明,过于光鲜,与车子黯哑的颜色很不匹配。但钢波不以为意,杜丽安偶尔说两句见嫌的话,他便会牛头不对马嘴地说两句文绉绉的话应对。人活百年终是死,树活千年终要烧。以前他出门前还得千方百计"梳理"头上那少得可怜的头发,他现在可连衣服都没认真穿好,脚下穿的是十分耐磨的夹趾橡胶鞋,衬衫掉了纽扣也不在意,总是等刘莲把晾着的衣服收回来时发现了，主动替他补上。

杜丽安在外面对人提起他，也不叫"钢波"了，改称"老家伙"。"他现在跷着脚安心等死。这叫什么？对，苟且偷生！"

钢波也自觉有那么点万念俱灰的意思。身体不行了，像他的马赛地一样，老是出各种小故障，也常常听到车子里里外外发出零碎的怪响，像他听见喉中欲吐难吐的痰，关节的弹拨之音；肺像老风箱，有时候甚至在睡着后听到自己的鼾声。他总怀疑自己的日子不长了，这竟让他特别想念石鼓仔。每天他在会馆与大屋之间往返，偶尔也开车到渔村探看，路上免不了左顾右盼，留神着会不会遇上石鼓仔。

而石鼓仔果然没有回去老家。自那一天拎了个鼓鼓的塑料袋走到大屋门外，除了刘莲一直目送他的背影消失在路口的拐角，似乎谁也没再见过他了。渔村那边一直不曾接过他的电话。杜丽安疑心他走投无路，会回到都门去找阿细。有了这疑虑，她便打电话到都门酒楼，跟阿细说了石鼓仔的事。

"吸白粉啊，你知道这种人有多可怕。他是个废人了。"杜丽安顿了顿，觉得自己这话说得略重，弟弟也许听得刺耳，反而心里更同情石鼓仔。

"他如果去找你，你尽了心就好，不要一腔热血讲义气,做好人。长贫难顾,你帮不了他,还会给自己惹麻烦。"

阿细含糊地答应了。杜丽安叹了口气:"阿细,你知道'三衰六旺'吗?"

阿细自然是不知道的。要不是听金不换吟吟哦哦地唠叨过几遍,杜丽安自己恐怕也不会记得住。

"三衰是指身衰,家衰,运衰。"她说,"一个衰人啊会连累全家,也会连累身边的人。"

她没听到阿细的回应,但她感觉到弟弟在那一端点了点头。

金不换少年拜师入道门,只将就着读了几年书,对于那"三衰六旺"的讲解显然有误。可杜丽安并不晓得,她倒是亲眼见证了自从石鼓仔"身衰"以后,渔村那边接连出事,果然应验了"家衰"之说。先是石鼓仔的大哥半夜骑摩托出车祸,动了几次手术,两条腿终究一长一短,十分怪相。再来是老二的一对儿女验出了地中海贫血症,据说得一辈子依赖输血,还得打针服药,而且医生预测兄妹俩约莫只能活十来二十岁,怎不弄得那渔村小家庭愁云惨雾。孩子的父母被沉重的医疗费压得连渔船都得脱手卖掉,后来经别人引路,找上当地一名报社通讯员,在报上发了求助新闻。

新闻刊登出来以后,钢波暴跳如雷,气得扔下报纸,执起电话朝那边的老婆咆哮,差点没跟老二家断绝关系。杜丽安心知他气的是这事情让他丢脸。毕竟是"建德堂前堂主"啊!钢波自知过去多与人结怨,而今他们家得涎着脸求人赈济,心里恨他的人自然是要称快的,其他街坊和旧兄弟亦不免拿他的折堕当笑话,说是"现眼报"。这事让他连那残碎的一点余威和幻想中的尊严都保不住了。

杜丽安心里冷笑。她差吉宁仔去买了一份当天的报纸,确见图文并茂。也许是因为黑白照片的效果吧,刘家老二与妻子皮肤黝黑,土头土脑,果真像日晒雨淋的渔家人。两个生病的孩子瘦得像风中柳,头颅特别大;眼距宽,前额凸出,女的还明显长了一双斗鸡眼。那是杜丽安头一次看见"那边"的人,心里也不觉得异样;芸芸众生,终是陌生人比相识的人多。

"天呀,真可怜。"她拿那报纸与娟好分享,两人都啧啧慨叹造化弄人。杜丽安还从刘莲那里得知她老妈的身体也不好,年轻时就落下的风湿病,这两年愈来愈严重,两只膝盖都歪了。"那边现在是多事之秋。"她这么对娟好说。后来连钢波也病倒,漏夜被送进医院。杜丽安遂而把话改成"他们刘家啊,多灾多难"。

钢波先是胃溃疡,排出的粪便乌黑如炭。在医院里才躺了几天,又发现内痔坏死,盆腔脓血不止。英雄还怕病来磨，何况钢波入院前早已神虚力弱，以前多少年的锻炼都在这两年间断送在赌桌上了。在医院里躺了十天，他出院时得挂着手杖，走得步步为营。刘莲本想喊护士推一台轮椅过来，被杜丽安小声阻止，"你以为你爸会坐上去？轮椅？你大概想把他气得吐血了。"

钢波住院那些天，杜丽安如常守着平乐居的柜台，只有在打烊以后才拿些吃食过去。她给他剥橙，切苹果，把打包带去的汤面倒入碗中，备好筷子汤匙和小叉，都放到他床畔。钢波住的是三人房，他的床位在中间，正对着架在墙上的电视机。当时电视上就两个国营电视台，几乎全天候马来节目，钢波总嫌马来语听得人厌烦，也不知从哪里找来一台小小的便携式收音机，放在枕边独享其乐。

杜丽安坐在床前，心不在焉地看着电视荧幕，偶尔听钢波提起今天有什么人来探望他了。渔村那边路远，人来得不勤，但老二总算是带着老婆来过一回的。他们都交代刘莲照顾钢波，而刘莲虽然与父亲没怎么谈话，却每日例必报到。有一回她渔村的老妈与儿子媳妇带着孙辈和亲友过来，老老少少十口人，刚好碰上两个江湖朋友来探望，好大的阵仗。据说左右两名同房病人投诉人声太嘈杂，又说空气不流通，闹了点风波，得劳烦护士来调解。

"说到吵闹，"钢波睨一眼左边床上的印度人，"他们家里只要有三个人来了,顶得住我们十个。"

杜丽安没接话。她看一眼躺在那里的印度老汉,再看看坐在另一张床上专注看电视的马来青年。钢波还要接下去说:"吵闹是一个,还有他们身上那股臊味啊……"杜丽安打断了他。她说你快把面吃了吧,我洗了碗筷要回去了。

在医院十日,钢波没机会碰赌具。出院后没几天,虽步履蹒跚,他已急着到会馆去筑四方城。杜丽安没心思理会他,倒是刘莲一脸担忧,忍不住开口让他注意痔疮的毛病。"爸,你一整天坐着打牌,不好吧?"钢波半点没体会女儿的忧虑和关怀,他不耐烦地挥了挥手,依旧说着那一句"人活百年终是死",便俯身钻进汽车里。那旧车烧的是柴油;车尾抖了抖,乌贼似的,一团黑烟直喷刘莲脚下。

杜丽安站在阳台上俯瞰这一幕,心里也抖了一抖。不知怎么无端端想起多年前伏在娟好胸脯上的矮瓜脸。"还是女儿好啊。"她心里感叹。

刘莲确实心地很好。杜丽安好歹与她相处好些年了,知道这女孩就不懂得替自己打算。前阵子刘莲从银行的储蓄里掏了一笔钱给她二哥,帮补两个孩子的医药费。每年农历新年前,她都会去剪两块布料,用工厂里的设备给母亲做两套新衣服。几个侄儿侄女上学以后,她裁布还不会漏了几个小辈的一份。她只是不舍得把钱花在自己身上,塑料布做的衣柜里来来去去就那几件T恤长裤,还有几套出不了场面的衣裙。最近渔村那边事事不顺,母亲的日子不好过,她每次回去都拎了奶粉,罐头沙丁鱼和茄汁黄豆,美禄,苏打饼和快熟面,等等,杂七杂八,像赈济品。

杜丽安打趣说,阿莲你不如回去开一间杂货店吧。

就那天杜丽安开车把阿莲送到巴士总站,然后绕路去到五月花。小旅馆里的时间轻飘飘的,杜丽安睡了醒来,醒了再睡;短促的梦中不断响着楼板上的脚步声与门外细碎的聒噪。男人在身后抱紧她,摩挲她的背,拿鼻尖碰触她那耳垂与颈项衔接的敏感之处,她浑身一颤。"那是什么样的感觉?"叶望生又把鼻息喷上那禁忌地带。

"如遭电殛。"她说。说时觉得自己正在融化,仿佛身体逐渐化作液态,正缓缓渗入床垫。

男人笑而不语,像在咀嚼这答案。杜丽安低下头。他的两手停留在她的小腹上。她把自己的手掌叠上去,她说,望生。

我在。

杜丽安喜欢听他这么回应。她闭上眼,感受那一句"我在"。它温暖,甜美,如一朵小火焰于她心里融化。

"我想要一个女儿。"她说。

"女儿?收养一个?"

小腹上的手正逐渐移开,她抓住它们,"不,我要自己的女儿。"

这让叶望生沉默良久。杜丽安慢慢松开他的手,他没有马上移开,仿佛他的双手在以十个小指头聆听腹中的动静。

"别担心,我不会让你惹麻烦。"她旋过身,对他笑。笑意很浅,目光却沉重,如船锚投入他的眼中。

"没听清楚吗?我要的是我自己的女儿,不是'我们的女儿'。"

叶望生听懂了,这女人并不期望与他过人世,她没有要与他偕老的意思。但叶望生对这要求充满疑虑。一条生命,他的精血,一块呱呱坠地的骨肉,一个身份。这牵涉方方面面,它将会是个庞大和复杂的谎言。不,这只是一个谎言的起点。不能草率,不该鲁莽。他仍然环腰抱着杜丽安,试图说些别的什么话好引开话题;他的双手往上移,嘴里又开始嘘气拂动她颈后细细的茸毛,但杜丽安只起了一阵鸡皮疙瘩,她缩起双肩。

杜丽安拨开他的手,解开自己。她站起来,用手理顺两鬓的乱发,再拿起床头柜上的陶杯,掀开盖子喝了一口茶。叶望生坐在床上看她慢条斯理的样子,看她把黏到舌尖的菊花瓣拈下来。这一刻的杜丽安何其美丽。他以前见过了,以后也没忘记她如此平静淡然的面容。上一回她说要暗中置业,他当中介,带着她去和业主谈判。那时她也这样吃茶,从舌尖取下铁观音叶片。她既没嚷叫,也没见唇枪舌剑,但两间风水铺被她成功压价盘了下来。事成后杜丽安主动给他佣金,就在车上,她从手提包里掏出一沓钞票,动作优雅得就像从舌尖掂下茶叶。

"怎么给现金?用支票不是更方便吗?"他接过那沓钞票,随手塞进裤袋里。

"故意的。"她发动引擎,戴上她的太阳眼镜。

如今她半身站在台灯的光晕里,脸部在阴影中。她的裸体在发光,小腹弧度完美,下面的三角洲芳草萋萋,像一尊放在灯下展出的雕塑。她不再是他所认识的杜丽安了;那个容易颤抖的杜丽安,他曾于月光中亲手引领的女人。

"你不是说过打算跟人家拆伙吗?"杜丽安再啜了一口菊花茶。

她眼角盈笑,老板娘的表情,似乎成竹在胸,"你想买下人家的股份,对吧?"

拆伙的确是叶望生的说法。他开口向她借钱,也曾游说她入股,杜丽安谎称现金都拿去买了房产。其实她只是不信任他,也对他做的生意不感兴趣。叶望生这人聪明浪荡,做事不踏实,虚荣心也重,特别向往公子哥儿的生活。当初在成衣厂当财副时账目便屡屡出问题,以后他出来搞建材公司，信誉也不好。这些年杜丽安耳听八方，早已心里有数。这次与同伴闹拆伙，据说是因为他挪用公款被对方揭发。要是不能把账目里的窟窿填上，很可能就得对簿公堂。

"我三十八岁了。"杜丽安放下半杯早已凉透的菊花茶，"现在生孩子，已经是高龄产妇。"她两手叠在胸前，翘起一边嘴角装了个苦笑，始终没有回避叶望生的眼睛，"但我还是想再搏一次。"

叶望生不说话。他凝视这个女人。这样过了半晌，杜丽安动也不动，像一尊含笑的蜡像，面容始终尊贵而权威。

"知道我在想什么吗？"叶望生躺下来，叠起手掌垫着后脑勺，角度更低一些。

杜丽安只眨了一下眼睛。

"你站在那里真像个古董花樽，太名贵了，谁也碰不得。"

那天以后，娟好又接到了给杜丽安炖药的使命。这一回杜丽安还亲自咨询了一位妇科医生，把"日子"准确算出来。娟好既兴奋又疑惑，而杜丽安则神秘兮兮，又使出她那一套完美无瑕的应对功夫，执意不肯透露什么。娟好那一点道行，三番两遍拐着弯打听也没套出个所以然，心里多少有点郁闷。

那药滋阴补阳，是接生婆给的祖传药方，一堆稀奇古怪的材料。娟好得提前到印度肉贩那里预订羊肉，日子到了便得起早去取。肉拿到后，放到平乐居的大冰箱里。茶室打烊后她把羊肉带回家，翌日凌晨三点多强行起床，连着中药铺买来的药材放进砂煲，四碗水小火熬成一碗。娟好强调这药必须炖好了趁热喝，而且还得用柴炭烧火。这样每周炖一回药，她当天非给自己熬出一双黑眼圈来不可。这可又让娟好与杜丽安有了窃窃私语的话题，重温她们过去的亲密。平乐居其他妇人不知是羡是妒，反正隔三岔五总忍不住揶揄娟好一番。也不知哪个妇人带的头，背地里给娟好取了个代号，叫"二十四孝"。

2

上午十一点，太阳一点一点升温，像把所有生物放在一个大砂锅内小火慢熬。外面的大路上车辆川流不息，你向路的分支张望，五月花匿藏在城市的浓荫中。

玛纳像是从天而降，从你没意料到的店铺后巷里行来。这天她穿着朴素，但脚上穿的是缀了单瓣菊的松糕鞋。你站在路口等她，看她笑着向你走来。她裸露在七分裤外的小腿修长纤细，让她看来娉婷秀美，像天桥上亭亭的模特儿。她让你自豪。那是五月花的后巷，脏乱老旧，一只虎纹猫在墙头用走钢索似的步伐慢行，不时低头留意墙下的沟渠是否有老鼠蹿出。

这是你第一次看见光天化日里的玛纳。她在强烈的日照下看来神色憔悴，但她略施脂粉，用橘色腮红与泛着油光的褐色唇膏润饰自己。你伸出一只手来让她抓住，再甩一甩头，说走吧。你们的十指扣在一起，玛纳的手指修长，手掌也宽；你喜欢在黑暗中触摸她的指掌，感受那十指的倔强与不安。你总说那样的手该属于音乐家。钢琴吧，会跳舞的手指。现在你拿自己的手指扣住她的，发现两个手掌竟十分熟悉彼此。那些手指相互渴慕，它们服服帖帖地归顺对方，像五对别离在即而万般不舍的情侣。

你们去看电影，再共进午餐。玛纳比较享受电影院里的时光。电影院在购物商场顶楼，电影开映前，你牵着她的手在商场里闲逛，站在那些装置华丽的橱窗前浏览。玛纳信步走，随意停留。她在看橱窗内的商品，你在看你们在玻璃上的身影。在那些镜面上，你与玛纳是两团暗影，几乎失去所有细节。你笑，但笑容很浅，在玻璃上完全不能显现。

日间的电影选择不多，你们挑了一部看来比较温情的英语片。温馨幸福的家庭，悲剧的降临，死亡的阴影；逝者已矣，生者犹念，爱无敌。午间场次观众不多，戏才放映了一半，你们已开始听到人们的抽泣。终场时你们不自禁地转过头去，看见人们的脸上播放着银幕上的光影，几乎每个观众的脸上都有泪痕。你与玛纳却相视而笑，心如石铁。戏里的世界太过遥远吧，那种父慈子孝，姊妹情深的家庭；那种草坪与沙滩上的聚餐；那些至亲之间的关怀与嬉闹；那挥洒不尽的夏日阳光；那样在幸福围绕与天使的祝福中合上眼，渐渐死去。

但玛纳看电影显然要比你投入些。你注意到她脸上的表情十分认真，眼睛像两盏煤油灯，里面闪耀着明晃晃的光。有好几场戏，你留意到她与戏里将死的女孩一同微笑。你握住她搁在扶把上的手。因觉那手的冷，你搓揉它，摩擦它，给它温暖。

走出电影院，玛纳适应不了外面的光，似乎比出门时更疲惫一些。你们找了一家别致的小餐馆，安静地听了一会儿那里播的钢琴音乐。音乐里渗着潮汐之声，你说你知道这音乐，叫"Tears"。之后你对玛纳说了许多关于电影的事，包括小说《告别的年代》就是那么开始的，陈金海死在电影院里。小时候你总觉得电影院是一个神秘的地方，一个庞大的黑箱子，因为人们都坐在黑暗中，便像是一起在偷窥银幕上的人和事。

你记得此生第一次走进电影院，细叔去排队买票，母亲拖着你的手到零食小摊那里买了一小盒沾满糖粉的彩色糖果。你捧着那一盒糖果，坐在座位上就着灯光小心翼翼地分辨每一颗糖果的颜色。帷幕拉开时，影院里的灯火倏地熄灭。你拿食指和拇指拈起一颗糖果，把它放在光幕前。从那时起，你只能靠舌头上的味蕾去辨识它们了。

母亲也已经很多年没看过电影了。她比你兴奋，从走进电影院的那一刻开始，便不断惊叹着"现在的戏院比以前好多了"。看过电影后你们去吃消夜，她仍然兴致勃勃，一定要向你描摹过去的戏院，说得详细而急切，好像她深怕你会遗忘一个本不属于你的年代。

母亲说，以前的戏院分成楼上楼下两种座位，坐楼上的座位看戏时不必昂起头，票价便高一些。两种座位一律用暗红色的人造皮革裹着海绵做坐垫，观众起身后坐垫会自动弹起往上折。经常有人会恶意破坏那些椅子，最常见的是用利器割破皮革，让它绽开裂口露出里头的海绵。木制的座位扶把上会有叮人的虱子，许多父母为了省钱，会把年纪不大的小孩安置在扶把上。孩子们得一边看电影一边搔痒，完场后大腿与屁股必然一片红肿。

你后来问详细了，事实上母亲这一生到电影院的次数屈指可数。她印象最深的是她母亲最爱看的山歌片《刘三姐》。也就那一次，母亲的小屁股被木虱叮得狠痒了两日两夜。因为当时年纪小，她实在也没记住电影里的故事和内容,只记得戏里的古装男女镇日撑着小船在云雾山水中放歌。你亦如此,你也确实忘记了那一晚你们三人看的是哪出电影。只记得刀光剑影,兵器相碰和拳脚之声大得吓人。你好奇地东张西望,想看看人们看电影时都在干什么。其间你感到尿急,母亲着细叔带你到厕所解决。你把糖果盒子盖好,跟随细叔从许多人的膝盖前走过。细叔伸手要拉你,你只抓住他的一根食指,两人沿着长廊走到厕所。你解手时他站在身后等着,你们站了好一会儿,你终于忍不住转过身对细叔说:"你看着我,我尿不出来。"

一定是细叔把当时的情形告诉母亲了。他说你甩着小鸡鸡转过身对他说话。就那一瞬间,膀胱竟然使出力来。一注弧形的尿液朝他射去,他马上弹开,但尿液已溅上他的旧皮鞋,还沾湿了他的裤脚。细叔没呵斥你,但你涨红了脸,低着头跟他回到座位上。没过几分钟,当电影播到一个对歌场面时,母亲突兀地放声大笑,坐在你们前排的人都扭过头来。

玛纳听到这儿不禁咧嘴笑,露出十分整齐的两排牙齿。你也笑了,忽然又感伤起来。那其实是天伦之乐了,只是彼时你心思粗糙,并不察觉。你要在几天以后才知道,你们三人看电影的那天原来是母亲的生日。难怪她一个晚上都在笑,像新娘子笑得那样美满。

"但我妈的牙齿不如你的好看。"你说。母亲笑起来嘴巴张得好大,完全暴露她那本来不太明显的、发黄的牙齿。吃消夜的时候,她取笑你在戏院厕所给细叔"斟茶",又说你拿童子尿献宝,说时还扯着你那短裤上的松紧带,作势要脱下你的裤子。店里的食客和伙计都在看你们。你扭动身体,尖声叫嚷着挣脱了她。你觉得她太张扬了,她笑时嘴巴那么大,声音那么响亮,动作那么夸张,仿佛刻意要让周围的看客误以为你们这是幸福的一家。

你和玛纳走的时候,餐馆里播着管弦乐演奏曲。玛纳为了某支曲子在柜台那里多站了一会儿,可她终究没等音乐播完便拉着你走了。你建议到街上走走,但玛纳不同意。她轻揉太阳穴弄了个痛苦的表情,再合起双掌枕着脸颊,告诉你她得回去休息。你唯有牵着她的手,跳上一辆德士。外面的阳光与暗影不相伯仲,都十分茂盛,玛纳戴上她的太阳眼镜。相对于她的巴掌脸,那眼镜有点大得离谱,让你想起苍蝇的复眼。她挽着你的手臂,斜斜依靠着你,把头枕上你的肩膀,似乎即刻入眠了。街上的光景在她的太阳眼镜上流动,像一出默片。你看见马来司机的双眼浮在望后镜里,不住打量你们。你闭上眼,歪着头,轻轻靠上玛纳的头颅,像一艘小船碰上桥头。

你想,以后你若写小说,这一幕必定会出现在你的作品里。

你们在路口下车,玛纳似有顾虑,不愿与你同行。她松开手指,将手从你掌中抽离,然后兀自走入来时的窄巷里。她在巷口旋过身向你挥手,示意你走吧,各走各路。你便踏步走了,但马上回身溜到巷口。你站在墙后探头张望,看着玛纳一直行到五月花后门,打开那一扇老早生锈了的破铁门。你在五月花这些年,从未看见有人打开过那道门,那门上拴了一个看来十分古老却仍然牢靠的锁头。小时候你曾想打开它,当时你觉得门外的巷子看来十分神秘,像镜里的世界一样奇异。那时候你常常幻想巷子里住了一个神奇的小孩。你把这想法透露给母亲知道,她说你撞邪了。

细叔说那门太久没使用,他已经遗忘了钥匙放在什么地方。

玛纳打开铁门,那里锁着五月花荒废了的后院。野草和丝茅从水泥地的裂缝里抽出,地上印着不少稀烂的鸽粪。她还得再打开另一扇铁门,才能进入五月花楼底的厨房。那厨房也算是一个被废弃的地方,锌盆上的水龙头偶尔还用着,灶头下搁着的是空了的煤气罐,灶君的神龛也多年未见香火。那里有一道狭窄的螺旋梯可以通往楼上,那是五月花的太平梯;铁做的踏阶与扶手俱已朽蚀,那些老弱臃肿的妓女们不可能使用它,平日只有邻里的猫会利用它扶摇直上。玛纳从那里上楼，难怪可以避开终日昏昏的门房老伯，以及坐在前面大树下的几个老妓女。

你回到五月花，忍不住先窜到厨房与后院检视一番。原来两道铁门都已扣上新锁头，那一定是细叔的意思。他让玛纳有自己的专用通道，让她从后门出入。他不想让五月花其他人看见玛纳；他果然把玛纳收藏起来，当成自己的秘密。

下午你值班时，心里一直揣度着玛纳和细叔之间的事。你对他们两人都知道得太少了，故事的留白处太多，便有无数的可能性，也使得猜测本身成了虚妄的事。因为神不守舍，你那天工作出了不少小状况。快要打烊时，有个被大家叫作"黑杰克"的同事，在一块卖不完的炸鸡胸上放了一根小蜡烛，点燃它，拿到你面前，高声唱起生日歌。另外几个同事马上加进来起哄，你拗不过他们，便真的对着一块炸鸡许了个空妄的愿望，把蜡烛吹熄。

在吃那一块炸鸡胸时，带头搞怪的黑杰克与你聊天，说他今天中午看见你了。"那女孩好标青，美呆了。"他说着握拳捶一下料理台，又在你臂上来了一下；一副既羡又妒，咬牙切齿的模样。你被他逗乐了，禁不住摇头笑起来。

"那蛋糕肯定也很贵！"他挑一挑眉，"看你搂住那么漂亮的女孩一起吹蜡烛，我心里狠狠咒了你一下。哈，臭小子，好家伙。"

你愣了一下，忽然觉得不好笑了。你马上意识到黑杰克遇见的人并不是你。那一定是J吧？他果真与你在同一天出生。你和他住在同一座城里，一人在前台，明亮的聚光灯下；另一人在后台，城市长满霉斑的阴影中。你和他都搂住自己心爱的女孩，庆祝你们共同的生日。你不喜欢这想象，它糅进了让人不悦的现实；你又想起小时候总困扰着你的某个想象——那与现世错开的镜中世界。你凝视镜中男孩身后的背景，并幻想镜上有个隐藏的按钮或门把，也很可能得说出某句暗语，镜里的孩子就会开门让你入内。那里会有你从未得到却已然失去的一切。

下班时已是午夜，黑杰克主动提出开摩托载"寿星"回家。你骑上后座，那摩托像脱缰野马似的在空落落的街上狂奔。黑杰克显然不愿意回家，便不管你的意愿，坚持要载你兜风。肯德基店里的同事间早有传闻，说黑杰克是个同性恋。你担心的倒不是这个，你只是想起凌晨回到五月花的玛纳。她会蹑足走进你的房里吗？你不想给她一张微凉的空床，不想错失她给你的体温。

黑杰克开车如同玩命。周日的午夜，城市街头一片阒寂。黑杰克像是要炫耀这台新摩托的性能，他让它尽情呼啸，而且见路便拐，经常在交通灯由黄转红的瞬间冲出去，也几次把煞车器踩得尖声作响。这要是在周末夜里，肯定会引来不少街头赛车手，也会有许多年轻男女在路旁尖叫助兴。这些人或许此刻就簇拥在黑杰克的世界里，不然黑杰克不会这般亢奋。他弓起背，仿佛已经看到跑道的终点。

在一个眼看要转红的交通灯前，你拍拍黑杰克的肩膀，说你想下车。

黑杰克没有依言煞车，反而加了把油，又一次硬闯红灯。过了那十字路口以后，他才把车速放慢，直至摩托不再虎虎咆哮了，一整座城市又恢复该有的安静。黑杰克依然在他自己的世界里，他听到音乐，低音鼓打的节拍，便开始开怀放歌。那是曾经风靡一时的印度尼西亚流行曲《依莎贝拉》，两个世界的爱情故事。终曲时他哑着嗓子呐喊，Mengapa kita berjumpa, namun akhirnya terpisah。既然最终分开，何以让我们相遇。你问黑杰克是不是刚失恋了，他哈哈大笑。

"好，我带你看看这城市。"黑杰克开始说起话来，像个兴致勃勃的导游。他说带你去看"身材严重走样后还坚持穿紧身衣裙的妓女"，她们都无聊地站在楼道口抽烟。有一回他看见自己酗酒的父亲躺在店铺的五脚基上呼呼大睡。

"他摊开四肢躺在那里，我以为他死了。"

你没有说话，只觉得黑杰克在一寸一寸地打开他那世界的大门，邀你进入。但那世界于你毫无吸引力，那看来是另一个黑暗无光的所在。你倒是无端端记起母亲有一回与酒醉的嫖客大打出手,她试图踹对方的卵袋,也用力揪对方的头发,自己的脸上则挨了一拳,好几天都消不了瘀痕。但那男人终究被轰出去了,细叔和其他闲着的妓女都来帮忙,拳打脚踢,拧着他的胳膊把他推出五月花。你爬到木凳上,开窗朝楼下张望,见那男人捂着胸口,蹲在路旁呕吐。

"这边有的是奇花异卉,素质很高呢!"黑杰克沿着一个小商场拐到旁边的支路上。那里有一长排三层楼高的店屋,夜里底层的店铺全都打烊了,而楼上的营生在天入黑以后才开始。你早听说过这里是城中有名的人妖聚落。那些人妖你也见识过的,"她们"穿大露背超短裙,配细带高跟鞋,脸上的妆化得很细,身体的叫价却与那些连口红也没认真涂好的暗巷老妓女相同。你曾在一辆德士里被几个人妖堵在后座,瞅见司机把手掌放在前座那浓妆乘客的大腿上。她们让你感到恶心,如同喉咙里黏着一条活壁虎。

城中的人妖多为北地越境来的胭脂,跑码头似的三几个月一帮一帮地换人。她们的谋生地比较集中,眼前这排店屋便是现成的大橱窗,方便顾客选择。现在这时刻,几乎每个楼道口的灯下都站了好几个。她们都偏瘦,臀窄腿细,上半身却凹凸有致,而且都浓妆艳抹,粗黑的眼线勾得像印度舞娘,又像大戏花旦;凑在一起看,确实多姿多彩。

黑杰克把车速放得很慢，并且一直在朝那些难辨真伪的"女人"吹口哨，放肆地喊起一些大胆的调戏之言。他那么兴奋，以致把握不住平衡，车头有点摇晃了。这比飞车更让你晕眩，总觉得胃囊松脱了，就在身体内晃荡。你说嘿走吧，我要回家。他听出你话里有一种坚决的意思。"好吧，最后再带你看一个薄荷味的，够清新！"他说着猛地把车速加快，也不管你答不答应。你被那冲力一扯，只感到斗转星移，胃里涌出一股肯德基原味炸鸡的味道。

"看！前面穿长裙那一个！"黑杰克高嚷起来，随之狠狠地吹了一长响口哨。

前面的楼道口聚集了三个看来比较年轻，打扮也不那么花哨的"女孩"。一个穿紧身牛仔裤，一个穿短裙。另一个穿波希米亚风长裙的那个倒是背向着你们，紧身小T恤让她的背影看来十分高挑苗条。女孩被黑杰克的哨声引得一起转过头来，你想你是认识她的。即便不是这长裙，即便不是那背影，或是这脸庞，你总不至于认不出她脚下的鞋子。那一双松糕鞋缀着精致的白色单瓣菊，那是你亲手为她做下的记号。

你与长裙女孩只对视了一眼，黑杰克加了把油，他的摩托便像离弦的箭，呼啸着飘进长街尽处无尽的夜色里。那一眼实在太短促，长裙女孩来不及惊讶。此刻她脸上会有怎样的表情？你回过头去，那楼道口只剩下三个纤瘦的人影；她们愈来愈小，愈来愈模糊。

黑杰克似乎还在对你说着那些妓女与人妖的风月事。但摩托在凶猛地咆哮，风声也锋利地划过，你只听到他的语音被风切割得零零碎碎。也许他在唱歌吧，他扯开嗓门忘情地唱。噢她，依莎贝拉，爱情随枯叶一同飘下。

晚间的风连同夜色从你的口鼻与耳朵灌入。你猛力摇晃他的肩背。停车！停车！黑杰克紧急煞车，摩托轮胎在路上擦出尖锐的响声。你跳下来，因为觉得晕眩，脚下像踩着如几个空梦叠成的柔软垫子。你摇摇晃晃地退了几步，缓缓蹲下。周围的景致慢慢旋转，很快被搅拌到旋涡般的夜空里，仿佛有人在天外抓起瓶子摇晃这个世界。黑杰克的脸在空中浮现。他一脸关切，问你怎么啦。你摇摇头，一股炸鸡味的气流从胃里逆冲，你打了个嗝，呕吐大作。

3

说来是韶子出道后不久的事了。那一年，海那边一批知名度很高的传媒人与文化人轰轰烈烈地创办了《文学联邦》月刊，创刊号上出现了一篇笔风独特，内容也相当大胆（就那相对纯朴的年代而言）的短篇小说《屠子》。

在那小说中,屠夫石双修年轻时便继承父业,在菜市场一隅卖猪肉谋生。中年丧妻后,石双修与子女决裂,从此以女装打扮出现,却仍然以卖猪肉为生,并与同在一处开档卖肉的儿子媳妇竞争,成为菜市场里的奇观。小说结尾时石双修诊出了乳腺癌末期,他死前到影像楼里拍好肖像,留书指定要以哪张照片做车头照,并表明要以女装入殓。唯其儿女家人经商讨以后,决定"给石双修保留最后一点颜面",非但未遵循其遗愿,还制造诸般假象,对外谎称石双修是因睾丸癌(也有亲友听说是前列腺癌)不治去世。

这只是个故事梗概,小说文本自然要写得比这还原后的版本精彩多了。据说《屠子》技法繁复,作者用了大量意识流的手法,再加上永不止息的时空跳跃,以及"写实度很高"的性欲场面[①]描写,意识前卫,尤其是它出现在万众瞩目的《文学联邦》创刊号上,并且获得主编点名推荐,因此在当时广受注目。这也是因为出版社为了打书造势(也有人说是因为出版商错估市场),那创刊号属"半卖半送"性质,印书量远比实销量多,其中七成都成了赠书,被分发到国内外各文化单位、学校及图书馆,也有一些流落到寻常百姓家,且后来多被废品商收购。也因此,《屠子》流传得特

[①] 见《文学联邦》创刊号之《主编的话》。

别广，影响也特别深，以后多次被学者和评论家们放到论文中，作为"本土文学转型期的前锋之作"的重要典范。

这些还都不是《屠子》让人留下深刻印象的主要元素。但凡读过这作品的人都记得作者署名"石双修"，与文中主人公同名，而主编还在文末注明作者来稿并未附上个人简介，并促请他尽速与编辑部联系，补上其通信地址与联络方式，以便会计部发放稿酬。只是《文学联邦》因"内部问题"，推出第二期后便宣告停刊，成为史上寿命最短的大型文学刊物，也让这两期《文学联邦》弥足珍贵。根据后来的跟进报导，《屠子》一文的作者石双修始终不曾与该刊联系，且日后也一直无人自承为该文作者，因而"石双修"的真实身份始终是个不解之谜。

就在韶子与第四人都死了以后，有些人因为韶子的传奇色彩而联想起无人认领的《屠子》来。也因为韶子是这么个奇人异士，人们虽无从解释，也毫无凭证，却很自然地一致相信她极可能是"石双修"。这种猜测传到韶子一些亲友那里，他们也证实韶子小时候住的新村里有一个大家庭，他们的独生儿子小时候喜欢和姊妹们一起玩换装游戏，长大了变成阴阳怪气的娘娘腔。后来这人也娶妻生子，直至人到中年才被儿女发现他偷偷藏了不少女装衣帽鞋子，还有一箱子女用香水和化妆品。这事使得他被家人唾弃，而他索性豁出去,以后改以女装示人;厚厚的两瓣嘴唇涂了辣椒红,穿着"鞋跟长如棺材钉"的高跟鞋,成了村里的奇谈。

他们说,"丽姊"与这位穿女装的男人交情不错,似乎还曾一起同桌吃饭喝酒。

若以第四人的研究做依据,韶子素来喜欢书写内我与外我产生巨大矛盾,形成对立,从而造成生存困境的人物[1]。《只因榴梿花开》里"等待被飞船接去"的女小说家是为一例(据说《失去右脑的左撇子》的主人公也有相似的特征),而其他或多或少地显现"分裂型人格特质"的次要人物,包括《野草花》中"搞不清楚身体内住了谁的灵魂"的老灵媒,《昨日遗书》中的网上情圣,以及《蜗》里因为怀疑自己有遗传性突发心疾,而宁愿定居在医院里的急救科医生,等等。第四人认为,后来出现在《告别的年代》中的孪生兄弟,其实也是人格分裂者的另一种体现[2]。

第四人指出,这对孪生兄弟是作者本人进一步的自我投射。从"一体双身"到后来"细胞分裂",也从"告别旧我"到"母胎中的决裂",正反映出作者的人格障碍问题日趋严重,也明显可见"韶子"欲与其本尊"杜丽安"断绝的

---

[1] 见《多重人格分裂者》。
[2] 同前注。

意志[①]。

第四人下过苦功读了好些心理学的论著。他根据一九八〇年出版的《精神疾病诊断和统计手册》的界定，认同多重人格（multiple personality）的定义，即"在个体内存在两个或两个以上独特的人格，每一人格在一特定时间占统治地位。这些人格彼此之间是独立的，自主的，并作为一个完整的自我而存在"。

在这个定义之下，一向"互不相认"的韶子与丽姊，很顺利被套进模式里。第四人在《多重人格分裂者》一文中，把"在夜市场卖内衣裤的小贩杜丽安"定为"主体人格"，而"小说家韶子"则为其后继人格的显现。他甚至大胆猜测杜丽安／韶子之暴毙，很可能起因于主体人格及后继人格之间的"憎恨与相残"，或是彼此想消灭对方的强大的意念。说穿了，也就是一种"意识深层的自杀行为"。

经第四人的分析，杜丽安／韶子无疑是十分典型的多重人格病患个案，再加上韶子与杜丽安本身的浓墨重彩（她们分别在文坛及市井江湖中建立的名望），况且还有许多韶子作品所提供的线索与"证据"，使得第四人撰写的这部文学

[①]《多重人格分裂者》。原文中的"本尊'杜丽安'"后另有括号注明（杜丽安＝"阿丽"＋"丽姊"）。

论述作品，不仅意涵丰富，而且其如小说般集纪实与虚构于一体的写作手法①也引人入胜。

第四人大概意想不到，他生命中这篇重要的论文后来也使他陷于"人格分裂者"的疑云中。由于《告别的年代》作者的真实身份存疑，不少人都认为这所谓韶子遗作，由写作至出版，很可能全是第四人一个人演出的独角戏。这疑惑虽无法被证实，却也很难被推翻，因此"第四人是另一个人格分裂者"成了心理学与精神病学家们推敲出来的一个新命题②。

假定《告别的年代》真是第四人伪撰后生产并操纵的"韶子遗作"，则第四人在心理和精神上的病症不仅仅是一般的多重人格分裂症。许多医生学者认为，这样的案子包含了极端的爱憎情绪，前后不一致的交替人格变化，妄想症的可能，以及"让韶子活下去"的急切想望。这想望究竟建立在理性的认知上，抑或隐藏在下意识中？此乃判断第四人是否为人格分裂者的一大关键③。

---

①摘自《创作与论述的熔炉——论〈形影不离〉的艺术手法》，二〇一〇年由某中文系研究生于东南亚文学研讨会上发表。
②这命题最先由日本一些心理学家在"推理小说，宗教与心理学俱乐部"的网页上提出，获得当地心理学研究者与推理小说爱好者的广泛讨论。
③译文，摘自本地马来裔心理学家J.阿敏娜的论述著作《第四人格》（*The Fourth Personality*）。

第十章

1

庄爷八十大寿，在精武礼堂筵开八十席，晚上八点准时开席。请柬送到平乐居，抬头写的是钢波的姓名，刘笑波与杜丽安贤伉俪。不知谁的字迹，桃红封套上力透纸背的黑色硬笔字，杜丽安看得百感交集，在柜台那里出神想了一下午。她也说不清楚个中滋味，只是忽然发现韶华暗去，便没来由地感到惊悸，也突然对这八旬老人十分想念，又特别感激。那年苏记举殡，他到灵堂慰唁，当着众弟兄的面对杜丽安说，阿丽你辛苦了。她听着激动不已，觉得再累再委屈吧，有了这话自不枉。

那时她已懂得不形于色，可她却认定庄爷必能感知她的欢喜。老人家都什么修为了？人老精，鬼老灵。

那请柬到了钢波手里，杜丽安晓得他比谁都激动。尽管那激动是不声张的，但杜丽安冷眼旁观，看见钢波把请柬里里外外看了一遍又一遍，好像要从中找出什么隐藏的指示来。之后他便坐不住了，说热，又抱怨蚊子，心思已不在电视荧幕上。那可是他一直在追看的《薛仁贵征东》，万梓良也是他特别喜欢的演员。杜丽安说这请柬你收起来吧，钢波点了点头，然后说困，上楼睡觉去了。后来杜丽安与刘莲继续看《香江花月夜》，录影带才刚被机器吞进去，钢波又走下楼来说要出去买香烟。

自从两年前胃出血送院急救后，杜丽安没再看过钢波抽烟了。她与刘莲不期然对视了一眼，可谁也没问。怪的是钢波回来时手里拎的是两盒蚊香，杜丽安问他你不是说去买香烟吗？钢波看了看手中的蚊香，似乎也有点错愕。

"反正都一样，"他说，"只是想弄点烟，驱一驱蚊子。"

杜丽安与刘莲不禁又交换了个眼神。

看过了两集《香江花月夜》后，杜丽安与刘莲隔着两步阶梯上楼，都看见钢波房门下透着灯光。

都说人生七十古来稀，庄爷这八十大寿，据说排场很大，带去的寿礼自然是轻忽不得的。杜丽安把采办之事交给了钢波，而钢波也没拒绝，杜丽安遂乐得一门心思想着当晚的打扮穿着。她到常光顾的电发院里，在发机的玻璃罩下把好些杂志都翻破了，还撕下人家几张彩页。找了个周末下午，她着刘莲陪她过桥到旧街场逛了几家大布庄。那时刘莲缝纫的手艺已相当不错，新年前杜丽安才给她买了一台胜家缝纫机，对她说，以后给你妈做衣服不就方便多了吗？刘莲摇一摇那针车的皮带轮，还没装机针呢，已听到流利的轧轧之声。她捂着口鼻，眼睛眨了两下，里面泛起薄薄的水光。

杜丽安拉过她的手，拍拍她的手背。这手，多纤长啊，"这些年你帮我料理了多少家务，丽姨心里有数。"

这一年刘莲二十八岁了，再不是当年紧紧跟在石鼓仔身后那个瘦弱的少女。她平庸而自律，也甘于如此，每天起早扫地，洗杯，打理神台；用鸡毛扫掸掉茶几、橱柜和窗台上的尘灰，之后再拿着前个晚上准备好的豆沙或椰渣馅面包赶着上班。日日如是，要是回老家那边，她肯定也帮着老妈做家事。杜丽安端详她的手，那上面多少有了些岁月的痕迹，皮肤也干，看着像几根晒老了的春葱。

叶望生在外面有忙不完的事，显然很少带她出去看电影了。刘莲明摆着一条心，除了叶望生便不作他想。平日若没有拍拖，她要不是没完没了地追看录影带里的连续剧，便只有缝纫一项嗜好。

说到车衫，刘莲毕竟熟门熟路。杜丽安在书上挑了几个心水款式，还特别咨询了她的意见，再邀她一起到旧街场去选布料。刘莲特别喜欢逛布庄，那时候广发百货公司是个好去处,楼下的布庄料子特别齐,就只是价码偏高,刘莲虽经常走进店里摸一摸那些高档布,却因为总有不太友善的剪布员像吊靴鬼般跟在身后,令她浑身不自在,因而待不了多久。

这一回杜丽安看中的几块好布都在广发布庄。有锦缎,有通花蕾丝,有中国画般的绿叶大牡丹。刘莲也买了一块质料不错的平价布尾,她像捡到宝,说是够给二哥的女儿裁一件单衫。

那天算是满载而归了。回到家里,杜丽安把一块闪闪发亮的水蓝色纺绸塞给她,"别只是想着给别人做衣服。这里三码半,够你给自己做一条裙子了。"

那是块好布料,质地细软轻薄,捧在手上像一朵轻飘飘的云。刘莲明白她该推辞,但心里实在舍不得,便僵在那里不知如何是好。杜丽安心中暗笑,她早看见刘莲在广发布庄几番拿起这布料,用两个指头拈着轻搓,可拿起又放下,转了一圈再兜回去,始终买不下手。杜丽安推了推她,"丽姨这些布拿去给人裁,之后还指望你帮我改一改呢。这块布当酬劳,你别嫌,也别跟我拖拖拉拉!"

杜丽安的推手,刘莲完全招架不住,更何况那推送之间蕴含顺水人情。杜丽安把几块布送到街上的玉娇裁缝店,也许是因为赶工吧,衣服拿回来后,每件都有好几处让杜丽安不合意。亏得刘莲情愿放弃看连续剧,熬夜也得替她修改,总算赶在庄爷的寿宴前把几件衣裙都赶出来了,还洗熨好,挂到杜丽安房里。

杜丽安特别中意那一袭旗袍模样的绿叶大牡丹,刘莲拆了原来玉娇店里钉的布纽扣,换上她拿原布料做的同心结。那同心结做得手工细,缝合得也好,让这衣裳看来华贵多了。杜丽安穿在身上但觉娉婷婀娜,像美人鱼。她忍不住在平乐居里说起这几件新衣,还一个劲猛夸刘莲的好处。

娟好听了这些话,察知杜丽安这些日子与刘莲"好起来"了,少不免心里揪着,嘴巴便吐了几句酸溜溜的话。在娟好心里,结伴逛街挑布料可是"好姊妹"之间的联谊活动,杜丽安却由始至终没对她提起做衣服的事,大概是认为她给不上意见,多少有点看不起人。"你跟我说这个我哪懂?我这辈子碰过几件好衣服啊。"她撇一撇嘴,扭身便走到厨房去了,当天面孔冷了下来,对谁都不怎么理睬。

杜丽安察觉娟好的老毛病又犯了,可她既没时间也没好气去关心这个。况且娟好说得没错,衣服的事她还真不懂。娟好这些年穿出去饮宴的几件衣服,多是捡杜丽安淘汰掉的过时衣裳,且穿得衣不称身,便让刘莲帮着拆补。有两件修改后仍不理想,娟好却不拿出来了,情愿折好后放到衣柜深处,说是留给矮瓜脸。

矮瓜脸十六岁了,渐渐长成了男仔头,除了校服,谁也没见过她穿裙子。那年矮瓜脸就要应付初中会考,可她小时了了,上中学后读书成绩却很一般,尤其懒得做作业,只顾读闲书。娟好说她成天托词旷课,或索性逃学,与一些油脂飞到滑轮场玩,晚上就躲在被窝里熬夜看小说。学校的老师管不了她,娟好也日渐乏力;这女儿都快会飞了,甚至连向来与她感情不错的"莲姊姊"出言规劝,她也嘻嘻哈哈,完全没当一回事。

娟好原指望矮瓜脸给她养老,这几年看着女儿像一根好苗愈长愈歪,心里自然焦虑,人也愈渐浮躁。要说生活中还有什么美事,也只有去年杪到平乐居来顶了个摊子卖薄饼的潮州寡佬,平日待她挺殷勤的,两人平日言语间你来我往,颇有点郎情妾意。娟好觉得潮州佬人还可以,似乎没不良嗜好,就只是爱抽烟,还有每个礼拜买点字花。她也明白自己已经四十好几,这桃花开了未必再会有下一回。杜丽安总鼓励她放胆一去,说女儿再好也得嫁人,不如找个稳稳当当的老来伴。

平乐居这么点地方,潮州佬与娟好推推送送,那些妇人看在眼里,必然不会错过这种话题。她们明里呼呼嚷嚷,成天找机会促狭,一再诘问潮州佬怎么娟好买的薄饼总是特别加料,又起哄说潮州佬卖的春卷加了春药云云,弄得娟好尴尬无比。暗里妇人们则眉来眼去地戏谑:"二十四孝"的贞节牌坊要塌了，以后得改称"老来娇"。

这种事，老板娘自然不好掺和。杜丽安明哲保身，却也忍不住出言提醒过那最爱带头兴风作浪的烂口婆。烂口婆卖叻沙，另有卖云吞面和卖啰吔的两个女人常常给她唱和。杜丽安自己只曾与刘莲提过这事，说潮州佬好歹四肢健全，肯做肯挨。"她再拖上几年，恐怕要收经了，还找谁要啊？"

眼看男有情来女有意，杜丽安原以为好事要成。何曾想到娟好心大心小，老毛病不改，对人家忽热忽冷。她这性情实在不好消受，潮州佬当了大半辈子孤家寡人，几时与女人如此拉锯？面对娟好那三更靓汤五更砒霜的态度，他自然像老鼠拉龟似的无从着手。他受过几回气，被浇过几回冷水，原先的满怀希望与一腔热情终于维持不了多久。潮州佬这引擎要熄掉倒十分容易，先是对娟好冷淡下来，很快也就换了目标，去追一个长相清秀，脑筋不行，看着有点痴呆的帮摊女孩。

那女孩才十七岁，是猪肠粉档请来的帮佣，说是晚来儿，很小即看出来有点弱智。母亲产下她没多久就染恶疾去世；父亲现已八十多岁，风烛残年，大半个身子躺进棺材里了。母亲娘家一个表妹可怜她幼女老父，让她到猪肠粉档帮忙。那档口前年才迁到平乐居，女孩特别腼腆少话，大家平日总是忽略她。可这下大家都注意到了，潮州佬改了对女孩猛献殷勤，不仅给她加料的薄饼，还特地在家里精制了一金黄色的油炸春卷，带到平乐居来给她。

娟好这可受不了。潮州佬不领她的情了，连她端过去的武夷蛋茶他也没喝，在摊子上一直搁到打烊。茶室里的长舌妇明讥暗讽，都说老来娇人老花残，到底比不过人家水嫩嫩的一棵春葱。杜丽安知道娟好为这事心里难堪，却又拉不下脸来对人哭诉。她因而以为娟好这阵子心情跌宕，脾气才特别不好。

就在庄爷大寿的那天上午，娟好突然像火山爆发，在茶室里对猪肠粉档的女孩大吼大叫，说人家故意碰翻她手中的托盘，"你立坏心肠！你故意的！你别装傻！"

那女孩本来就笨口拙舌，胆子也小，而且从未见过娟好这么张牙舞爪，便吓得垂下头来呆呆地站在那儿，眼睛直勾勾盯着地上一只摔破了的咖啡杯。她的不语可让娟好更理直气壮，骂人的话愈说愈狠，连人家那八十高寿的老父亲都骂进去了。雇那女孩的是个老太婆，气虚，根本插不上话。潮州佬忍不住上前劝解，反而火上浇油，连他也被娟好扯进她的"阴谋论"里，给劈头盖脸地臭骂一顿。

那时间茶室里客人不多，且都是相熟的老顾客。杜丽安本以为娟好骂过几句就能解气，所以便装着手上事忙，坐在柜台那里隔岸观火。她可没料到娟好这一骂像脚癣发作，愈抓愈痒，竟一发不可收拾。她所认识的娟好心胸狭窄却不失自持，只好说冷言冷语，断不至于这般失礼。只是潮州佬可不痴呆，狗急还会跳墙呢！他本来也想忍一忍，或许也担心娟好收不住势头会对女孩动手，便向前迈了一步，伸手拦一拦那女孩，让她站到他身后。这动作虽轻微，于娟好却无疑椎心之刺。

有那么一瞬，柜台里的杜丽安几乎以为自己听到了娟好的磨牙之声。而娟好只是咽了口唾液，然后便口不择言地甩了一串串脏话。"狗男女！"杜丽安听见娟好这么喊，"你护她呀！你护着这白痴呀！她嫩，她下面馨香！你护她她就让你摸，让你抓，让你屌！"

杜丽安霍地站起来，但迟了，她没听到声音，而潮州佬确实已经扇了娟好一个耳光。"死癫鸡！"潮州佬一声咆哮，震天价响。

杜丽安赶过去时，潮州佬仍然护在女孩面前，右掌高举，摆了个随时准备再给娟好一下的姿态。娟好愣在那里，左边脸颊还真红了一片。她环顾周围的人，目光在杜丽安的脸上停留了一下，再转到潮州佬那里时，鼻头微微抽搐，忽然歇斯底里地大声哭号起来。"你们都去死吧！"她嚷着扑上前去，也不晓得是要打潮州佬呢，抑或要捆他身后的女孩，反正身边伸过来七手八脚，及时把她拦住了。

这时候茶室外有好些人在探头探脑，有好事的路人，也有迟疑着是否该走进来的客人。杜丽安知道再不遏止，这场铁公鸡便没法收场。她走到娟好跟前，抓住她那平举起来直指潮州佬的手臂，像拉扳手似的，硬硬给扳下来。"闹够了，娟好姊。你说平乐居还做不做生意？"她盯着娟好的脸，眼睛在那平板的长脸上定格了好几秒钟，然后上面的面容慢慢皱缩，五官都扭成一堆了，像一块掉进火里的塑料。娟好似乎在哭，但无论如何挤不出眼泪，她握紧杜丽安的手，干巴巴地呜咽起来。

杜丽安见过娟好流泪，却没见过她这般干号。"你累了，回家休息吧。"杜丽安把她从人群中拉出去，一直领到后面的厨房。

"我看你快疯了！"她使劲捏一捏娟好的手掌，"你闹！这里做不做生意只是一下午的事，你还做不做人是一辈子的事！"

娟好听见这话，脸上的表情又皱成一团，两颗硕大的泪珠才终于瓜熟蒂落似的挤出眼眶，从眼角滚落到下巴。她抽一抽鼻子，哭声似没那么干旱了。"连你也不帮我！阿丽，你不帮我！"她咬牙切齿，齿缝间迸出碎裂的嘶叫，说着还握紧拳头猛捶自己的胸膛。杜丽安看她可真用力，那扁平的胸腔发出咚咚咚的鼓音。杜丽安啐了一口，赶紧捉住她捶胸的手。

"发神经吗？你以为你在折磨别人，其实是在为难自己。"她拍拍娟好的手背，"娟好姊，我会不帮你吗？我这不就在帮你吗？我们认识多少年了？你说？"

这问句让娟好哑然。心里是在数算着的，以前杜丽安坐在戏院那白鸽笼模样的售票台里，她则在大门口卖糖果零食，那时陈金海常借着买香口胶荷兰水来说两句调戏的话，谁也无法预料以后她会给陈金海生了个女儿。而今女儿二八年华了不是？她与杜丽安已近二十年的姊妹了。

忆起旧事旧情，娟好额头上纠结起来的皱纹与紧扣着的两眉才缓缓舒解。那眉倒像个阀门，这下她的眼泪终于吧嗒吧嗒落下，脸上迅即涕泪涟，"阿丽，你要帮我，一定要！"这哭也像脚癣，娟好豁出去了，简直像小女孩撒娇，两手拉扯着自己的衣摆，哭得声泪俱下。

杜丽安就近拿了一卷卫生纸，拉下一大把来递给她，"回家吧，过几天再回来。"

娟好回去时眼睛红肿，因为声嘶力竭地哭了大半个钟头，走路已觉得有点脚轻头重。因为怕与其他人照面，她从后门走出去，也没过来与杜丽安打招呼。杜丽安坐在柜台那里，用眼角的余光留意着烂口婆和其他两个探头探脑的妇人。她们兴奋得很，一整个下午都傍在一块，小声谈大声笑。潮州佬拉长了脸继续做生意，那帮摊的女孩倒像个没事的人，无事可做时便拉了把椅子坐在摊子附近，如往常一样低下头来专注地弹指甲。她年老的表姨妈偶尔对她说两句话，偶尔也过去潮州佬那里，与他低声交谈。

烂口婆与另外两个长舌妇眉飞色舞，一致斜着眼往潮州佬那里看。杜丽安看见娟好从后门离开的背影，厨房里负责冲茶的师傅与帮手在交头接耳。她叹了口气，心里想娟好真不该这么头低低地走出去，那以后还怎么能昂起头走进来？

那天晚上赴宴，钢波穿上杜丽安替他准备好的行头。西裤衬衫，加一条新皮带，身光颈靓，整齐得让他自己也看不惯。杜丽安烫了发，头上波纹荡漾，穿着那一袭绿叶牡丹，佩金戴玉，十足的贵妇人。刘莲那样矜持也不由得看傻了眼，直说好看好看。杜丽安不怕被人说她彩凤随鸦，但她可是怎么也不肯坐上钢波那辆老铁甲。于是钢波开着她的汽车，带上要给庄爷的一幅百寿刺绣图和一尊玉佛，多少有点心情紧张地出门去了。

路没多长，杜丽安有一搭没一搭地扯了些平乐居与娟好的事。钢波显然没听进去，收音机开了关，关了又开；一会儿开窗，一会儿又说要开冷气。杜丽安看他一额碎珠，汗水从后脑流到项背。她抽了几张纸巾，动手替他拭去后颈的汗水。

"你也见过大风大浪了,怎么还会慌失失。"

钢波咕哝着应了声。杜丽安的手那么温柔,让他有点不习惯,觉得脖子梗了,仿佛杜丽安手里拿的不是纸巾而是剃刀。他说,谢谢。这话说得硬邦邦,杜丽安听了才感觉到两人之间的生疏,她假装没听见,摇下车窗扔掉纸巾,风马牛不相及地说:"真快,庄爷八十岁了。"

那寿宴的排场果然很大。礼堂是重新修缮过的,嗅着还有一股新漆的味道。舞台两侧垂下一副寿联,左边是"鹤鹿同春春常在,松柏长青绿葱葱。漫漫岁月随流水,福寿双全乐融融",右边应以"天增岁月人增寿,福满乾坤富满门。喜庆八十寿诞日,夕阳高照满堂红"。红幅金字,字也写得铁画银钩,十分气派。大门前迎客的是庄爷的儿子媳妇,哪一个不是老江湖呢?见到钢波也依然大大方方,握手握得厚实,笑容早已深深雕刻在脸上。

人家大方得体,却使钢波心里惶然,看见庄家的人便不由得拘谨起来,脖颈自然往领子里缩,脸上的表情僵硬,连走路的姿态都不自然了,看着像是矮了几分。杜丽安伸手挽住他的臂弯,半挽扶半挟持地领着他与庄家人一一打招呼,进入礼堂后再径直走向主家席,把他押送到老人家跟前。

庄爷那时正坐在席上,被几个宾客围着,人们无非都在嘘寒问暖。老人家中风后疗养得当,加上放手大伯公会以后,操心事少了,又日日被补品药材给养着,脸上光彩四溢,气色很好。尽管嘴巴歪了是个遗憾,但白发如银,目光也还清澈。他一眼看见钢波与杜丽安,先喊起来,哎!阿波,阿丽,你们来了!

钢波听见这一声亲切的招呼,心头一热,便禁不住激动起来。他走前去,弯下腰来握住庄爷的手。庄爷与他寒暄了几句,问起他渔村那边的情况。歪嘴巴的庄爷说话不太清晰,他听着听着得稍微屈膝,身子趋前,两颗头颅几乎碰在一起。那一刻杜丽安感觉悲凉,鼻尖泛酸。她以前曾几次见他们如此面授机宜,而今已是两个白头人了。钢波特别显老,而且气色萎靡,两人看上去仿佛同代人。唉,好几十年的情分。

钢波到底与庄爷挂着谊父子的名义,他与杜丽安被安排坐在主家席附近,同桌的有庄家的两个远亲,几个早已收山的老兄弟及他们的家眷。一桌子故人老者,时髦靓丽的杜丽安置身其中显得格格不入。男人们固然不愁话题,几个土里土气的老太太也物以类聚,与杜丽安点头招呼过后,很快把她撂在一旁,乐呵呵地谈她们的儿孙经与泰国购物经验。杜丽安脸上堆了个柔软的笑颜,面向那几个话题愈来愈琐碎的老妇人,目光却绕过她们,好奇地观望周围的宾客,也留意着门口那里走进来的男男女女。

这一晚来了许多商贾名流,杜丽安还认出来好些来头不小的议员政要,都是在报章和电视上见过的脸。庄家人迎上去,杜丽安便看见人们手上灿灿的绿玉黄钻,听到政客们震耳的笑声。杜丽安觉得这真像电影里的豪华场面,衣香鬓影,许多看似熟悉却与观者毫不相干的演员。她想起以前在大华戏院工作时,她喜欢钻空当,等开映后灯光全熄了,便偷偷坐到无人买票的空席上。娟好也和她一起看过许多免费电影,只是娟好爱看唱黄梅调的古装戏,她却特别喜欢看粤语时装片;娟好喜欢老演苦情戏的赵雷和乐蒂,她喜欢谢贤和吕奇。

那时的谢贤看着很正派,吕奇则稍微眉尖额窄,多少有点邪气。偶尔银幕上有他们的脸部特写,好大的一张俊脸逼在镜头前。杜丽安会脸红心跳,在电影院这巨大的黑箱子里感到自己被发现了,他们正在逼视她。

因为打开了回忆的黑箱子,杜丽安几乎没发现在一群鱼贯进入礼堂的男女中,有一张她绝不想错失的脸。她原来只用眼角的余光瞄了一下,进来的人衣着普通,就像一批资历不浅的教书匠或同一个办公楼的文员。她几乎没察觉自己看到他了,那是个高高瘦瘦的男人,庄家老二在跟他打招呼。杜丽安的目光绕过他,转而打量站在后面的两个女人。这时候她的大脑才灵光一闪，霍地记起刚才那一眼来。他在那一眼里面呢，这身影，这脸，这人！

杜丽安把焦距调好，众里寻他，而他已转过身，与几个同伴一起走到礼堂右侧的席位上。那桌子靠近大门了，会被安排坐到那儿，可知与庄家的关系不怎么亲近。杜丽安只来得及看见他的侧影，瘦高个儿，在快坐满人的桌椅之间穿行。但仅仅这侧影也就够了，杜丽安凭这一眼便可以确认，他是他，他不是叶望生。

是你。是你。

那一整个晚上，杜丽安总装着不经意地往那一角偷瞄了一眼又一眼。他坐的座位几乎背向她了，但每看一眼，这遥远的身影便多清晰了一分。坐他两侧的是与他一起走进来的两个女人，因为他经常转过脸去，与右边的人有说有笑，有一次还弯下腰去替她捡起掉在地上的筷子，又喊了服务员给她换过一对新的，如此殷勤，杜丽安便忍不住也盯着那女人看。那女人的个子与相貌都长得中规中矩，斯斯文文的齐耳短发，勉强算得上清秀吧。

但杜丽安发觉那女人的目光一直在盯住他。而她自己何尝不是呢？现在她看清楚了，才发现原来他与哥哥望生并不如她过去所想象的那么相似。他们终究是两个人。可她毕竟与他暌违十余年了，这些年接触他的哥哥，便一直想象着他也大抵那模样。她原以为他们两兄弟有着极其相似的眉目和笑容，又一样这般身高，可事实却不是那样的，这十几年间，岁月把他们冲刷成不一样的人了。比起望生，眼前这人瘦一些，肤色深一些，精干一些，笑容更诚恳些。叶望生吊儿郎当，像个城市人，身上透着股公子味；他呢，则是干干净净的书卷气，还有点小镇人的草根气息。

他们兄弟俩的事，她似乎在叶望生那里听说得比较多。望生偶尔不经意提起，她也偶尔装着不经意地打听。这是一对比"远亲"更生分一些的孪生兄弟，他们的父亲参加共产党，抗过日，没等上兄弟俩出生便逃进深山里打游击了。望生说他小时候从未见过父亲，但莲生明明记得父亲曾经在某些夜里潜回家中，母亲为此把熟睡中的孪生兄弟以及他们的两个姊姊逐一摇醒，让他们与父亲相见。莲生记得父亲曾经一手一个，把他与望生夹在腋下。他们因为害怕，也因为不情愿离开温暖的睡梦，两人不约而同地嘤声哭起来。

那一定是发生在五岁以前的事。望生说他五岁时，已经被交托给伯父一家抚养。伯父家里已有一儿一女，他怕多生是非枝节，让望生也把他喊作爸爸，却把生母改称"婶婶"。而对莲生家里，伯父虽偶有接济，却不得不刻意保持距离。从那以后他们两兄弟便分开长大，住的同镇不同村，也不在同一所学校念书，一年里只有农历新年和清明给祖辈扫墓时匆匆见面。

那样他们便对彼此感到陌生了。因为长得太相似,倒让他们感到害怕。"小时候看见他,总觉得很奇怪,像看见另一个自己;一个我不太喜欢的自己。"望生是这么说的。那时杜丽安枕在他的臂上,他说着亲吻她的额头。杜丽安微笑,忍不住看了一眼挂在旅馆房中的镜子。这镜子照见过多少人呢?她想起以前莲生的说法,他说:"看见他,像看见一个从镜里逃出来的人。"

大人们似乎怕两个孩子会忘了他们曾经是那样亲密无间的兄弟,因而每一回新年聚首,总会刻意安排他们穿着一式两份的衣服鞋袜。这让两个小男孩感觉更诡异和不自然,无论大人们怎么"撮合",他们都不喜欢与对方一起玩耍或并排坐在一块,而会各自捧着一杯沙士汽水,吃着薯粉饼或炸蜂窝,隔得远远地打量彼此。直至长成少年后,他们对彼此已不再感到新奇。尽管在亲友的眼中,他们的长相仍然相似得叫人难以辨识,可他们自己却已经很清楚其中的巨大差异。

"即使穿着同样的衣服,我再也不觉得这人与我有多相似了。"望生站在她的身后,抚摸她的头发,把手指伸入乌黑的波浪中。

在莲生的回忆中,伯父家的环境可比他们家好多了,

"我哥特别伶牙俐齿，伯父母都很宠他，给他好吃的，好玩的。"

那时她与莲生在公园里的人工湖畔，看着他投了颗小石子到湖心，那湖面上的风景涣散开来，变得十分模糊。"他不像我，从小我妈就喊我木头。"说着，他转过脸来，露出一口好牙齿。杜丽安几乎以为他要吻她，而他却只是把一只手掌叠在她的手背上。她张开手指，让他的手指顺顺当当地滑入，如锁舌伸入锁孔。

以后杜丽安想起这情景，才隐约解读出这动作的含意。莲生是说，我没有好吃的好玩的，可是我有你。可当时杜丽安一心一意享受着这份亲热，她仍然以为他会吻她，他却没有。

"木头！"杜丽安叹了一口气。

上中学时，望生跟随养父母举家搬到外埠，以后见面的机会更少了。他记得那天早上在简陋的小镇火车站，母亲带着莲生和他的两个姊姊一起来送行，还拿了一袋子自己果园里采下来的杨桃和番石榴，硬硬塞到他手中。望生说，那时在他的心里，这个肤色黧黑、手上长满老茧的姊姊，确实只是一个不常往来的亲戚。

来送行的人不少，他的"姊姊"们态度倒还亲切，而"弟弟"则始终沉默地站在人群的边缘。他上了火车以后，透过车窗看向送行的人们。每一个人都在朝车里的人挥别,车厢里的人也纷纷举手致意。他发现"弟弟"是人群中唯一没有举起手来的人;连那些被大人抱在怀中的幼童,也因为受到指示而憨憨地摆摆小手,他的弟弟却仍然背着手站在边上,头微微昂起,有点神气,像学校里背着手站岗的巡察员。

望生自然是挥了手的。那挥手并无特定对象,纯粹是在向小镇挥别。他的"婶婶"戴着草帽,身上穿的是平日到果园工作的花布衫,与姊姊们站在一群土里土气的小镇居民当中,他们的脸都固定在那里,只有许多泛白的手掌在摆动。火车便慢慢开驶了,那是望生第一次乘火车。

以后母亲病逝,望生与小镇那边更是疏于联系。他记得自己回小镇去给"婶婶"守夜,到了灵堂后,养父母着他也披麻戴孝,与姊姊弟弟并排坐在地上。他有点不情愿,却找不到拒绝的理由。于是他与莲生一起给躺在棺柩里的女人担花买水,跟在道士身后转了无数圈子。

那以后他们各自谋生,望生的养父母也相继亡故。因为养父母死前把遗产都留给"亲生儿女",望生与那名义上的哥哥姊姊生了龃龉,几乎反目成仇,与亲生弟弟更是断了音讯。

杜丽安注意到他们都没有提起"父亲"的去向,她也从未想过要去追问。倒是听望生说，他们的母亲入殓时，家人拿她的一些随身物品陪葬，里面有一张红色身份证。"红登记，那也算是她的结婚证书了。"

至于弟弟的情况，望生鲜少闻问。他所能知道的，都是在一些场合上巧遇小镇的乡亲，由他们向他转述。他知道莲生曾经是劳工党的中坚分子，经常组织大集会，参与许多示威和诉求，也经常出入拘留所。据闻有一段时期被关押在木蔻山。

"木蔻山。"杜丽安轻轻念了一遍。这地名很陌生，听着像戏里的蓬莱，非常遥远。

"嗯，一个小岛，专门拘禁政治犯。以前那里是关麻风病人的地方。我以为他会死在里面。"望生转身，拿起他放在床头的手表，"八点了。"

杜丽安应了一声，从那一床愈陷愈深的软垫里爬起来。"我该回去了。"她说。

人们说"血浓于水"，看来并不是真的。杜丽安以前总听人们把孪生兄弟姊妹的关系说得十分玄妙，似乎他们在冥冥中也共享着一条命，一样的命运。像这边一个摔伤头，那边一个也会出点事的"巧合"，望生说在他与弟弟之间也曾发生过。但他以为那毋宁出于大人们的一厢情愿，他们老担心他与莲生会忘了彼此的关系，因而总会有意无意地夸大这些小巧合的离奇性，借以告诫他们：你们要彼此相爱。

现在杜丽安相信了，他是他，望生是望生。现在说这是一对孪生兄弟，说他们曾经在母亲的肚子里有过十个月的窃窃私语，人们或许还会半信半疑。杜丽安凝望远处那大半个背影，思绪在无数个错错落落的叶莲生与叶望生之间兜兜转转，像在十几年的岁月里往返来回。十余年其实十分匆忙，却让人感觉恍若前世，恍惚今尘。

杜丽安把目光收回来，身边有人碰了碰她的手肘。她转过脸去，一张苍老的男性的面孔出现在她眼前。是钢波吗？钢波已经是个老头了。那一刻杜丽安的世界湛寂得像在水里，她看见钢波的嘴巴在动，配合着脸上轻微的表情变化，可她接收不到他的声音，便觉得他似是在念一句招魂的咒语。

"听这首歌，你最喜欢了。"

杜丽安霍然回过神。像是刚才她在流变的时光波道中，失去了接收"此刻"的能力。她眨一眨眼，宴会厅里的声音才像水闸打开似的，哗啦啦奔涌入她的大脑。今晚主家请了两所独中的华乐队和慈善社的歌舞团来助兴，连着唱了好些大锣大鼓的折子戏，老人们听得如痴如醉。不知什么时候的事，台上朝代已改，换了个穿猩红旗袍的女人柳腰款款，唱的是时代曲《万水千山总是情》。

聚散也有天注定，不怨天不怨命，但求有山水共做证。

杜丽安不禁莞尔。汪明荃不也过时了吗？现在大家都听坏女孩梅艳芳。

她原以为宴会结束以前，台上终会有人唱两支梅艳芳的名曲。可是慈善社的唱将显然年岁偏大，能唱的时代曲已到了极限。直至甜点上桌，台上的歌只到得了罗文与徐小凤。

人们用过甜点后纷纷离席。杜丽安看见叶莲生与几个同桌的人站起来准备离开。右边那女人起身较慢，他在她身边站着等了一会儿，并且在她起来时，伸手托了托她的手肘。杜丽安倒一直坐在席上，心里茫茫，始终弄不清楚自己是否希望他回过头来，至少看她一眼，当作一次重逢。记得上一回见他也只得这么一团身影，可望而不可即，他在树下摸一摸阿细的头，然后抱着厚厚的大书愈行愈远，再也没有回顾。

就那样吧。

也好。

那一晚回家后，梦里空空，她竟然睡得极好，只是睡梦中感觉到喉舌间淡淡的苦。也许是筵席上喝了点蓝带色酒吧，过后便带着微醺，脸上挂着一抹苦笑入梦。钢波却没怎么喝，一是身体五劳七伤，那胃已禁受不起烈酒煎灼；二是眼神不好，宴会后还得开车回家，怕喝了酒会出事。昔日老兄弟自然都明白，只是庄爷的三个儿子代父亲沿桌敬酒时，那老三到底说了两句挖苦的话："我爸能活到八十可真不容易啊，波哥你说，你该喝敬酒呢还是喝罚酒？"钢波冷不防有此一问，老脸霍地涨红，他咬了咬牙，抓起桌上的酒瓶往自己杯中斟酒，"我自罚三杯！"

杜丽安当然不会让他喝。她把钢波手里的大半瓶蓝带拿过去，给自己斟。"钢波要开车，我来代他喝。可我是女人家，就只喝一杯行吧？"说时手中仍倾着酒瓶一直往杯里倒，眼看有大半杯了，"怎样？这么半杯够吗？还要不要添满？"在座的人面面相觑，庄家老大老二连忙制止，两人老练地说了几句打圆场的话，马上便领着他们的弟弟转到另一桌继续敬酒去了。

回去的路上，她与钢波都毫无谈兴，也都没有扭开收音机。车里冷寂，杜丽安凝视着仪表板上的一对小摆饰以及车前迎面而来的长衢，不知怎的想起火车厢中的少年叶望生，以及火车外头许多如钟摆般晃动不休的手掌。她忽然感到困倦极了。

那一晚以后，杜丽安再见到叶望生，竟然没了以前那沸腾的爱与欲求。事实上，她已经有好长一段日子没想起他了。年底时大家各忙各的，即便偶有念想，她也清楚知道在那些模糊画面中出现的人并不是他,而是他的弟弟莲生。莲生已经与他的同伴们有说有笑地走了,没有回头,也不挥别。

叶望生再次出现在平乐居的柜台前,那天是冬至了,茶室要提早两个小时打烊。叩叩。他以手上的指环叩一叩柜面。杜丽安从一堆账单中抬起头来,这脸还是熟悉的,也依然自满而略带轻佻,看人总是毫不避忌地直视着对方的眼睛。他是他,他不是莲生。为此她终于在这熟悉的脸上发现了早该发现的陌生。

那日是冬至,刘莲在家里准备煮汤圆。杜丽安本说好回去帮忙,但那天下午她还是到五月花去赴约了。这人可不像莲生那么容易打发,他在意他所该得的,他也知道该怎么榨取。

杜丽安依然把身体交给他,由得他弄乱她的头发;他就喜欢那样,欢爱中弄得人变成疯狗。他似乎察知了她的心事,便分外卖力,在小旅馆的房中一次一次解开她,让她喊,想要掏出她的灵魂。但她的灵魂不在那里了。杜丽安张开她狂欢的肉身迎入这男人,叶望生缓缓挺进,快要整个人钻入她的身体。"望生……"她呻吟,眼角溢出泪水。望生。

我在。我在。

那是这一年冬至的庆典，两副肉体的盛宴。他们相濡以沫，杜丽安想象自己的阴户如岸上呼吸的鱼唇，色即是空空即是色。直至两人都困乏了，在彼此的梦里枕着对方的臂膀沉沉睡去。杜丽安在凌乱的梦中看见叶望生，她怎么会梦见他呢？她怀疑他们的头颅靠得太贴近了，以致自己错入叶望生的梦里。她说对不起，然后转过身想要开门离去。但墙上并没有门，只有许多镶了华丽框子的长镜。每一面镜子里有一团朦胧的人影，像一袭挂在镜中飘扬的衣衫。她却知道那是莲生。

杜丽安醒来，房里一片漆黑。她花了些时间去记忆刚才的梦境与辨认眼前这黑暗的内容。同一楼的某间房里有一张床在吃力地承欢，嘎吱嘎吱地响，还有叶望生的鼾声也都在提示她，这里是五月花。叶望生会在梦中看见什么呢？她在暗中苦笑，然后坐起来，装在小腹内的精液倒灌，从两片阴唇之间汩汩流下，落在五月花的床被上。她把身体坐直，让它们全部倾出，让亿万只投奔她的精虫离开她曾经献出的大地。然后她起床，拉下许多卫生纸细细揩抹下体。

叶望生也醒来过，他睁开眼，看见床前晃动着一具发光的女身。他似乎以为是梦，却没来得及辨认，又被流沙般的梦境重新吸进去。待他真的醒来时，杜丽安的车子已快要开进住家院子里了。她浑身黏腻，许多发丝黏在后颈上，衣衫透着一股腐朽不洁的气味。刘莲已经把做汤圆的面团搓好，糖水也煮开了，厨房里洋溢着斑兰叶甜蜜的芬芳。杜丽安对刘莲说，你等我，我得先洗个澡。

叶望生坐在床上，亮了床头的小台灯。他看见了杜丽安留在床上的褐色牛皮纸信封。杜丽安知道他们之间不需要任何客套的语言了，说什么都太虚伪太矫情。叶望生也觉得那样最好，他倾出信封里的一沓钞票，就着小台灯黯哑的光晕，坐在床上认真数了一遍。后来他把钞票又装进信封里，才看见信封外写着"再见"。

真意外，像电影结束时的字幕。

晚餐十分丰盛，杜丽安也特别饥饿，吃了两碗饭，睡前又咽下一大碗汤圆当消夜。钢波则急着摆弄他下午才刚买回来的卡拉OK伴唱机。杜丽安与刘莲本来也兴致勃勃，只是钢波对电器一窍不通，那套庞然大物加乱七八糟的几条电线看来非常复杂，结果弄了一晚上也无法把它成功接上电视机，最后连录影机也不能操作了，以致租来的录影带也看不了。杜丽安与刘莲都有点不高兴，可看见钢波一脸焦灼满身大汗，她们知道怨也没用催也无益，吃过消夜后胡乱看了点电视节目，三人连打哈欠，冬至不就过去了吗？

杜丽安上楼前还说了明天会叫电器铺的人过来把伴唱机弄好，第二天早上她却让楼下传来的歌声吵醒。钢波握住麦克风高唱《大地恩情》,唱得荒腔走板,脸上的神色却得意扬扬。杜丽安后来跳上汽车赶去平乐居,脑海里不知怎么老浮现着电视上那些逐渐变色的歌词字幕。河水弯又弯,冷言说忧患……人于天地中,似蝼蚁千万……梦里依稀满地青翠,但我鬓上已斑斑。

她想,莲生一定会喜欢这首歌。这种与土地及故乡有关的歌词,这种澎湃的曲子,男人的歌,关正杰那被时光淘洗过的干干净净的声音。

而她呢?她明明很久以前就看过这连续剧听过这首歌了,偶尔也会无端端哼上两句,却怎么要到今天看见卡拉OK字幕,目睹那些文字一个接一个变色,她才逐渐开窍,仿佛天启,一个字一个字地明白了这歌的蕴含。

因为这样,杜丽安联想起那一本大书。她记不起那书的名字,但她想,如果今天再让她读那一本厚厚的青皮小说,也许她就能读得下去了。

2

长这么大了,你一直认为黑夜比白昼漫长。儿时你躺在漆黑的房中倾听母亲与其他妓女一起走下楼的声音,她们在入夜后得穿上紧身衣和露出半截臀部的超短裙,踩着夜市场买来的廉价高跟鞋,一起到下面的楼道口等待嫖客。她们像守在一张网上的几只雌蜘蛛,有时候会为了争夺上门的客人而争闹,过几天又因为一支香烟的恩惠而归好。母亲最常给别人香烟,叫她们喊的时候别太卖力:"拜托,那小瓜明早还要上学。"

母亲会那样"工作"至黎明,天亮以前提着她的高跟鞋,赤足回到房里。你总在假睡,总让她以为你一夜睡得很香。

母亲死去的那一晚固然是最难熬的,以后每一个等待玛纳的夜晚也不好过。现在这样,你不知道自己想不想她来,亦不确定她来不来,这于你是最极致的煎熬了。你根本无法入睡,只好坐在床上读《告别的年代》或胡乱写下日记。有时候倦极而眠,在梦乡里你也只像个岸上的孩子把脚伸入静水中,稍微有点风吹草动便能使你惊起。

玛纳?是玛纳吗?

玛纳没来。已经好几个晚上了。你在笔记本里写"我想她,但我不想见她"。但她甚至没有到你的梦里。梦是一摊映照不了现实的静水,水上只得你自己的影像。于是你想象水面上的人影是J,你们彼此凝视,并记起叶望生在小说中对杜丽安说:"他们千方百计将我们两个安置在一块儿,但我们特别不自在,也特别看不惯对方。"

梦到后来，连J也不在了。梦中只有一道高高耸起的螺旋梯，你坐在中段，觉得梯子真高，上下两头皆不见尽处。而你像攀上魔藤却两头不到岸的杰克，忽然感到心虚了。你在梦中等了许久仍不见任何人经过，四顾何茫茫，一股巨大而深邃的空无感让你惊恐，于是你抓住生锈的梯子扶手放声哭喊。

你忘了你喊的是谁。玛纳？妈妈？梦中无人回应。

有人亮灯，蝉声与亮光渗入你的梦境。你睁开眼，301号房依旧局促而凌乱，细叔正站在书桌那边，把一包腾烟的鱼片粥倒进一个钢制的大杯子里。他说你感冒了，在发烧。说着他去开窗，蹲在床畔替你点了蚊香。你爬起来食粥，听他吟吟哦哦。"说不定是黑斑蚊症，明早再不退烧得去看医生。"他把你的房间随便整理了一下，拿走了散落在地板上的待洗衣裤。走之前他不忘提醒你："替你调了闹钟，药和水都在床头，半夜自己起来吃药吧。"

半夜你被闹钟的声音惊醒。头很痛，像脑壳里面住了一窝忙碌的黄蜂。嗡嗡嗡。你把放在床头的药吃了，喝水时呛了一下，狠狠地狂咳起来，又不慎绊倒了搁在那里的半杯残粥。钢杯摔落到地板上，杯里浓稠的冷粥洒了一地，还有一些苍白而渐渐发腥的鱼片。

细叔没敲门，他把门稍微推开。"没事吧？"他站在门外,声音从门罅传进来。

你摇摇头,"只是被水呛到了。"

"哦,那休息吧。打翻了的东西等天亮再收拾。"他轻轻把门带上。

这一夜特别漫长,你被卷进一床闷被似的梦里,在晦溽的梦境守住一具无面目的卧尸。那尸体本就是一幅无休止并且残缺的拼图,你跪坐着拼凑它,为此急得汗如雨下,大脑内的黄蜂也于蝉鸣中彻夜耸动,在你的脑里钻出无数秘密通道。细叔似乎进来好几次了,也可能并没有进来,只是把门推开一条细缝,站在门后静静观望。每次你听到门开时的呀声响,便勉力把眼睛睁开一条细缝。眼垢愈来愈多,你觉得自己正以眼睛里的眼睛在注视世界。房里亮着灯,门外的走道十分幽暗,来人不动。

你不确定后来合上的是门抑或你的眼皮,你被梦缠住了,它像一卷绷带,将你裹成木乃伊,又像一只蛾蛹。它们都是一样的,关于生命与灵魂的保存,关于再生的期盼,关于往事泡在记忆里封存,关于孤独的完整,关于另一个自己的存在与契合,关于来日将与人世相拥。

梦把丝吐尽,待你又睁开眼,已是翌日中午。房里热得像一个火炉,仿佛太阳就躲在天花板与屋顶之间。在韶子的小说里,那空间该有个阁楼。你移动眼球,发现细叔正站在床前。他两手叉在后腰,像在看一具展览中的木乃伊或一套金缕衣。他喊你,喊你的名字,然后等你从梦的深渊里传来回音。

但你听不惯自己的名字,那听起来像是在喊一个住在你身体里的陌生人。等你想起该回应时,才发觉声带硬化,喉咙变成一条过度受热后失去弹性的橡胶管。你只能咳嗽,那咳嗽十分费劲,肺像一副干瘪的气泵,你甚至没有力气去压挤它。

下一次醒来,已辨不出时日。细叔坐在床前打盹,嘴巴洞开,头在脖颈上微微摇晃,像那种颈项用弹簧做成的摆饰品。人们喜欢将这种小玩意放在车子里,汽车开动时它们会因为引擎的震动或路上的颠簸而一直晃悠着脑袋。但你竟没发觉细叔已这般苍老了,黧黑的脸上布满灰白色的须根,像撒在褐色面包上的糖粉。

你想活着总是好的,一觉睡醒便可以在人世重逢。

在你昏睡的时候,房里已收拾整齐,几乎窗明几净,地上的鱼片粥没留下半点残迹。那一本大书原来放在枕边,如今已放在桌上了。你转动眼球,觉得阳光曾经进来施行过一番消毒,房里的空气似乎没那么潮湿了,而且隐约有一股杀虫药的味道。你的那些衣物已经洗好了,都折叠整齐放在衣箱上,那一件肯德基的制服明显洗熨过,连同帽子一起挂在门板上,骤眼看去真像一个垂下头忏悔的男孩。

细叔被梦中的什么绊了一下,他打了个激灵后醒来,睡眼惺忪,脸上是一副恍然悟觉"活着真好"的表情。"你醒来了。"他眨巴着眼睛说。

你们都醒来了。

躺在病榻上的数日,细叔每天至少跑进来两趟,给你打包清粥和面食,也带上一些水果和铁盒装的苏打饼。那看起来像是探病时带的东西,你看见那铁盒苏打饼便会联想起小时候在电影院里吃的彩色糖果,它们沾满糖粉,装在一个像胭脂盒子的扁圆形铁盒子内。那是只有在电影院才能买到的零食,而母亲带你到电影院的次数实在屈指可数,因而你总以为它十分矜贵。倒是戏院门外大路上有两个卖烫肉串的流动摊子,每次你生病发烧,一贯的泻呕肚疼,母亲带你到附近的何冯叶药房,看了病以后步行回去五月花,你总会眼馋地紧盯着摊子上的肉和海鲜串。母亲平日是不可能遂你所愿的,但这时候她总会于心不忍,她瞪你一眼,推一推你的背:"去挑吧,只准吃三串。"

你喜欢吃鱼丸和荠菜鱿鱼须,母亲会忍不住吃上两串鲜蚶。那些蚶血淋淋的,腥味奇重,放到沸腾的开水中稍烫,拿上来便成了灰白中略呈酱紫的尸色。母亲说女人吃这个好,滋阴补血。

也许就在你养病的这几日，玛纳走了。真奇怪，以前你不察觉她住进来，而今你却清楚意识到她已经离开。也许是你感觉到五月花居然比过去更幽寂一些，安静得连蚊虫，譬如蜘蛛和壁虎，都已弃绝了这地方。玛纳把她自己的气味都带走了，市政厅的人到五月花来大肆喷了驱蚊雾，她的房间里只飘荡着一股接近煤油的杀虫剂的气味。你趴在地板上看，床底下的鞋子与大行李袋都已不在，这让你感到难过，如同心脏被剐了一下，竟刨出了里头掩埋的一个窟窿。

这样好吗？这样不辞而别，玛纳就让自己隐入众人，像一颗水珠融入海中。

这样不好。你坐在地板上抱膝而哭，因你知道玛纳并非不告而别，她到过301号房了，她把房间整理干净，打开窗，让阳光与风为房间施洗，驱散房里的病菌。她替你把晾干的衣物折叠好，还熨烫了那件肯德基制服。最后她坐在你平日坐的椅子上，翻了翻那本大书，又拿了你插在笔筒里的红色墨水笔，在小说前面的空白页上写下一句话：

你们要彼此相爱，像我爱你们一样；这就是我的命令。

她不会回来了。她抬起两腿，抱着双膝，把下巴搁在膝盖上,一直在凝视你。你明明在睡梦中感知她的存在,也知道那一刻她的目光有多么温柔和悲伤,而你却没有睁开眼睛的勇气。你仍然不知道该怎样面对你想象中的尴尬与难堪,而且你有预感一旦你睁开双目,玛纳就要对你说话了。男声的玛纳,低音的玛纳。

就是同一天的事吧?你假寐不寤,以致真的睡着了。那天傍晚细叔开车,把玛纳载到长途巴士站。尽管有点仓促,细叔还是在路上停了停车,帮衬路边摊买了两份包饺,一份给玛纳,一份带回来给你。你在梦中循着叉烧包的香气重入人世,睁开眼时,玛纳已经一个人在漫漫的路上。

好些年后你坐在往北直驶的长途巴士上,不可遏止地想起那一刻的玛纳。车上急于嫖娼的男人或一些特意来猎奇的外国人也许会调戏她,有人递上香烟企图搭讪。谁会坐在她身边呢?在她倦了忍不住打盹的时候,她的头会歪向哪一边?

但你终究比你自己想象的平静,也很快适应了心里的空洞被刨掘出来以后更深一层的孤独。床垫下仍然有着死亡的凹槽;梦里要么无人,要么挤满了不相识的面孔。倒是细叔一直在梦见你的母亲。"自你生病的第一天起,你妈每晚都给我托梦。"他说。

在细叔的梦里,母亲变得很年轻,穿七十年代时兴的短裙。"简直像那张瓷照里的她,我几乎以为那是我失散了许多年的妹妹,我以前就跟她说过了,那照片里的人真像我妹妹。但她坚持说她不是我妹妹,而是你妈。为此她还赌气转过身去,十问九不应,像是在抽泣。"

为了抚平梦中的不安,细叔瞒着你去找了术者问米。那得来回开上整百公里的车,回来后他向你"转述"母亲通过灵媒说的话,嘱你照顾自己:"她说你要是考上大学了,就去念大学吧。"

你和细叔都知道那灵媒是假的,这怎么听也不像是母亲的语言。你知道这一切都是假的,灵媒在虚拟你的母亲,细叔也在编撰母亲的嘱咐。你甚至怀疑连问米这件事也是假的,细叔很可能只是在茶室中阅报得来灵感,便兜了个大圈,拐着弯告诉你:"别担心,细叔会帮你。"

你明白细叔的意思。那时你们都站在五月花二楼的楼梯上,细叔点了根烟,还提到了有人要买下五月花,打算把它装修成咖啡座。你点了点头,但其实还不能意会卖掉五月花意味着什么。你说细叔我要去上班了,再不走便赶不上车。说着你转身往楼下跑,却又突然在楼梯拐角那里停住。你转过头来,仰望那正隐没在阴郁处的薄影。"细叔。"你小声喊。

细叔闻声,从暗影内举步而出,像从半透明的影像倏忽转为实体。

"什么事？"他露出一口黄牙齿。

"玛纳呢？她不回来了吗？"你抬起头，自觉像孩童似的，一张祈祷者的脸。

那是以后的事情。你有一个小说必须写下来。以后你会拿这个小说去参赛，出乎意料地得了个首奖。在开往泰国的长途巴士上，你像一个拮据的扑满，被午夜的路途摇出许多零碎的梦。你梦见玛纳，并且在梦中告诉她得奖的事。她在你的梦中依然美如艾蜜莉，也依然忧伤且笑而不语。

在你以后的小说里，玛纳的母亲是一个名叫蓝雅的泰国女孩。"蓝雅·西里。"细叔在小说里艰难地念出这发音古怪的姓名。

蓝雅个子矮，略胖，有个微塌的鼻子。离开男人的那一天，她的眼袋浮肿，脸上还有瘀痕。晚上她涕泗纵横地哭号着说不能再跟他过下去了，第二天黎明前便离开了他们同居的小房子。男人那时很年轻，贪睡，也因为射精后的生理反应与吗啡的作用，他虽梦见蓝雅偷偷离去，却一直没有认真地从睡梦中挣脱。醒来时已是当天下午，男人发现蓝雅翻箱倒箧，把房子里所有的钱都拿走了，没留下一枚硬币。男人找到了一包快熟面和一个鸡蛋，他吃的时候才想起自己昨天与蓝雅又干了一架，蓝雅捂着肿起来的脸说不行了，过不下去了。她说她要回去打胎,但他们只有三十几元,这点钱怎么够?

所以她后来说她在家乡生了个男孩,男人一点也不怀疑。男孩名叫安攀,从母姓。他可从未见过这儿子,但是最后一次从监狱出来以后,家乡的父母都已离世,妹妹也失了音讯,他忽然才发现亲缘的可贵,于是开始脚踏实地,工作后断断续续地给他们母子汇了些钱。直至后来蓝雅癌症病危,他迢迢赶到泰国探望,在医院里见着少年安攀,那已是"玛纳"的半成品。

那一次从泰国回来后不久,蓝雅在她老家的高脚楼里病故。安攀则辗转去到海滨城市的酒廊里工作。有一天男人接到"玛纳"从边境打来的电话,说她正在南下的路上。

"我要多挣点钱,我年底要回去再动一次手术。"

玛纳从前门走进五月花。那时301号房的床上正躺着一个垂死的病妇,男人领着玛纳进去打招呼。玛纳猜想这个膝盖长肿瘤的女人必定是男人的妻子,或至少是情人吧。那是你的母亲,她早听细叔提起过玛纳这孩子了。她把玛纳喊到床边,温柔地握住她的手。远方孤儿的手,瘦削而坚韧的手;手指很长,骨节突出。

"你长得真漂亮。"母亲缓缓睁开她的眼中之眼,右手轻抚那掌中之掌,"真的,玛纳,你真漂亮!"

玛纳十分欣喜。301号房里的病妇是她到这异乡所遇到的最亲切的人了。这病容已有点狰狞的妇人让她记起自己的母亲蓝雅·西里，因此当你的母亲问她："孩子，你身上带着香烟吗？"她毫不犹豫地把身上的香烟全掏出来，给了这和蔼的病妇。

玛纳在五月花住了半年。用后门出入是她提出来的建议。细叔因为找不到旧锁的钥匙，便让人换了新的锁头。她像一只轻巧的猫在五月花自出自入，而且因为她总是昼伏夜出，常常连细叔也不确定她是否存在。她住的房间就与细叔隔了一道薄墙，有时候他会听到那房里传出一些声息，譬如把鼻子埋在毛巾里打喷嚏，或是轻微得如同幽魂在叹息的哼唱之声。

301号房是她常去的地方。她听你的母亲在床上喃喃自语，陪她一起抽烟。母亲让她把床底下的行李箱拉出来，打开它，如数家珍似的对她细说里面每一样物件的来由。玛纳记得那里面有大大小小几个塑料材质的奖杯，还有你小学时参加数学比赛与作文比赛得的奖状，两本刊登了你的作文的校刊，毕业照中小小的你的面容。"我的儿子。"母亲在五十人的合照中指认你，她拿食指抚摸你的脸，她的指甲都要比相中人的脸庞稍大。

除了这些，那箱子里还有几件她平日不怎么穿的衣物及一双夹趾拖鞋。她总是像准备好了随时要走人,而如果她真的离开五月花,似乎还会把那些破铜烂铁似的东西也带上。如今它们都还在,奖杯上的金漆已然斑驳褪色,那些奖状受潮后泛起褐黄色的斑点。你倒是对箱底的一件荧荧发光的蓝裙子印象特别深刻。母亲似乎提到过那是以前一个姊妹的遗物,而它显然是母亲最钟爱的衣裳,只有在你小学六年级的毕业礼上,她隆而重之地穿过一回,特地去看你上台领学业优秀奖。

母亲断气的那一晚,细叔把她的死讯告诉玛纳。"楼上的阿姨刚死了。"玛纳抿了抿嘴唇,后来她从布包里掏出一盒香烟,说是给你母亲买的。细叔接过去。"我会交给她。"他说。

离开的人都不再回来了,五月花终究只是个驿站。奇怪的是自你从病中康复以后,慢慢发现了记忆中五月花正逐渐褪去。那些在墙旮旯儿繁衍了一代又一代的蜘蛛,以及在阴影中培养了生生世世的蚊蚋被一举歼灭,空气中的咖喱羊肉味,榴梿味,尼古丁,还有玛纳身上的香水味,都已被煤油般略微呛鼻的味道覆盖。就连301号房那一管播放蝉鸣的日光灯,也在某天电线短路跳掣时突然寂灭,以后灯不亮了,蝉也不唱,仿佛养在灯管里那一只诵经超度亡魂的生物,业已功德圆满。以无明灭,境界随灭;以因缘俱灭,心相皆尽，名得涅槃。

细叔从别的房间卸下一支灯管来给你换上。因清理了灯管上的积尘，它亮得极为爽快，房里光猛得像是可以把流连的亡魂驱散。你坐在灯下读书写作，心里的地窖与阁楼，还有那里面你寻不着的宝藏与真相，因为虚无，终免不了慢慢地逐一淡去。

你依然安静。肯德基里的工作依然机械化，鸭舌帽的暗影遮蔽了人们的表情。你听到日升日落之间，光阴走动时的齿轮之声。那声音像白蚁蛀食木头一样紧密而隐晦，让你虽看不见，却仍然察知了日子内里的空洞。五月花的蚊子重新滋长，但灯管里的蝉确已圆寂。你知道什么是"万籁俱寂"了。在睡梦里，你听到时间一整个晚上于静寂中碎步疾走，白蚁从地板钻入你的床架，开始在蚀食一张床的记忆。

没过多久，雨季就来了。下雨的晚上，飞蚁如蝗。这些小生灵仿佛于幽暗中凭空出生，一出生便迫不及待地扑扑冲入亮灯的房里啄食灯光。你在铺天盖地的蚁潮中，唯一可做的便是熄灯，再钻入被褥中就寝。水蚁在暗中顿失所依，便像集体自杀似的撞上窗玻璃，试图扑向窗外的月光。

明明下着雨。月光却亮得像个弥天大谎。

母亲的亡魂不曾入梦，玛纳也不会来了。

3

你在一部中篇小说里遇上韶子。韶子是这部小说的女主人公,一个小说家。你们在一家人很多也十分嘈杂的小酒馆里相遇,那里是很多诗人与小说家喜欢去的地方,大家在那里喝酒抽烟打屁,或者像政客那样煞有介事地控诉着文坛的争斗与寂寞,以及宣扬自己的文学理想。

你与韶子都知道那是个小说里才能有的地方。"因为这世上本没有那么多诗人和小说家。"她说。你记得这是韶子的小说中出现过的对话。"我知道你是谁了。"你给她点了一杯啤酒。

"哦?那我是谁呢?"她举杯,将自己手上的小半杯啤酒一饮而尽,"我也很想知道。"

"昨夜我与女巫对话①。"你凑上前去,把酒精味的答案轻轻吹入她的耳朵。

当晚你们在小说的场景里做爱,那是在某个时代的五月花里某个房间的双人床上,落月满窗台,可你们总亮着一盏台灯。那土褐色的灯罩蒙着积尘,光被圈禁在里头,徒留

---

① 《昨夜我与女巫对话》为诗人刻舟的得奖长诗,写于韶子故后。

小小一薄片圆形的亮光在床头上。这使得五月花看来十分陈旧,你觉得你们像是在一栋明日就要被拆掉的危楼上交欢。你问韶子这是梦吗?我们在我们都曾写过的旅馆里做爱。

韶子没有回答。她会以为你是诗人刻舟吗?韶子会知道她就是韶子吗?那小说也没交代清楚,作者倒是把你们的性爱过程写得巨细靡遗,以致后来有人评论这小说颇受渡边淳一名著《失乐园》的影响。这些评论于你当然毫无意义,它不影响你们的性趣。你们疯狂地干了两场,之后趴在床上谈起《告别的年代》里的一些人和事,你坦白告诉她,你终究没把这本大书读完。

韶子转头盯着你的眼睛,"我们在谈的,不是你正在写的新作吗?"

你有过一刹那的错愕。你仔细推敲,怀疑你们说的也许不是同一本书,但你旋即想通了,你遇上的是写《告别的年代》以前的韶子。"不,写完了。"你说,"在书完结以前,小说已经结束了。"

这一部写韶子的小说,第四人无缘得见,也就没有机会批评了。他自然也被作者写进小说里,只是因为担心其后人会以法律追究,小说作者机智地把第四人拆开来分解成四个角色。其中一人此刻正蹲在你们的房门外,企图窃听你与韶子的谈话。当然他关心的只是韶子,有好几次他甚至想冲进房里向韶子告发你；告诉她，你剽窃了她的每一篇小说，把《告别的年代》里提到的每一部韶子著作，以你自己的文字写了一遍，把那些虚构的小说"兑现"，并且厚颜无耻地公然署名发表，甚至投去参赛。

你知道第四人在外头。他已经跟踪你一段时日了，自从你初试啼声，在本地最畅销华文报的文艺副刊发表了《左岸人手记》以后，他很快便盯上了你。韶子似乎忘却了自己是那些小说的原作者，而这世上仿佛只有你与第四人了解这些作品的出处，也似乎唯有你俩读过《告别的年代》。你在想，这些日子他一定到处在寻找那一本绿皮大书，好举证揭发你的抄袭行为。事情当然没有那么容易，他这才发现连《告别的年代》也仅仅是一部构想之书，一部从轻灰中幻化的长篇巨著，在你们分别读过以后，它再化作尘埃，被风吹散。

后来这一部中篇小说里的第四人，因多次举报你未遂，只有陷入愤恨与怒火之中。当然，他的痛苦里未尝没有嫉妒的成分。小说中的另一位第四人是一位懂心理学的催眠师，他负责医治那跟踪者，也曾与你坐下来谈论过病人的情况。是他告诉你，他的病人正夜以继日地默写一部幻想中的长篇小说。

"他说要阻止你继续抄袭韶子的作品，唯一的办法是抢先你一步,把《告别的年代》写出来。"

那时候跟踪者已濒临疯癫了。在他的想象中,自己所默写的这一部《告别的年代》不啻是阻止你抄袭的策略,同时也是唯一证物的还原与重现。你托催眠师转告他,他这做法无疑是在捏造证据。催眠师认同你的看法,然而病人屡劝不听,你们最后不得不合作起来,一起阻挠《告别的年代》的诞生。

其余两位"第四人"是小说里受理此"案"的一名警员,以及后来在法庭上为跟踪者辩护(那时他以诬蔑与制造伪证的罪名被起诉)的律师。这小说如斯荒诞,庭审现场乱作一团,最后得由催眠师出动,让法官与被告都相信此案并不存在。

韶子一直坐着旁听。你看见她那蒙娜丽莎般神秘莫测的微笑,便知道她准备把这一切写成小说。

那小说结束之前,你到小酒馆去寻韶子,并在那里碰见了四个第四人坐在一起喝酒,互相揶揄调侃。韶子不在,你离开酒馆去找你们都写过的旅馆,五月花。那是个满月之夜,你发现天上挂的还是原来的老月亮,而这城中所有的五月花都已被拆除。

第十一章

1

华蒂的大儿子买了一幢位于河畔的二手新村屋,半砖半木,附送一条二手看家犬。那屋子虽略嫌破旧,却相当宽敞,有华蒂的容身之处。自从老爸死后,杜丽安看在那一点雾水情分上,让华蒂长住旧居那里,如此快八年了,每月只象征式收二三十元房租。华蒂也算知情识趣,把那房子照料得整洁企理,逢初一十五打扫神台,每天还给杜家祖宗上香。杜丽安不无感激,便让华蒂把她想要的几件旧家具带走,另外还赠了她一条916金手链。

华蒂把金链攥在手心,脸上眉开眼笑。她已经当了四个大眼小娃儿的奶奶,新的一代出生,旧的一代便不得不老。她原来浓密的头发已然稀疏,又松脱了一颗门牙,还添了手抖的毛病,让杜丽安看得心酸,也有心惊。

华蒂搬走以后,那旧居一时半刻还真不知该如何处理。

杜丽安最苦恼的还是供在神台上的杜门堂上历代祖先,为此她特意打电话与阿细商量。其时阿细刚在都门买下房子,正准备来年结婚。杜丽安着他将祖先神位请过去立命安身,阿细却像有难言之隐,扭捏了半日才道明苦衷,说未婚妻全家信耶稣,断断接受不了在家里供神拜佛。

杜丽安听得脸都沉了,在电话里狠狠数落了弟弟。"神佛?那是祖先!祖先是自家人!"她说他凉薄、不孝、无义,又为自己诉了些苦;愈说愈觉得委屈和愤然,怎么这弟弟永远都不懂事。阿细小声回了两句,她觉得顶心顶肺,愤而挂断电话。之后愈想愈气,眼泪竟吧嗒吧嗒落下。

那一年事情真多。流年吧,总觉得世道不太好。有一阵每天打开报纸都见全版黑地白字,画页也多,巨幅图片里黑鸦鸦地挤满身形瘦削的年轻人。由于图片上微粒粗糙,还有那黑白所张开的、仿佛声嘶力竭后的沉默,便显出陌生和遥远的感觉来。但杜丽安看着仍然心惊肉跳,她心里总疑虑着那"遥远"究竟有多远呢?会不会有一天人家的军人像蚂蚁那样漫延过来?听老人家说以前日本军队骑脚车也能蹬到南洋来,这害她连着几个晚上做了些黑白片似的梦,血都是黑色的,不红。

再有庄家老幺大年初一没在家过年,却在百余里外的北方岛埠跳楼自杀。这死,种种说法都有,嗑药、赌债、寻仇、撞邪，还让坊间的猎奇小报拿来大做文章。而不管怎样，庄爷老来丧子，白头人送黑头人，据说伤心得一度喘不过气，当场晕厥，救活过来以后脑筋一直不灵光，都不太认得人了。钢波偕杜丽安到庄家走过几回，老人家脸色晦暝，目光翳翳，见谁都张口结舌而已，看似没了活下去的意志。

钢波见状，心里自然极其难过，每到庄家一回，便对杜丽安说他有预感谊父将不久于人世。杜丽安没去揭穿这"预感"有多荒谬，按阴历算，庄爷都八十四了。谁不晓得他时日无多？她听说那些做丧葬生意的都在觊觎庄家这张单子，可以预见庄爷哪天两脚一伸，那排场肯定比他的八十寿宴摆得更阔气。

她也知道钢波对庄爷的悲悯里有自伤之情。他自己六十有几了，渔村那边的老二家刚丢了个地中海贫血症的儿子，谁说不也是白头人送黑头人呢？听刘莲说，她二哥总认定老婆是这怪地中海病的始作俑者，夫妇俩三天一吵五天一闹，搞得砸锅掷煲鸡飞狗跳，家里活像地狱。

"等着瞧吧，这话你丽姨我说的，你二哥要在外面找女人了。"杜丽安冷笑。

平乐居经营了十几年，如今勉强算个老字号。这几年街场有不少店铺都改成了茶室，竞争激烈。尽管锡埠刚宣布升格为市，但市区人口没见增加，茶室生意僧多粥少，求存不易。幸好平乐居十余年打下的口碑不错,来往的熟客也多,难得生意没怎么受影响。店里的老伙计都安在,唯独娟好没做下去了。

这事杜丽安想起不由得感慨,心里觉得怪怪的,说不出什么滋味来。前两年矮瓜脸国中毕业后,粗着胆子跟人合伙跑夜市,每天晚上到不同的地方摆卖女人服饰,生意居然做得不错,很快一开二,她自己撑得起一个摊子。那女孩平日冷口冷脸,又女生男相,本来并不讨喜,可听说只要摊子一摆开,她就像过了虎度门上场演戏,马上变了个伶牙俐齿的人,尤其面对女人嘴巴特别使得开,回头客便多。娟好本来只在周末晚上去帮摊,后来见利润好,索性辞去茶室的工作,退还糕点小摊,和女儿一起闯夜市。

杜丽安未作挽留。一是无话,姊妹一场,唯有祝福而已;二是她也晓得娟好当时心里有股怨气,恨她这老板娘最终没"帮她"收回潮州佬的薄饼摊,也不与她联手对付猪肠粉档的帮摊女孩。那几个长驻平乐居的三姑六婆记性可好得很,而且她们特别憎恶娟好,偏生娟好敏感多疑又兼脾气大,每有一言不合时,自然形成三英战吕布之势。娟好总讨不了好,之后不免自怜自伤,又恨杜丽安独善其身,便分外自觉孤苦;心中积怨日深,离开终是难免的事。

那时候潮州佬已付了三千元礼金,把女孩从猪肠粉档娶了过来。娟好辞工的时候，新嫁娘的肚子都长起来了，她整日与人家两口子碰面，别说有多尴尬。刚巧那阵子潮州佬买字花中了二奖，喜不自胜，对谁都直说自己"连中三元"，把这年轻妻子当宝贝似的，对她呵护备至。娟好看着心里够难受了，那甲乙丙几个连成一气的长舌妇，尤喜欢落井下石，这边猛夸新嫁娘脚头好，带财旺丁；那边又拼命渲染人家的恩爱，刻意把潮州佬戏称作"二十四孝老公"。

这些事，杜丽安心里清楚，但她管不了。她能做的是出言小责那几个妇人，叫她们处事别忘形，说话别太放肆。但她毕竟无权阻止别人幸灾乐祸，即便她也明白，娟好在平乐居之所以人缘不好，未必不是因为别人都把她当"老板娘的心腹"看待，且她未尝不以此自喜，才会有后来落下话柄被人猛揭疮疤的遭遇。

既然话多无益，杜丽安把账算好，该给的粮银一分不少，另外还给她一个大红包。都到这份上了，娟好也不与她客套，好歹她在平乐居伙计中，也算个元老了，于公于私她都没少出力；这红包，她受得起。杜丽安本来还想找一天要私下请她和矮瓜脸到酒楼吃一顿像样的，娟好却不稀罕这场"戏"，要不推说忙，要不便说身体不适，走后便再没回平乐居来，杜丽安这承诺便一直兑现不了。

娟好这一去，杜丽安不由得感怀。两人相识二十多年了，原以为这叫金兰姊妹呢,但工辞了姊妹情谊竟也所剩无几,彼此都看穿了就那么一点宾主关系,这情分还能像账目一样结算清楚,然后一笔勾销。而这其中究竟发生过什么事呢？杜丽安始终说不出个所以然,她知道娟好也未必能道明白。反正落下了芥蒂,总有一日会撑出裂缝来,而今唏嘘已无补。聚散离合的事,她以为自己看得开,只是娟好到底不在了,身边真少了个可以说话的人,就连烂口婆与她的同伙们也略感这太平日子过得无聊,杜丽安自然倍感寂寥了。

说起来,那是属于年轻女孩的一年吧。潮州佬的嫩老婆过上好日子了,矮瓜脸也算大展宏图,其他人都被寂寞与平庸的生活所煎熬。家里还有一个刘莲呢,三十二岁的老姑娘,生活无聊得紧。叶望生草草结束了这里的生意,说是与新的合伙人到南方大埠搞沙石生产了。杜丽安以为她该跟着去,那一年TVB有一套不怎么样的《花月佳期》,她故意让刘莲租回来,提醒她不能再蹉跎了。可刘莲死缠无效,最终只争得叶望生丢下一个承诺吧,她便守住这些棉花糖般不经事的空话,乖乖待在这边,每天放工后以连续剧打发岁月。

生活看似平静,但杜丽安察觉刘莲的消沉,不由得替她发慌。回想自己在刘莲这年纪时,已经在平乐居当家做老板娘了,而刘莲至今仍是个饱不了饿不死的车衣女工。听说那成衣厂这两年风雨飘摇,还发生过大耳窿押着少东上门讨债的事，工人们谁有出路的都不愿久留，连老板的儿媳妇也到外头自立门户去了，倒是刘莲害怕面对一切改变，仍然守住老东家，故作平静地过一日算一日。杜丽安真把她当姊妹，提醒她，这世上并非任何人任何事都值得从一而终。

其实那时她该想到所谓平静生活是个虚伪的理想，总有什么事情在酝酿中。她早该想到刘莲这死脑筋和屎蚶一样密密实实的嘴巴，最终会把她自己逼上绝路。或许她已经意识到了，《花月佳期》早已剧终，叶望生去如黄鹤，三个多月不见人影，似乎也没来电话。这种情况之下，刘莲的平静本是不寻常的事，那平静是个凶兆，只不过杜丽安有点意懒，也贪图这百无聊赖后因麻木而生的平静。待她不得不问时，方知道事情比她想象的更严重一些，刘莲踏上的绝路快要走到头了。

叶望生说要创业，把刘莲的那一点点储蓄"借"去了，这事丝毫不出杜丽安的意料；叶望生始乱终弃，走了就不再回来，这情况杜丽安也不无预感。"只是……这该怎么办？"她在刘莲身边坐下，替她揉一揉背。那时刘莲刚冲进浴室里，吐了满腔苦水，以致涕泪与号哭都给挤出来了。杜丽安听到刘莲胃里翻江倒海的声音。这蹊跷她自然懂的，古往今来多少戏，她不知看过多少遍了。

刘莲知道杜丽安在浴室门外等着，刘莲哭过以后，便在里面苦苦耗了一阵。杜丽安一声不响,直等到刘莲咬着唇打开门。刘莲看见杜丽安便明白了前无去路,事情再也瞒不住了。她像犯大错后被逮住似的,揪住自己的两只手肘,怯生生地,站也不是,走也不是。杜丽安没想好该说什么,唯有逼视她,把她看得垂下眼帘,眼皮如一层薄膜,底下的眼珠与目光一起颤动。杜丽安仍然看着她,看她这张脸苍白得犹如骨瓷,只有下唇被牙齿咬出了半圈血色。

翌日杜丽安带她到城市偏隅的诊所。登记窗里的老护士把一个原来装鸡精的小玻璃罐递给她们。"你们哪一个要验孕?"杜丽安瞪那老女人一眼,把罐子拿下来。后来同一个护士打开另一扇门,站在门洞里喊刘莲的名字。杜丽安陪着她一同入内。医生倒不老,可十分熟练,问明详细后马上推算出来,说腹中的孩子快有四个月了。"四个月的胎儿有多大呢?"杜丽安关切地问。

那医生拿拳头比了比,"比这个大,开始长指甲,也长毛发了。"

刘莲始终低着头,这时候抬起眼来看了一下。比男人的拳头还要大的一块腹中肉,这多么惊心,如若是一个肉瘤,恐怕也得将人撑死;何况这团肉里还有生命,有思想,有命运。刘莲像是忽然醒觉事情有多可怕,也明白它还将更严重,她愣在那里,感觉到眼皮不住跳动,似是她的身体所包裹的某个人正剧烈战栗。

从看诊室里出来，又是同一个护士在拿药的窗口里喊她，喊她那马来语拼音的名字，听来像"留——恋——"。杜丽安抢前去占住那窗口，还主动打开手提包付了钱。刘莲明白她的意思，杜丽安总想替自己掩饰，让人错觉她才是两人之中的事主。

到了车上，刘莲把抓在手里的几张红钞票塞给杜丽安，她说，丽姨，这是你垫的钱。杜丽安一贯要推，但看见她咬紧牙龈，虽眼帘低垂，可目光牢牢盯住某处，手上使的也是真力气，遂明白她的坚定，便不与她争持。

那是个阴郁的上午，欲雨未雨，空气十分湿重，云层都厚厚地堆叠在屋顶上，像积压在杜丽安与刘莲心里的事情。两人坐在语言的空旷中，只觉说什么都不着边际。途中碰上长长的送葬队伍，也不知故者是谁，但场面浩大，想来是个教育界名人吧，竟来了几个骑重型摩托的交通警察和两个学校的铜乐队。穿着漂亮制服的铜乐队女孩吹笛打鼓，跟在殡车后操步越过十字路口。杜丽安的汽车被迫让道，她们停在那里，看着那些女孩的短裙和长靴，肩上的金色穗带与襟上的红色绳结，感觉像青春年华以慢镜头播映，在雨前的阴霾与死亡的氛围中，喧腾而缓慢地走过去了。

"看来选错路了，这路不好走啊。"杜丽安说。

刘莲或许听出弦外之音，就连本无言外之意的杜丽安自己也推敲出来了，这让她们都不知如何是好。送殡长队如一列慢驶的火车开过，奏得有点参差的乐音晃晃荡荡地渐飘渐远，交警开着巨大的摩托追上去。她们两人都没察觉前面的交通灯已然转绿，排在后面的两三辆汽车猛地一起响起车笛——

路是走错了，前面一关还一关，全亮着红灯，或竖着"此路不通"的告示。但总不能就此停在原地，闯也得闯过去的啊。可正如杜丽安所预料的，刘莲能做的唯有拼了命拨打那个无人接听的电话而已。那怎能算个法子呢？刘莲一拖再拖，心虚地处处回避着杜丽安那探询的目光。她连向来赖以忘忧的连续剧也不看了；每天早早熄了灯爬上床，似乎抱着某种信念，以为一觉睡醒过来，明朝叶望生就会出现在门前。

但叶望生终究是个梦里人，你不能把他放在现实的日光下，他连阳光的重量都承载不了，他会蒸发。你怎么会痴心妄想，想到用一条小生命去拴住这个男人呢？你倒加速了他的消失，你像白日过猛的阳光一样，惊吓他，他只有逃窜了。

刘莲躲进梦里也避不开杜丽安的诘问。事实上那梦如电梯箱般窄小，升升落落而无路可去，她也只有杜丽安一个可容倾诉的人了。杜丽安自己也感到诧异,梦中的自己竟情真意切,干瞪眼,空着急,说话说得声泪俱下。这些人这些事本来与她毫不相干,换以前她会说这是"他们刘家的事"。而刘莲与她非亲非故,母女不是母女,姊妹不是姊妹,朋友不是朋友;自她把账结清,与叶望生了断一切瓜葛以后,她与刘莲便连冤家也不是了。

　　说起来,杜丽安尚且记得她对刘莲还有过心生抵触的时候。现在回想自然明白那些不过是芝麻绿豆般的小事,但想起来仍觉得事情鲜活着,连细节都清清楚楚。那时看见刘莲穿着刚做好的水蓝色连身裙出门,她还有点眼热。"旋个身让丽姨看看!"她说着轻轻一推刘莲的胳膊,刘莲便如一枚硬币似的原点打了两圈,那阔摆八幅裙,如一湖清泉荡起圈圈涟漪。"好看吗?"刘莲红着脸虚声问。

　　杜丽安伸手轻揉那发光的、柔软的料子,真的像舀起一掌泉水。她嘴上夸人家好看,眼睛禁不住密密地往裙缘的针脚细细察看。"好啊,阿莲你留了一手,这做工真细!"杜丽安娇笑着放下掌中湛蓝的清泉,但放不下心里的疙瘩,以后七八个月,她都不愿意让刘莲替她改衣服了,那时候总觉得这女孩心眼不好,这心结不知搁了多久才慢慢消弭,或许也是因为刘莲察知有异,抓了个机会毛遂自荐,替她做了件好看的单裙,才打破僵局。

这些心思牵牵绊绊，也复杂，也有计算，却再与叶望生无关。杜丽安还是光顾过外面的两家裁缝店后，为了修改衣服的事与人家生了点不欢，回头才察觉刘莲的好用处。再说家里那台胜家缝纫机不也算一笔投资吗？如斯赌气最终吃亏的还是自己。杜丽安愈想愈觉得好笑，那一袭发亮的湖水蓝裙子刘莲只穿过一两次，杜丽安见她提着裙摆笑吟吟地坐上叶望生的汽车。而让杜丽安闹心的竟是裙子；是裙子！是杜丽安买来送她的布料，却不是车里的男人。

都这样，她与叶望生，她与娟好，甚至当年与莲生吧，她以为欲断则断，那是好来好去了。可刘莲与她不同，刘莲生下来就死心眼，对自己钟爱的人与物事忠贞到底。那是平庸与贫困者的通病，就一袭蓝裙子成了她的荣耀，差点没把它当成嫁衣了。叶望生在她心里必然也这分量，那么漂亮醒目的男人，她恨不得能把他像衣服那样收藏在衣柜里。偏偏裙子是刘莲自己量身定制的裙子，杜丽安再眼红也明白得之无益，而叶望生却是那么一个老天爷为所有女人量身定制的男人。

要爱情嘛给爱情，要月光嘛给月光，要风得风要雨得雨。他满足每一个女人浅薄却不断膨胀的虚荣心，让她们都感觉如鱼得水，却又不可避免地愈来愈愚昧愈来愈自卑。他在女人的身体里种下瘾头，肉瘾或心瘾，种在她们身心最柔弱潮湿之处。那都是泥泞之地,最后只落下无数被践踏蹂躏的痕迹。

杜丽安也托人打听叶望生的下落。那是一只狡兔,真要藏起来谁也逮不住他,倒顺势刨掘了他的好些劣迹与韵事。那些女子与刘莲的命运大同小异,一个是远镇上的寡母,一个是都门某新村的电发妹。杜丽安一点也不感意外,她完全可以想象叶望生南下北上所停留过的地方,都至少有一个为他倾尽所有而人财两空的苦命女人。这些女人怎么可能从未曾意识到叶望生正在国境某处复制她们的命运呢?她们也会像刘莲那样,听到这些事情便目瞪口呆,激动得直打哆嗦吗?

她没说下去了。她真怕这样会让刘莲动胎气,而且她确信刘莲即便没听说过这些事,心里其实早已隐约猜知。这是愚蠢的极致,非因无知,而是自觉地放任自己的无知。

犹如不知死活的灯蛾,荒唐地扑向日光灯管里的冷火。

烧不死,却折翼断肢,遍体鳞伤。

这道理再简单不过了,水满了自然会溢出,刘莲的身材再纤细,肚子该隆起来时总还是挡不住的。杜丽安替她着急,她把该说的都说了。"那多出来的骨肉不长我身上,路你得自己拣。"她们同时睨一眼那微微鼓起的小腹,"这不是十个月的事,这是一辈子的事。"

要是在以前，当钢波还是鼎鼎大名的大伯公会建德堂堂主的时候，这事或许会有另一种了结的方法。叶望生会被钢波与他的马仔们狠狠揍一顿，再逼着他认账，把大腹便便的刘莲娶回家里。刘莲所求无非如此，倒是杜丽安心里要念阿弥陀佛，那不过是另一条死路；只是死的过程稍微拖沓，也更漫长，有更多痛楚。

而今她们已别无选择。她把刘莲再带到医生那里，医生要刘莲脱衣检查，这回她再无法掩饰或顶替。杜丽安退到一隅，觉得刘莲骨瘦如柴，目光茫然，挺着鼓胀的肚子，看来像一个浸过漂白水的埃塞俄比亚饥民。医生替她详细检查后，说已经太迟了，一切已成定局。

"迟？"刘莲听了这宣判才如梦初醒。她惶惑地细细咀嚼"迟"这个字的意义，又把遇溺者般的目光投给杜丽安。仿佛她一直以为，只要孩子尚未瓜熟蒂落，她都可以像摘瓜果似的随时把腹中块肉摘除。

"太危险了，里面的胎这么大，成形了。"医生说，"你不怕死，我可怕丢了这执照。"

那天她们到了三家妇科诊所，得到相同的回复。此路不通。刘莲几乎虚脱，在医生面前捂着脸哭了起来。她已经意识到事情的后果有多严重，车衣厂里有一两个经验老到的妇人似乎已看出端倪，她们老调笑着说刘莲发尾枯黄，脸颊浮肿，怎么看怎么像孕妇。妇人们说时目光闪烁，言辞有推断的意味。这令刘莲慌乱起来，她严重失眠，要不则在充斥了哭声与腥气的噩梦中惊醒。她甚至不敢出门，每天战战兢兢，害怕回到厂里暴露自己。

电话成了她的救命稻草，每日放工回来，她不断拨打叶望生留给她的电话号码，而那电话一如他的允诺，始终无人回应。刘莲犹不心死，甚至半夜也会想到起床去打电话，直至远端终于成了空号，再也不能接通。

电话录音的质量很差，马来女声说得断断续续："你拨打的电……话号码……已被……停止服……务。"刘莲放下话筒。她怀疑这录音是叶望生的计谋，假的！杜丽安留意着她，看她坐在那里大半个小时，一直神经质地揪扯自己的裙裾，像是要把那上面的黄花一瓣一瓣撕毁。

那天夜里刘莲起来洗头，在浴室里捣鼓了很久，出来时遇上正好起床解手的钢波。钢波看见她一头滴着水的湿发，面容惨淡，还微微打着哆嗦，像晾在夜风中的一件湿衣裳，一个溺死者的新鬼魂。他吼起来："你他妈的神经病了，深更半夜洗头！"彼时杜丽安躺在床上，只听见钢波的声音，感觉像他一个人在外面的小厅里演独角戏。刘莲用一贯的沉默和退却吞咽别人的咆哮，发梢的水珠坠落到柚木地板上，杜丽安听见她轻轻合上房门。

第二天早上，刘莲头晕发冷，说不去工厂了。杜丽安看她蜷缩在被子里，脸色透青，嘴唇发白，额头也确实探出点热度来。"谁让你半夜洗头呢？冷水澡啊？"回到平乐居后，杜丽安感觉浑身不自在，刘莲那被窝中的脸老在她的脑中浮现，瘦脸上的眼睛如两枚塑料做的黑纽扣，毫无光彩。她愈想去捕捉那眼睛里的讯息，便愈觉得心跳不整，像有一条壁虎爬上她的背脊。中午时她打了通电话回家里，无人接听；她又打去刘莲工作的车衣厂，厂里人说刘莲当日没上工也不曾告假。她觉得不对劲，当下驱车回家。其时钢波的老铁甲已不在院子里，家中静蝇蝇，连邻家的两只看门犬也不吠，只是用阴鸷的眼睛盯着她看，简直有一种不祥的味道。杜丽安走上楼，径自去敲刘莲的房门。

"阿莲，你好些了吗？"

房里无人答应。杜丽安试着拉下门把，发现那门后面插上了门闩。她不由得紧张起来，便张声叫喊，阿莲阿莲！

房里无人答应。

杜丽安使劲拍门，再踹上两脚。门板很坚实，倒是房子轰隆隆地响，有一种地动山摇，天要坍塌的恐慌。躲在房中的刘莲显然经不得这惊吓，她有点失措，过了好一会儿才怯声回应："我没事。丽姨，我没事。"

"开门！"杜丽安听见那病恹恹的声音，不知怎么一股怒气从心脏直冲上脑袋,她感到恶心极了,弱者的声音,恐吓者的声音,无能的悲情的声音。

"我说,开门!"

她知道刘莲不敢不开门。她若有这胆量和勇气,此时必然已爽快地死去。果然刘莲不痛不痒地将门打开了一道缝隙,还想匿藏在门后。杜丽安却已在房门打开的一瞬,瞥见她身上那荣耀般的水蓝色裙子。她两手一推,把门狠狠撞开,再捉住刘莲的手腕,猛地把她从房里揪出来,就像忽然从湖里掀起一伞湖水。

"你想死对吧?我会不知道吗?"杜丽安气急败坏,心脏扑通扑通地承担她的焦虑。她的手心冰寒,而刘莲的手腕在发烫。刘莲竟还微笑,仿佛在说:"我能怎样呢?"她真痛恨这张脸,这痴呆的神情,黑纽扣般的眼睛陷进眼窟窿里了,以致这脸看来像披了一张过厚而缺乏弹性的橡胶面具。

像无力抗拒命运,被顽童剜去眼珠的椰菜娃娃。

这张脸让人难过。杜丽安想要诘问她,但面对这几乎像化妆师在尸体上画好的表情,她只能长长地抽了口凉气。"没用的,阿莲。"她仍然抓紧刘莲的一只手腕,仍然注视着那深邃的眼洞,忧伤霍然如浪潮来袭,她自己禁不住落泪,莫名其妙地率先哭了起来,"这样死了,除了你老妈,还有谁会为你哭?"

那个下午，杜丽安与刘莲抱头痛哭。刘莲自然囤了一箩筐无处发泄的愁苦，杜丽安却实在想不出什么伤心事来，不知哪来那么多的泪水，仿佛身体某处有一口泉。而这哭泣似乎全和情感与精神无关，仅仅是肉身的伤悲。她想起性爱，叶望生给她的似乎效果雷同，而肉身何以如此悲伤与不满？她亦说不清楚。两人抱着哭累了，衣襟上全是对方的涕泪。杜丽安觉得酣畅淋漓，她去洗把脸，换了件衣衫，感到神清气爽。刘莲却还呆坐在原地，脸上的泪痕已干，眼洞里仍然漾着水光。

晚上她们睡在一间房里。那天钢波通宵赖在会馆里搓麻将，杜丽安不让刘莲一个人胡思乱想，坚持要她过来同床而眠。两人和衣躺在一张大床上，都感到十分拘谨。杜丽安扭开了床畔的收音机，熄了台灯，在漆黑中收听晚间的广播节目。这时分电台选播的音乐总是特别轻柔，《夕阳之歌》《似水流年》如蛇形的蚊香在对蚊蚋念诵一卷长长的咒语。主持人低沉醇厚的嗓音如同呢喃，诱人入梦。杜丽安便着魔似的，温顺地闭上双眼。她在梦里看见刘莲，她们都搁浅在梦的沙岸上，像两尾急着要完成人形，却又渴望游回海里的人鱼。

月光在潮汐中撒落无数银色胶片，海面传来梅艳芳的歌声，用鼻音吟唱《流年似水》。

杜丽安翻了个身。房里的黑暗被月光与外面的路灯稀释，刘莲还睁开着眼睛，脸很单薄，有一种透明感，眼洞却深，像两口井盛着夜空的倒影。

杜丽安下意识地伸手触抚她的脸，想要寻找月光检测不了的泪水。"这么大的人了，除了我妈，我真没和别的女人同过床。"她说，手指在那脸上游移，终于在鼻翼的峡谷里找到她所预感的河流。她想要拭去那些泪，却意外激起刘莲身体内的活泉。

"我也一样。"刘莲哽咽着说，泪汩汩而下。杜丽安挪动身体，靠近她，把她的头脸揽在怀中，让她听那身体里琤琤如水的音乐。

……我的心又似小木船，远景不见，但仍向着前。

杜丽安轻抚她的背，喉腔里随着音乐哼歌，像在哄一个嘤嘤哭泣的孩子入眠。音乐和月光里涌起许多事，房间成了个小宇宙。当时天地还是一片混沌，这房里的月光透着一股石灰的味道。她与男人的身体汗涔涔，黏着许多尘沙与木屑，他们的喘息里有对方的气味。望生。我在。望生。我在。如今她拥抱着他的另一个女人，抚慰他留下的一片荒土。啊不，这女体怀着他的种，那孩子正紧紧地握住小小的拳头，脸上有皱成纸团似的表情。抗议！抗议！

……谁在命里主宰我。每天挣扎,人海里面。

杜丽安真想掰开那纸团,把它摊平,看看那孩子的长相。他会是另一个小小的叶望生吗?现在那孩子与她靠得那么近,隔着两张肚皮,杜丽安几乎以为自己能感知他了,医生说孩子已经成形,他有了自己的意志吗?如果有,他一定不愿意接受命运指派他去承担的孽障;他依附着这母体,但不会喜欢这样软弱怯懦的母亲。杜丽安以强壮的手扳正刘莲的哭脸,她无比兴奋,目光火烧火燎,直视着刘莲那不住往里退缩的眼睛。"听好,我有个想法。"她压低声量,几乎像耳语,仿佛要说出一个秘密。

……留下只有思念,一串串永远缠。浩瀚烟波里,我怀念,怀念往年。

数日后,刘莲到工厂辞工,支了余粮,收拾行李离开大屋。她对钢波说这边的工厂做不下去了,她与两个女友一起到南方边城去打工。钢波听到"南方",以为她去会合叶望生,便没多问,只嘱她给渔村那边的老妈交代去处与联系方法。杜丽安看他一派悠游,父女间的聚散离合就如此等闲,跟以前丢了石鼓仔可是两回事。刘莲提着那么硕大沉重的一个行李箱,他看到了也没问要怎么去车站。刘莲或已习惯,杜丽安却心中有气,出门时狠狠瞪了钢波一眼,给了他一个他所不能理解的鄙夷眼光。

杜丽安开车送刘莲,两女合力把行李箱弄上车,那箱子真重,就像里面装着另一个怀胎的女体。她们的汽车却没往巴士总站开去,杜丽安把车子停在旧居楼下,两人再拖拖拉拉地把行李箱搬上楼。那房子有一段时日空置了,屋子里静得连划火柴的声响都细致分明。杜丽安不知怎的甫进门想到的第一件事便是打理神台,于是神龛上的油灯重新点燃,上下四个煤油杯各自吐出一条虚弱的火舌。杜丽安合掌拜了拜,杜门堂上历代祖先睁开他们古老的眼睛。

"你每天替丽姨打扫一下神台,烧烧香。"杜丽安回过身来,一把抓起刘莲的手,将火柴和一串钥匙放到她掌中。

"屋子里缺了的东西我会补上。电视,录影机,还有你的针车。"

刘莲没有回应,只是怔怔地注视着手中那三只陌生的钥匙。看情形像是她仍未拿定主意,又像是她正抓破头皮要想清楚这串钥匙的意涵与象征,仿佛她看见的仍然是当年搁在碗中的几块肉。杜丽安握住她的手,帮她屈指抓紧那一串钥匙。

"安心住下来吧。其他的事,我来想办法。"杜丽安说。她知道刘莲无法挣脱,事情只能这样子了,这是命运最后一次通融,给她开放了这条活路。她再拍拍刘莲的手背,而刘莲始终一声不吭,仅仅虚弱地点了点头;自从踏入这旧楼,她就像是个没有台词的演员。

杜丽安到厨房煮了开水,走的时候,她谨慎地拉上铁闸,亲手把挂在门耳朵的大锁头扣上。刘莲无动于衷,正失神地坐在自己的行李箱上。杜丽安透过铁闸看了她一眼,这前景,这景深,让杜丽安觉得刘莲像个孤独的女囚,这一瞬间有个地名突然在她脑中浮现,如同一座孤岛自海中升起。木蔻山。因陌生而遥远,犹如蓬莱。

她伸出一只手臂穿过铁闸,把里面的一层木门悄悄拉上。如此小心翼翼,像在锁上一个机密重重的保险箱。

2

你的父亲是我的丈夫;
你的男人是我的情人;
你的儿子将是我的儿子;
你的秘密会是我俩的秘密。

你看见杜丽安化作洪涝淹没了那孕妇的容身之处,只留给她一个行李箱，让她在水上漂浮。你看见刘莲那无辜而愚昧的八十年代的脸。她以为自己所占据的是一座小岛，而后怀疑那不过是一块礁石，又渐渐发现那其实只是一个行李箱。她已无处可去，即便她明白自己的立足之处无非是一副刀俎，她也只能坐在肉腥之中随波逐流而已。

秘密之兽紧蹙眉头，在她的腹中长出了指甲与毛发。她要在旧楼里，在别人家的历代祖先围观与监视之下，将这膨胀的秘密生下来。你看见那旧房子有多幽暗，刚诞下的婴儿放声号啕，震得神台上的火光如蛇芯伸缩。

那一天会考成绩放榜，店里请假的同事特别多。你没有拿假，主任甚至要求你加班，从上午一直工作至午夜打烊。那晚黑杰克仍然主动请缨载你回家，只是经过上次的事后，他已不敢再飞车耍杂技似的戏弄你了。倒是你自己感到那一晚无比郁闷，主动提议去兜风吧。

已经两周滴雨未下，那天夜里空气干燥，日间被曝晒过的柏油路，像被碾平后晒干了的黑色巨蟒的尸体，在夜凉中悄悄散热。黑杰克的摩托沿着路中间反光的虚线行驶，愈行愈快，虚线已不成虚线，后来便开上了高速公路。那里的车道宽敞，他的摩托像开上赛车道，似乎会自动加速飞驰。你没有抗议，眼睛盯着座前那指示时速的荧光长针。你们已远远超速了。摩托逆风而行，它排放的声音，咆哮与颤抖，全被风吞进长长的咽喉里。你抬眼盯紧你们的前路,每一个大拐弯都像一个高高竖起的死亡的预告,但这不如想象中的可怕。当时你以为自己逐渐厌世,以后你想起此景,在小说里写下了几行诗句——

> 我不确定,死
> 是对灵魂彻底的放逐,抑或
> 终极的逮捕

你的镇定让黑杰克讶异。他载着你在近乎空寂的高速公路上追猎死亡的影子,行驶了少说也有二十公里路吧,他才沿着路的弧度顺势拐回城里。摩托开上一道高架天桥,那天桥建得超乎你想象的高,以致你生起一种凌空的、不踏实的存在感。"这是什么地方?"你在那桥的海拔最高点上发问。那是这世界上绝无仅有的一点,那经纬与高度交错会合的一点,你在那里看见远处一个放光的巨物,其状如古代的青铜酒杯,对,爵。

夜幕深厚,地上的灯火与天上的星星已所剩无几,唯独那巨爵金光闪闪,看来多么像个幻象。你问黑杰克那是什么,他从倒后镜里瞥了一眼,似乎没看见你所看见的景象,又或者他没发现那里有什么物事值得大惊小怪。"什么?"

他反问你。

"刚才那个发光的大缸。"你反手指向身后。

"缸?"黑杰克没有回头看。他沉思了一会儿,"那个不喷水的喷水池吗?"

"喷水池?你说那是个喷水池?"你扭过身去看,却赫然失去了那巨爵的踪影。

"是啊,老一辈的把它叫作夜光杯。"

你禁不住再转身,黑夜的帷幕一重一重落下,那无水之杯确实已经不在视野里了。但它的形象仍然残存在你的脑海,那多叫人兴奋。夜光杯,底下是疯子的浴池。它将虚构的世界与真实联结起来,像是扣在《告别的年代》与你的真实世界之间的一个黄铜巨锁。你无可自抑地在后来的路上继续对它进行想象,像在两面镜子的相互反照中找出一个独立于某个层次与界面的影像,它在那里,是一幅把未来预先画好的肖像。

你追问那夜光杯的所在地,黑杰克耸耸肩,"总觉得只有晚上才能看见它,而且只能远观,太靠近它了反而认不出它来。"

你明白他的意思,他从未靠近过那庞然巨物,他把它形容得像海市蜃楼,神祇张贴在夜墙上的海报,"似乎它在另一岸。你明白吗?对岸。"

你们却都知道桥下无河无海,是一片耸立着不少岩山的内陆土地。下面的房舍看来像百万富翁游戏中的塑料小屋,被游戏的参与者密集而整齐地排列在道路两侧。那高架桥如是把你们输送到平地上。

"简直像是回到人间。"你说。

这一晚的境遇和其中的印象一直存于你的记忆深处,乃至后来在你归还了《告别的年代》一书的好些年以后,仍觉得《左岸人手记》是你的作品。你确曾见过那样的喷水池,也见过类似狂人的推脚车的流浪汉,你具备足够的潜质和理由去书写那样的一个小说,写一个终年在夜光杯喷水池下搓澡泡浴的疯汉。以后黑杰克可以为你做证,"关于那一晚的事……"他把眼睛眯成两条细缝,回忆起他给过你的提示——它似乎在另一岸,对岸。

黑杰克把摩托开到五月花门前,你把头盔除下来还给他。他接过头盔,以戏谑的语调说,不来一个吻别吗?你不加理睬,径自走上五脚基去打开五月花楼道口的闸门。黑杰克哈哈大笑,像刚以粗言秽语调戏过人妖小姐似的,忽然加速,狂啸着奔驰而去。

闸门推开后,你发现里面靠墙停放着一辆搭上锁链的摩托。那是一辆本田90,半新不旧,车牌号码十分陌生。这意味着今晚有一个摩托骑士在这儿投宿,这在五月花是久不曾有的事。这几年间,玛纳是唯一的外来留宿者。你不期然想起她,而你虽明知不可能,却还是忍不住在二楼停下脚步,歪着头凝视走廊中段的204号房。

自从玛纳离开以后,这里的许多房间都流落得徒具"一扇门"的意义了。204号房更是其中的禁忌之室,它在你的意识中被封存起来,锁上了,让它变成一幅绘在板上的图画。而今晚,那摩托车主会住在这房里吗?你蹑足走到门前,地板尽量压抑它们的呻吟予以配合。你在那里站了一会儿,除了自己的呼吸,再感觉不到任何声息。如果房里真有玛纳,你想象她也和你一样,与你分站两边,凝视同一道门的两个背影。

那一刻你真希望玛纳就在门后头。你迫切想告诉她,关于夜光杯在夜景里浮现的事。然而玛纳不在。你安静地回到自己的房里,坐在床上;禅坐似的,因为适才在街上倾空了烦闷而如今让更多的忧伤涌入。直至入寐以前,玛纳这魔障般的名字如水漫溢,包容你,把你淹没。你潜入梦里去寻她,而她不在那里。

第二天清晨,细叔在你漱洗时走到门前,问你待会儿是否到学校去领成绩单,还提出可以开车载你一程。你含着满口牙膏泡沫点点头,又紧接着摇摇头。他明白你的意思。

"拿了成绩,没别的事就早点回来吧。我跟楼下几个人说了,今晚一起吃顿饭。"他说。声音嘶哑,咽喉有痰,听起来结结巴巴,又像肺已损坏。

"楼下几个人"指的是硕果仅存的两个老妪与一个老门房。除了两个相依为命的老妓女以外,你们平日各自打理吃食,只有年底尾牙时大伙儿才会聚餐。细叔安排的这顿晚饭让你感觉今天这日子非同寻常,难道只因为会考成绩放榜吗?尽管你深信自己的成绩不俗,可还是觉得那样过于隆重其事。不知怎么你突然想起楼道口的摩托,它还静静地停放在那里,多少表明了那身份不详的车主还待在五月花。你触摸摩托坐垫,在想,能放到楼道口这里,它很可能属于某个细叔所熟悉的人,今天的晚餐,"他"会不会也出现?

由于是放榜第二日,高峰期已过,学校的教员办事处不再挤满回来领成绩的毕业生与各报派来采访的记者。你静悄悄走进去,拿了成绩单以后,再安静地沿着办公室外印满树影与光斑的小径踽踽行去。办事处的女书记给你递上成绩单后,一直在身后目送你。她稍微挪低鼻梁上的近视眼镜,眯上眼,似乎因你的安静与孤僻而依稀认出你,却怎么也想不起你的名字。

过后你到远郊的岩洞里探望母亲。没带香烛,也无鲜花,你摊开成绩单对瓷照上笑态嫣然的女人念了一遍。她如往昔一般欢喜，从小学时就那样，她喜欢你把成绩册上的分数一一念给她听，有时候也念奖状上的嘉奖言辞，然后拿手轻抚你的头顶或颈背。她会伏在桌子上小心翼翼地在成绩册上签名。她总是十分用力，毕恭毕敬，像幼稚园里初学写字的学生，那名字写得歪歪斜斜。

你说过她的，这辈子反反复复就写这名字，却始终没写好。

"喊！就你厉害了。"她干瞪你一眼，几乎像娇嗔。

下午细叔打通你的手机催促你回去，声音急切。"不管成绩怎样，起码该打个电话回来啊。"可他的关切让你感到难以适应，而他似乎也因为你的迟疑很快自觉不妥，于是你们都静默下来想化解这一份生硬。但这静默本身是另一份更难化解的尴尬，你们都期望手中的电话有灵，能自动蹦出下一句话来。

"你在上班吗？"细叔压沉嗓门，尝试把声音放轻。

"今天休假，没上班。"你抬起头，盯着瓷照上笑着嘉许你的女人，"在我妈这儿。"

这回答十分怪异，听起来像是母亲并未离世，只是某日迁出了五月花，有了另一个住处。但细叔似乎能够接受这说法，他应了一声："那你直接回来，我们去吃饭吧！大家都在等你呢。"

晚饭吃的是泰国餐,五月花所有人都到齐。两个相互扶持的老妓女穿着式样和图纹都非常相似的宽松衬衫与大裤衩,老门房把家里的稚龄孙儿也带来了。那饭馆生意不错,小店里响彻了众人之声。碰杯。大笑。老阿姨们不知节制地叫嚣。孩子们近乎恐慌的哭闹。人们的溢美之词。想当年想当年想当年。硕大的石斑鱼头在滚烫的咖喱汤汁里雪雪呼痛。

你被灌了几杯啤酒,怀疑自己有点醉意,否则你不会觉得那么快乐,同时又那么忧愁。细叔在饭桌上宣布了五月花结业,店铺即将脱售的消息。除了你与老门房的孙儿以外,其他人都已预先知道了这事。也许因为酒精的作用,你对这消息没有太大的反应,反而一直觉得面肌上酝酿着一股愈来愈轻狂的笑意。待那饭局完了以后,你为了某位老妓女尚未说完的一个笑话,不可自抑地捧腹大笑,最终还伏在饭桌上,颠出了几颗眼泪。

饭馆与五月花只隔了两条街,饭后你们一起行路回去。细叔搀扶着动作有点过大,也开始有点语焉不详的你,老门房半路离队,说要与孙儿抄小径回家。两个老妓女在最后一个拐角处遇见两个拉了藤椅坐在五脚基上摇蒲扇纳凉的牌友,话匣子打开了她们便舍不得走,都蹲下来,在那里谈天说地。细叔与你结伴走完最后的一小段路,但彼此都不言语,直至走到五月花的楼道门前,你打了个嗝,问他:"这是谁的摩托呢?"

"朋友没钱还我,拿它来抵债。"细叔推开闸门,推一推摩托的车把,"半新不旧了,你将就着用吧。"

"我没有驾照。"你觉得这不好笑,但脸上的肌肉愈来愈轻,脸颊径自浮起了两团笑影。

"能考上大学的人,考个驾照还不简单吗?"细叔看你上楼时脚步虚浮,便抓住你一只手臂,仍然搀着你走。三楼有点太远,你每登一步都觉得酒精像某种酸碱,慢慢地让你的脑浆凝结起来。你抽回手臂,绕过细叔的脖子勾着他的肩膊,像一对老朋友。你说细叔,细叔。

"什么事?"

你转过头看着他,距离太近了,眼睛像无法聚焦,细叔颠出了好几层影像,宛若无法凝聚的三魂七魄。你使劲甩一甩头,把眼前逐层分开的叠影重新整合起来,像把一扇扑克牌叠成一沓。细叔的形象恢复立体,他是你在这世上唯一的亲人了。

"你有没有见过电光枪?我妈给我买的电光枪?"你打了个酒嗝,细叔的影像涣然散开。

那是一支塑料材质的长枪,蓝色而通体透明,有着不透明的、乳胶黄枪嘴与红色扳机。启动时,蓝色的枪体里有红光连闪,像警车顶上会旋转的警报灯一样。母亲看见它时,眼前一亮。她把它拿在手里反反复复地看,不断在想象你拿到这宝贝时会有多欢喜。"太帅了!你说呢?"她向站在身边的细叔展示那一管枪,还几次把它高举,让晌午的日光透过那蓝色枪体,就像在检查钻石宝玉似的,看它是否完美无瑕。

细叔可以想象母亲所想象的情景。你那时还小,她会用蘸了水的梳子替你把头发全往脑后梳,在你的脸颊颈项背脊和腋窝扑上大量爽身粉,再让你穿上帅气的格子衬衫与卡其短裤,让你拿着那一支烫手的新玩意在五月花楼下的五脚基上飞奔。你会在楼道口附近游窜,蓄意射击那些鬼鬼祟祟张望的男行人。他们看见你猫在浓荫处做状射击,你看见他们穿了画着射靶的彩色上衣,红心在胸口正中。谁要敢再往前走,谁敢说"嘿,屌你老母!"你单眼瞄准他们的胸膛,扣下扳机!

每年你过生日,母亲都不接客。她对摸上门来的男人谎称自己来红,再有谁欲用强或让她"折中行事",她便昂起下巴嘭一声门响。"回去你老母!"她在门后叫嚷。

你们在那样的一日里躲在房中吃蛋挞,上街买文具和故事书,母亲也让你到"叮叮场"玩电子游戏。看门的猥琐男人是母亲的老主顾,他会放行,让你钻到那充斥了炮弹、呵斥与撞击声的晦暝巢穴中。你也不沉溺不久留,总有一个时段那游戏机的屏幕上会闪现你的想象,看门的男人把手搭放在母亲的腰上臀上大腿上。砰!

他闷哼一声后倒下来,胸口溢出血浆。你习惯瞥一眼他倒地后捂着伤口一脸痛苦的表情。但前面总有源源不绝的敌人从各个巷口涌出,今日你的生日过去以后,就得等三百六十多个明日才能再有这一天。

"你妈把它买下来了。"细叔记得你的母亲当时表现得比孩童更兴奋,她说你的生日快到了,说着炫耀似的在他面前晃动那一支枪。

细叔凝视她脸上得意的神情,以及那枪管上反射的蓝色阳光。

你在听。想象她的得意。母亲把电光枪抱在怀里,不时端详它,并想象你的雀跃。你拿它去射杀每一个拧母亲大腿和手臂的男人,起码那闪动的红光可以警告他们,让他们知道,你在。

你在。

三楼还真的太远了。你在二楼的房间醒来。那已是黎明时分,外面的路灯与曙光从某个斜角透了些进来。微光,影子拖曳的方向,百叶窗的缺页与两个不同颜色也不同材质的床头小柜,还有那曾经插过非洲菊的绿色汽水瓶,让你认出这是玛纳住过的204号房。回教堂的晨祷依稀可闻,你想起玛纳以往总会在这时辰起床,从301号房悄悄溜走。她回到这里,躺到这床上,多奇妙,像在迷宫似的梦里推开一扇门,窜入别人的梦中,天亮前再原路返回自己孤绝的梦境。

但此刻你觉得这房间十分温暖,这里与人间比较接近。微光,薄影,一长卷听了多年仍不解其意的祷词蛇一般穿过窗的缺口,细叔在隔壁房的床上翻身,咳嗽;肺如空去的蜂巢,痰在喉里干化,咳出了蚊香的气味。这些都让人眷恋,你再度合上眼,几乎以为自己可以梦见玛纳过往的梦了。

就这样了,母亲与玛纳都已不在五月花,你与细叔也将离开。一切都已尘埃落定,其他的都是些发生在黎明与清晨之间似真似幻的事。

那些事,无非都是一扇一扇门。你停在一扇奇异的红色门前,它在旷野里,既无墙,也无门把。你伫立在那里既不拍门也不叫喊,只是像个声音的采集者,静静地聆听门另一边传来的各种人间声息。有一辆超载的校车经过,铁罐子似的,溅出了孩童与少年的叫嚣;晨跑者的胶底鞋踏在柏油路上发出整洁的声响,鸟雀吱吱喳喳在争食宿醉者昨夜留在路边的呕吐物。

门被推开了,外面天光蒙蒙。你用力眨一眨那干涩的眼睛,看见细叔站在门外。他一脸惊异,问你怎么会在这房间,"昨晚不是把你送到三楼了吗?你一头栽到床上。"

你揉一揉眼睛,再环目四顾,半晌仍然弄不清楚自己的所在。这很可能是另一个梦,或者是梦的另一个阶层。在现实与梦境之间,天堂与地狱之间,阁楼与地窖之间,就像二楼与三楼一样,只相差一个阶层。你觉得头昏脑涨,混沌中如天地初开,有两行诗如气泡冒起。

不要害怕去爱
爱只是个侏儒,却有高大的影子

"你梦游了。是不是?"细叔跨进房内,叉着腰,看你如看一副千年的金缕玉衣。

3

这两行诗句出现在《昨日遗书》里。我说的是你在人生晚期写的一个短篇小说《昨日遗书》。那时你的眼睛已不大管用,只能强凭回忆透过来的余光去写一些短小的东西。于是你早年写的一些未曾发表的诗便派上用场,这两句诗你甚至不曾用笔记下来,但它在你的内心深处,微弱的记忆之光反照过来，马上便投射出这诗的影像。《昨日遗书》是你后来漫长的写作生涯中，糅合了最多诗句的一个小说作品。那些诗句大多青涩，评论者大力夸奖你成功模拟年轻诗人的心态和语言①，殊不知那全是你在引用自己年轻时代的创作。为此你决定在离世前把过往的笔记本全部烧毁，"不给那些自以为是的评论家留下线索。"你那么说②。

比起你一生中的其他作品，《昨日遗书》的书写无疑来得难度更高一些。除了因为你的眼睛蒙翳，难以阅读，还必须依靠一个助手替你以电脑打字以外，更重要的是因为大书《告别的年代》提供的有关《昨日遗书》的讯息实在太少。你只知道那是报社在未知情的情况下所发表的韶子遗作，且作品以"遗书"命名，在韶子身故的消息传开以后，这作品自然引起高度关注，读者们也莫不将之当为作者本人的"遗书"看待。然而书中所提仅此而已，偶有讯息也过于模糊，根本不足以让你将作品"复原"。

你在第四人的论述中找到"梦游症"这个关键词，并隐约感知那小说的内容有关爱情、写作与梦游。

---

① 摘自《文艺广场》制作之"斯土特辑"之三——《梦与书与黎明——浅析〈昨日遗书〉的小说语言与修辞手法》。
② 见你的传记《记忆所恩赐的人》，作家本人身故后，由其晚年时的助手所撰。

相对于这作品应有的市场分量，第四人对它表现出一种不成正比也不合常理的疏忽与冷淡。在他的"韶子著作排行榜"上，《昨日遗书》是排名最后的作品，他也不讳言自己给这作品评价非常低，甚至"感到非常失望"。根据第四人的解读，这作品充满病态而极尽媚俗，甚至令他一度怀疑韶子有意从严肃文学作者转型为通俗读物作家①。

由于当时的本土文坛正沉浸在"痛失韶子"的哀思中，第四人如此负面的评价与强烈的措辞自然引起读者剧烈反弹，也有人马上回书反驳，痛斥其非②。大书里有好几段记录式的文字记载了这场小风波，主题都侧重于对第四人的鞭笞，以及对"严肃与通俗"的论争辩驳，倒与《昨日遗书》的小说文本毫不相干了。

第四人并没有反驳这些文人同行的评论。事实上，在获

---

① 见《明日的媚行者——关于韶子的〈昨日遗书〉》。第四人在文中表示："作者（韶子）在这小说中极力向推理小说靠拢，全文集结了爱情、诗与幻梦等各种流行因素，包括掺入某种以假乱真的手段，故意引导读者将作品与作者其人联结起来，以做出各种想象与猜疑。此外，小说中的故事情节过于曲折，大大暴露了作者哗众取宠的意向。无论就用心或技巧，两者皆不高明，称作'媚俗'亦不为过。"

② 当时发表文章反驳第四人的，包括作家、学者、心理学家与文化研究者。他们一般认为第四人给予《昨日遗书》的评价过低，措辞过激，且由于作者已死，此举属"鞭尸"行为，在道德上"不仁不义"，也有借韶子之死以自我炒作的嫌疑。

知韶子的死讯以后,第四人当时深受打击,不仅身体饱受中风瘫痪的折磨,情绪上也沉溺在巨大的悲痛与自怜中。从那时起他变得郁郁寡欢,终日伏案,长书不起,再也提不起兴致与任何人较劲。

《昨日遗书》在你心中始终是空旷的一处,它只给了你一个关键词与少许提示,其余的却是无数的空白与可能。晚年时你坐在向南的窗前,在感受上苍恩许的生命最后的亮光时,忽然于湮昧的往事中看到了你也曾经历过的情爱、诗与梦游。你闭上眼,对身边的助手说:"你准备一下,我要写下一篇小说了。"

第十二章

1

渔村那边有个亲戚说,他在都门见过石鼓仔。说的人其实不太有把握,但他见到的确是一个当街抢手提包被人群呼喝着押到警局的瘾君子。听到这消息的那一天,钢波就在厅里颓然倒下,声响极大,像风雨中被雷电轰然击倒的一棵老树。

那时钢波年老昏聩,一身全是坏脏器,几年间大大瘦了下来。因许多年饮食无度以及生活上的诸多恶习性,早年检测出来的糖尿病日趋严重,逐渐损及其他脏腑;一对腰子已完全衰竭,并发尿毒症,得每周去透析三回。血从他的身体输入机器内过滤了再回到体内,四小时像一大周天,之后续命数日,又得回去重来一遍。这可是富贵病,杜丽安托人找了家印度教组织属下的贫病洗肾中心,谎报收入后,得到一个优惠赤贫病人的透析名额。可长期透析加上药物,费用仍十分可观。

这笔费用杜丽安自然是不愿负担的。她替钢波到洗肾中心报名以前,已经与钢波摊牌,把话全说在前头。钢波显然也别无选择,唯有把名下的一间排屋卖掉,换回五万多元现钞,希望能慢慢耗过残生。

原以为残生温温吞吞,徐徐漂荡着可至涯岸,却没想到一个惊雷便几乎让钢波撑不住了。那时杜丽安让孩子坐在腿上,不过是晚饭前的闲话家常,一边拿塑料做的玩具车逗着孩子玩乐,一边说起那疑似石鼓仔的人抢劫被殴的消息,没留意到钢波听得脸都僵了。他闷声不响地坐了一会儿,再挂着手杖从懒人椅的帆布兜里挣扎着站起来,慢慢往饭厅那里走去。行到电视机前,就在傍晚的马来语新闻播报员面前,他毫无预兆也无任何提示地,如一堵地陷之墙霍然坍塌。

那时孩子的保姆正坐在铺了云石的地面上处理一堆刚从院里收回来的尿布。她被突然扑倒在尿布上的钢波吓得跳了起来,哎哟哟哎哟哟地乱喊。杜丽安怀中的孩子为这声势所惊,呆了半晌,再扔了手中的玩具车哇哇大哭。杜丽安也慌了神,她与保姆手忙脚乱地空忙了一阵,最终得唤来邻居帮忙,才总算把钢波弄进医院的急救室。

那时候,杜丽安确实有个预感,以为钢波过不了这一关。

刘莲那天夜里接到杜丽安的电话。当时她在石象镇，住在大街上一间杂货铺楼上的店屋内。店主在楼下喊她，她停下缝纫机，手上抱着孩子脚下夹着人字拖吧嗒吧嗒跑下楼来接电话。杜丽安听到电话筒里传来刘莲虚弱的、不确定的声音。"哈啰。"她仍然像以往那样，总是在害怕着某些可知与未知的变数。特别是在离开了渔村也离开了锡埠以后，她对电话铃声生起一种莫名的恐惧，觉得它有一种催促的急迫的意味，总像里面寄托了一些让人不得不应对的噩耗。

杜丽安听到她的声音，因为不适应时空的距离与人事的飘荡变化，她有点语窒。那沉默很短，却因对方的沉默而被拉长了。杜丽安听到远端有孩童呀呀的稚音，她清了清喉咙："阿莲，是我啊，丽姨。"

翌日早晨，刘莲把孩子交代给共租一室的女房客，坐了三程巴士辗转来到医院。她脑里总是空茫茫的，有点记不起来自己之前最后一次看见父亲时，他的外貌和形态。那应该是孩子出生以前的事，她离开大屋，在跨进杜丽安的汽车前，曾经朝屋里看了一眼。那时钢波正俯身在调那一台卡拉OK伴唱机，脑门濯濯，她没来得及记住他有多苍老。从那以后她便再没见过父亲了，新年时她回渔村老家待了两天，老妈一遍两遍复述，你老爸好几年没回来啰。那苍老的乡音从无牙的口腔里播出，飘散在洋溢着鱼腥与咸虾味的渔村上空,海水在屋前轻轻打拍子。

杜丽安从平乐居过来,看见刘莲坐在病床前。旧恤衫破牛仔裤,眼袋浮青,人苍白得不像话,怀里抱着一个装了物事的塑料袋,怔怔地盯着床上的钢波。钢波是真老了,肺中吐出腐秽气,皮肤浮现许多老人斑,人看起来像一个过大的发霉的皮囊兜着一副粗糙干化的骨架,加上插在手上和透入鼻腔的几条幼细塑料管,这老,还真骇人。

"他一身病痛,我知道他没多少时日,但没想过有一天会亲眼看他倒下来。"杜丽安站在刘莲身后,高角度,觉得平躺在眼前的人真的离死不远。她可从来没参与见证过这种事,亲人之死。苏记去得快,鸡蛋一般大的榴梿种子卡在喉中,喉结似的,被发现时身躯僵冷;老爸咽下最后一口气时她也不在场。而今这人算是结发二十一年的丈夫,虽说后面十年关系变质,两人分房,但二十一载啊,纵使只是同屋共住,如此朝夕相处;去者日远,生者日亲,莫不也成家人了?

何况杜丽安心里明白,她与钢波之间早没了夫妻情分可言,但"恩义"总是在的,且这不容辜负,比"情"更难抹杀;也无账可算,便计不明细,难以还清。他毕竟曾是棵巨木,为她挡风遮雨,让她有立脚处可以逐步攀高。这事情钢波从未说破,杜丽安却铭记了。于是后来十年,她像以前对待老爸那样由得他苟安佟纵,心里想让他这般终老,也不算亏待了他。

虽说想法如此,但钢波骤然倒下的一幕,还是让杜丽安十分惊忧,一夜难眠,终又忆起多年未曾想起的过往种种;十年修同船,百年修共枕,怎不特别难过。

所以刘莲回过身时,看到杜丽安脸上的神情竟有点凄楚。杜丽安着刘莲打电话通知渔村那边,她自己也联络了在都门的弟弟,一个劲要把大家都叫到这床前。她总想着钢波会这样死去,如此未尝不好,一了百了。

阿细偕妻子海伦驱车赶到,看见萎蔫在床的钢波,心里不无唏嘘。去年他娶妻,在都门酒楼摆的宴席,钢波还与杜丽安一起坐在主家席上。同席的还有芳姨与阿细少年时的师傅华仔叔。姊姊杜丽安领养的孩子那时刚满周岁,她要了一张幼儿坐的高脚椅,把孩子放到小小的护栏里。那孩子特别好动,大眼睛眨呀眨,总想转过身打量四周,偶尔抓起气泵似的塑料小锤敲打他的椅子,砵砵砵,无时无刻不想吸引旁人的注目。相对于杜丽安身边这孩子的生动活泼,坐另一边的钢波面容如槁木死灰,坐姿倾颓,宴会中他踽踽去了趟厕所,回来时一只裤管湿了。阿细想起老爸去世时大概也这年纪,风湿腿肿,行动也这般艰难。他忽然感到悲酸,宴会散后他亲去扶钢波上车,关上车门时还附带一句"波哥保重",这连杜丽安都感到意外,与钢波双双睨了他一眼。

杜丽安这两年过得惬意,也因为有子万事足;她心广体胖,脸上总是笑盈盈的,比过去任何时候都显得更富态。她已经不在意身上长肉了,毕竟已四十六七岁,她倒觉得如今这体形配些翠绿或葱白的玉器好看得很。就连芳姨在宴会上也忍不住偷偷端详她,还对阿细说,你姊长得真贵气,像豪门太太。

大家都愈活愈好,壮年了。阿细经芳姨穿针引线,娶了个不谙华文、被杜丽安谑称作"半唐番"的女教师,在都门落地生根。再说芳姨一家已办妥手续,马上要举家移民到澳洲,都门酒楼快要顶让给新东家。阿细仍然当大厨,还合了一份大股。那里面也有杜丽安参的暗股,当作她给弟弟的支持。姊夫钢波坐在这些盛世人群中,益发显出他的衰老、凋零与不合时宜。阿细不由得想起当年那浑身肌肉,罗刹一般面容的建德堂堂主。这让他觉得不忍,也就想要宽待他,像善待这世上所有日暮途穷的老人。

而今阿细已在病房里闻到一种死亡的气息了,尽管空气消了毒,但昏迷中的钢波眉头紧皱,似乎听到了死神的耳语。不久后渔村那边的人来到,杜丽安与他们打了个照面便托词要到平乐居处理事情,匆匆离开。刘莲追了出去,两人在门外小声说话,肢体上推推搡搡的,阿细看见她把手中的塑料袋塞到杜丽安怀里。

杜丽安把袋口张开,看到里面装的是一个颜色鲜艳,造型相当精致的塑料小风车。

"想到他们生日快到了,我买了一对,让他们各有一个。"刘莲说了咬了咬下唇,两手还搵着那袋子,深怕杜丽安会把它推过来,"那孩子,我都没给他买过什么。"

杜丽安确实想要决绝些,但她避不开刘莲那一双恳切的眼睛,也感受到那手上的力量和意志。"我这里会少得了这些东西吗?你以为丽姨会亏待他?"她叹了一口气,把东西拿下来,"阿莲,那是我的儿子了。"

这些话,阿细自然是听不到的。杜丽安转身走了,刘莲便回到房里,一直魂不守舍地看着病床上的父亲。渔村那里来的是得支着铝架子行路的老妇人,两个儿子媳妇与一对少年。每个人都神色凝重地盯着钢波,仿佛大家都有点期待他会在这时候断气。说起来原来谁也不曾见证过别人离世的一瞬,即便是那苍老得犹如人瑞似的渔村老妪,说起她已过世的父母兄弟,也都说自己当时不在场。可那样站了二三十分钟后,钢波眉结一解,竟睁开眼来。

刘莲和海伦同时发现,都忍不住大口抽气,喊了一声听不见的"啊"。

访客们马上都聚拢到床前,十张或紧张或关切的脸围着钢波。他的眼球缓缓转动,转了一圈后,视线停在刘莲脸上,"你哥呢,他没有来?"

病房里也唯有刘莲明白了钢波话中所指。她当即失声悲哭,只是使劲摇头。

但总有人说石鼓仔没死,还活着。总有人说在这里或那里见过容貌与石鼓仔极为相似的人。那被遇见过的人总是个潦倒的白粉仔,或者是个神志失常的流浪汉;有人说他曾在警局和监狱里受到虐待,有人说他在都门某风月区里当过一阵皮条客。钢波刚在一个无比冗长的梦中看见少年时候的石鼓仔,他在某个锈黄色景致的小镇里,正在大街上的一个书报社前蹲着看连环图。他看得津津有味,直至钢波行到他跟前,灰色的人影覆盖了他和他的公仔书。石鼓仔抬起头来,像是干坏事被逮住似的,突然跳起来拼命狂奔。那梦的后来是无休止的追逐,几乎每拐一个弯石鼓仔就会变了另一个样,有时候是个满脸胡子,像个印度行僧模样的精瘦汉子,有时候是个手上拿着风筝嘴里不住叫嚣的顽童。钢波叫喊甚至哀求石鼓仔停下来,等一等他,可对方回过头来朝地上吐了一口痰,钢波踩着那浓痰时脚下打滑,狠狠摔了一跤,那道路霍地变成斜坡,他便从坡上滚下去。

钢波就这么活过来了。杜丽安在电话里听说,只感到愕然。生死与梦,这种事情玄乎其玄,有点传说的味道。当天平乐居没打烊她便赶过去,去到医院时上午到来的访客都已离去,她本以为刘莲还待在那儿,可坐在床畔的却是一个生面孔的中年妇人,身后还站着一对少年男女。

病房里十分沉静,床上的钢波似乎正在沉睡中。杜丽安走上前去:"你们是?"

她确定自己从未见过这几个人。他们看着像母亲与一对子女,那妇人与背后的少女面黄颧高,眉目近似;那男孩则结实粗壮,单眼皮宽鼻翼,眉毛长得杀气腾腾。看见这少年的面相,杜丽安不免愕然,而那妇人也显然有些慌张。她回了杜丽安一个点头,几乎没打招呼便急着拉扯身边的少年男女匆匆离开。

陌生妇人的窘态让杜丽安心里的疑团像个气球似的倏然膨胀,她禁不住张口喊住他们:"唉!你们!"可那妇人牵着少女的手急步走了出去,只有跟在她身后的少年回头看了一眼。这一瞥足矣,杜丽安在那眼神里看到一个大男孩的躁动,对成人世界的不屑,对她这种中年妇人的不耐烦。这神色配上那相貌,还有这年纪,活脱脱是当年初到锡埠来的石鼓仔。

杜丽安顿时感到手脚冰冷,像是有人往她的心房塞了一大块冰。那寒意从她的心里急速融入血液内,有那么一瞬,她的眼睛连接不上眼前的世界,脑子里咔嚓咔嚓咔嚓,像镁光灯连闪,只看得见一片空白。杜丽安感到晕眩,她扶住病床的床尾,张开肺叶使劲呼吸,让气流冲入身体,世界才由浅入深,缓缓回到她眼前。

病房还是那病房,钢波仍然闭着眼躺在床上,梦或许还是之前那追逐儿子的梦;吊在输液架上的药水仍点点滴滴,空间里单调地响着某种电子仪器的声音,听着犹如耳鸣。那陌生妇人与少年男女倒是走了,杜丽安抬眼,看见刘莲拿着一个暖水瓶站在门前。

"他们是什么人?"杜丽安听见自己的声音,有一种铁石的质感,"那女人是谁?"

那几年钢波三天两头拎着奶粉,许多漂亮的童装和玩具出门,说是带给渔村那边的孙儿。杜丽安也留意到那些塑料袋里偶尔会有一两瓶廊酒,那是给产妇进补的好东西。刘莲刚产下孩子时,她也曾把两瓶廊酒带到旧居那里,嘱咐月婆伺候她每天喝两小杯。杜丽安翻来覆去地想,总想不明白自己当时怎么不对那一瓶接一瓶的廊酒生疑。她是该怀疑的,钢波何来如此体贴?他纵然殷勤也不可能对儿媳妇用心。那时候钢波还在位上,威风八面,一直瞧不起老家那些土里土气的村妇,在杜丽安面前总把两个儿媳称作"乡下人"。

那一夜杜丽安坐在病房内,半刻没合眼,脑海里反反复复翻涌着那几年的事。刘莲说渔村那边早已知悉这女人与两个孩子的存在，那是个在甲板小镇上卖凉茶的妇人，年轻时帮着父亲摆档卖凉茶，镇上的人们喊她"辫女"。她跟了钢波后翌年便生下儿子，钢波就那时给她在小镇菜市附近买了一间双层店屋，楼下是凉茶铺，楼上是住家。凉茶铺生意惨淡，后来也卖豆浆凉粉，以后再增设两个粉面档，生意依然半死不活，慢慢变成一般茶室了。原来巧眉秀目气质可人的辫女，不知什么时候变成了个愁眉苦脸的大婶，平日话也不多，对儿女却是特别唠叨。

甲板小镇坐落锡埠与渔村之间，那时钢波对辫女与新生的儿子特别殷勤，白天常常在那里度过。辫女在楼下卖凉茶，他就在楼上看顾孩子。那可是他的亲生儿子呢，如今他却总嫌杜丽安领回来的孩子扰人，也嫌他一个男孩不该长得如此俊美，因此平日总是不愿意亲近"他们的"孩子。杜丽安追溯平乐居的年岁，大概与甲板镇上的儿子年龄相若，那么说当年拿钱资助渔村的两个儿子办养鱼场根本就是个谎言。杜丽安心房里的那一块冰融不尽，冷水都汩汩流进血管里。她怔怔地看着沉睡中的男人，他仍然眉头紧蹙，鼻孔透着塑胶管子，面容严肃，仿佛睡梦中仍撇着嘴拒绝交代。

"好啊，钢波。你行！"想起男人那三天待在甲板镇的店屋里，回来后还从背后环臂抱她，而她用温热的泪水与微凉的双手回应。杜丽安几乎以为那些就是自己要的——一个男人，一声道歉，只要再添个孩子便成一个家了。

从此钢波就是个死人了。杜丽安没有告诉他，在医院的那一夜里，她已经在心里把他杀死了好几遍。她几次想着要拔掉那些透入他身体内的输送管，以成全他的逃避，让他在醒不来的梦里与心爱的儿子重聚。第二天清晨她离开病房的时候，在电梯的不锈钢门上看见自己双目满布血丝，神色憔悴，形态扭曲。外面的晨曦照得她眼睛发疼，她伸手挡了挡阳光，有那么一瞬，觉得自己像从地洞里辛苦爬出，劫后余生。

钢波那天下午再醒来，病房里一片静谧，原来在身边的人全已离去。他在梦中仍唤不住不断在变换形象的人们，没想到梦以外的世界也已经变天。那时他的床上薄薄地铺了一方斜照的阳光，他安静地凝视着外头的风拂弄这光影；因为视力不好，便觉得那薄纱似的阳光里有水纹荡漾。

接下来的数日，刘莲和渔村那边的长子长媳来过，杜丽安竟没有再出现了。钢波虽时睡时醒，却也察觉其中不妥。出院那一日杜丽安也没来，只结清了医院的账单，留下地址钥匙，对渔村那边的人交代说，大屋中所有属于钢波的东西都已移到另一处，"他要么可以回老家，要么可以去甲板，要是实在舍不得这里,我给他留一间老房子。"

为这事,渔村那边两个儿子与杜丽安起了些冲突,可铁了心的杜丽安无人能撼倒,在纠缠了一周以后,两个老老实实的渔村人实在想不出计策,唯有妥协。由于钢波得长期洗肾透析,已断不能离开锡埠,他们只好开着钢波的老铁甲,把老父送到杜丽安指定的地址。那房子倒也好找,何况钢波还认得路。那是杜丽安的故居,很多年以前他不就坐在这辆马赛地里,后面跟着七辆车子,一路按响车笛,张扬无比地直奔那儿去迎娶新娘吗?

两个儿子把钢波扶上楼,将他置于那无人之居,众人的故梦中。钢波看见屋里的神台已然清空,上面放着他自己买的那一套卡拉OK伴唱机,庞大而古老,像从废车里卸下来的一副旧引擎。那一刻他真明白了杜丽安的恨与意志,于是他颤巍巍地走到电视前,一屁股坐到他所钟爱的懒人椅里。那帆布兜早已负荷过他,掂过了他的重量;上面留有他熟悉的自己的体味。他躺在那儿,几乎不想醒来了。

老二看了他一会儿,老大出去买了些面包、炼奶、美禄、饼干和快熟面,替他把开水装入暖水瓶里,下午便一起回去渔村了。那是个周末呢,外面风摇树,光影骚乱,时有飞车族呼啸着从楼下疾驶而过,没想到傍晚时一群忧伤的云野游到锡埠上空,便淅沥沥地下起一场彻夜不休的长命雨。

那以后杜丽安真没再见过钢波了。有时候她坐在平乐居的柜台里，会看见类似的老人拄着藤制的手杖在街上走过，有时候她也会看见与钢波那辆老铁甲相似的车子以极慢的车速在街上行驶，有时候她会听到一些关于钢波的消息，譬如说甲板那母与女曾经到这里来照顾过他一阵，学校开学后她们又回到小镇去了。

来说消息的人是娟好，她喜欢在杜丽安人生的暗淡时期中出现，但杜丽安却始终没表现出她所预期的自怜与愤慨。杜丽安无论说起什么都只是淡然笑笑，似乎毫不在意，又像成竹在胸，大概是因为半副心神都给了怀中的孩子。那男孩长得白白胖胖，容貌俊秀。他喜欢伏在母亲壮硕的胸脯上含吮自己的拇指，清澄的大眼睛眨呀眨，总以一种近乎洞悉与嘲弄的目光看着人们。

"这孩子桃花眼呢，"娟好说，"将来不晓得要让多少女子伤心。""会吗？"杜丽安笑盈盈地把孩子高举，"会吗？"她再询问一遍。倘若会，那也是很久以后的事了。

2

小说快结尾时，作者用相当多的笔墨写了杜丽安做的一个南柯之梦。那一梦填写了整整二十三页，说穿了像整部小说的回放与续写。杜丽安去过刘莲的葬礼后,回到大屋里睡了一场午觉。那一觉似乎睡了好久,梦中昼夜更迭,书页翻飞,怀抱大书的年轻男子站在窗下,连孩子都已经在梦里长大。她明知是梦,也觉其虚幻,却因为里面的物事与情境美好,使得她不愿醒来。待终于梦醒,窗外的天色隐晦,今夕何夕,晨昏难测。本来躺在她身边的孩子已经走下楼去,由保姆陪着在摆弄他的许多玩具。

你读到这二十多页的梦,才感觉到了这本大书的虚空。小说里的人们逐一离开或死去,锡埠的人口愈来愈稠密,故事本身却唯有愈渐凋零而已。梦的书写在书中占了那么大的空间,仿佛那是小说人物生命中无可回避的一面大镜。现实与梦像人生的昼夜;又或者如门,你无从知晓哪一面是正,哪一面是反。

刘莲之死在小说里处理得轻描淡写,事实上,在读到这接近结尾的一部分时,你有一种诡异的幻觉,总觉得这一本大书像被严重蠹蚀过似的,拿在手里再不觉得如过去那么沉重。你翻动书页,所有文字都还在那里……或者说,每一页都仍然填满了文字。它们排列工整,也依然在散发着淡淡的,介于苦与甜之间难以辨清的一种油墨味道,感觉就像昨日才刚在印刷厂出炉的一本新书。

读过这本大书以后,你对这城市生出了一种说不明白的眷恋。你开始留意那些被时代开发后又逐渐为时代所遗忘的巷弄,也总会在巴士上注视着那些快要被淘汰的老建筑。你觉得你是认识它们的,就像你认得五月花里的一面墙或墙上的某个涂鸦一样,它们如亘古的月亮般见证了祖先与你的生死兴衰,如今在自身的末世中与你冷然相望。

小说中杜丽安的故居以及刘莲于石象镇的住处,在这城市的旧区显然还留着不少。那都是些快被废置的战前店屋,楼下总开着一家光线不足,来往者寥落的老店;楼上可以居住的空间则已无用,木窗门多已破烂不堪,檐下有无数燕子衔泥而巢,它们这一季来下一季去,年年如是。你会想象那窗里如果有人,唯有无家可归的瘾君子了。

比起这些老建筑,五月花或许会有不一样的命运。细叔告诉你,它的下一个归属者打算花巨款将建筑物翻新,把它改造成怀旧风情的咖啡馆。你可以想象它以后的浓妆艳抹,外墙髹上柠檬黄色的油漆,朱木栏杆,大门前会有个加建的新式遮阳篷,许多穿着时髦的年轻男女坐在铝架藤编、质地轻盈但手工粗糙的椅子上,一边喝咖啡,一边凝视着墙上褐黄色系的老照片,想要从那些曝光过度的街景中认出自己祖辈的身影。

你与细叔花了两周时间收拾五月花,在一个周末上午雇了一辆货车连走三趟,把该拿走的东西都带到新买的房子里。那是一间住宅区里的复式小排屋,有个小阁楼,细叔知道你心里喜欢,没打招呼便把它留给你了。房里干爽明亮,空气里还有各种建材混杂着的气味;晚上有若隐若现的星星如萤火虫在斜开的天窗上歇息。你枕着双手凝视空中的深洞,母亲,眼中之眼,泪光般闪烁的欣喜与悲伤。

你把母亲遗下的行李箱放在床底下,那箱子里依然保存着她所钟爱的东西,全都陈旧残缺,其中多有你的物件,物件里头的记忆却只属于母亲,于你几无意义。你也明白了母亲永远不会回来认领她的行李箱,那是她最后留给你的东西,身世、希冀与等待。

仿佛她还在,仿佛她将会回来。

便是在这明净的阁楼里,你把《告别的年代》读完了。距离大学的报到日已经没剩下几天,你始终以为末章那一阕梦的叙述过于冗长,读那些连绵不绝的描写让你觉得像掉进一条不深不浅却奔流湍急的长河。那河里盛的是时光,流年,比水或空气都更难以驾驭。梦是海洋,湖泊,河川;梦也许只是一个鱼缸。

刘莲死了。中秋节当天回渔村探望老母的路上,她买了两个柚子与一盒月饼,单黄莲蓉、净豆沙、五仁、金腿各一,以及给小侄子买的金鱼形彩纸灯笼,三盒五彩蜡烛,还有给母亲买的风湿膏药,两手拎着挤上回乡的巴士。车龄一大把的老巴士在高速公路上,以不寻常的速度飞驰,刘莲被颠得有点头疼,但她确实也在赶时间,想在傍晚搭乘返回石象镇的巴士,回去与儿子一起过中秋。

那巴士后来在路上翻车,刘莲从开着的窗口甩到公路上,当场毙命,手里最后抓住的是一个看不出原形的破灯笼。因为身上没有带着证件,她的尸体在中央医院的太平间内停放了将近两个月。后来渔村那边的大哥与杜丽安一起到医院去认领尸体,才掀开黑袋子,那渔家人便稀里哗啦地放声痛哭,杜丽安倒是一直挺住,她对那掀开袋子的印裔中年点点头。是的,这是刘莲,死时脸上犹有一种坚贞而无辜的表情。

忙完了当天的事情以后,杜丽安回到大屋,从保姆手里接过她的儿子。晚上她哼歌哄孩子入睡,没来由地落下眼泪。她甚至没察觉自己想起了刘莲,曾几何时,因为生命中共有的男人,她们像姊妹似的亲近。刘莲分娩时,她开车把她送到一个提前约好的接生所里,在那儿陪伴她八个小时,直至两个男孩一前一后相继出世。接生婆把孩子倒悬着提起来,像拎起两只刚除毛放血的光鸡。听见他们响起第一声哭号,她与她都激动得泪水直流,而又马上相视一笑。

你想象她们的亲密。刘莲坐月子时,她们各抱着一个新生婴儿分坐在一张藤架沙发的两头,从外地请来陪月的福建婆由始至终以为她们是亲姊妹。杜丽安知道这份亲密中有一种共谋的意味,把她们联结在一起的,是一个藤蔓般纠缠着又结出了累累苦果的秘密,而她们已经无法辨明秘密本身的内容,只能共同分担其中的甘苦。

可这共谋者之间的私密关系终究有所利害,真正的秘密本不适宜共有,何况刘莲还是一个特别脆弱的女子,杜丽安实在不喜欢将秘密掰开两半,由她们两人分别收藏。那一晚杜丽安正要离去,刘莲追到门前嗫嗫嚅嚅地说"想要自己留一个孩子",杜丽安心里一沉,她幽幽叹了一口气。

"那你带他走远一些。"杜丽安软硬兼施,百般劝说而无效,那是她走之前扔下的最后一番话,"让你爸知道他把外孙当儿子养,这笑话太大了。我们谁丢得起这个脸?"

刘莲的尸体经彻底冷冻后心肺骨髓皆已寒透,最终被运回渔村老家,在某山郊寺庙的焚化炉中烧成灰烬。杜丽安后来想起刘莲带走的儿子,那是秘密之锁的另一把钥匙,她便亲自到石象镇走了两趟。可原先住在杂货铺楼上的三名女子已经搬走,并且以"送还给阿莲老家"为名,把刘莲那三岁大的孩子与她的遗物都带走了,楼下的杂货铺老板娘及时以八十元收购了刘莲的胜家缝纫机,附送针线与软尺等物。

小说几乎就这么结束了,剩下的不外乎传统而陈俗的收笔。你把书读完以后,因为感到疲倦而躺在床上小憩了一会儿。午后醒来，你把书中属于你自己的那一页撕下来，再骑着摩托去寻找这城中最古老的图书馆。还书的过程比你想象中的简单，年纪老迈的管理员正聚精会神地看着电视上直播的羽毛球赛，他头也没抬，也没查看书籍，摆了摆手示意你将书放到一旁的办公桌上。

回家的路上，背包因为没有了一本大书而变得软趴趴，感觉像驮着一个泄了气的气球，这轻，让你有点怅然。你把摩托开到新开发的住宅区里，那小区占地四百余英亩，发展商按两个式样建了数百间完全相同的房子，它们像百万富翁游戏中的塑料小屋，因为排列得过分挤逼整齐而看来有点滑稽。你穿行在两排一模一样的房子之间，傍晚时分阳光略锈，各家的门窗都传出来炒菜的镬铲声与爆蒜油的香味。你把摩托的速度放慢，像骑脚车似的，开始以小时候玩对比图片"找不同"的方式，以笨拙的排除法慢慢辨识你与细叔的家。

3

关于《告别的年代》，真要说起来，其实还有许多你没有读过的部分。然而那已是你去世若干年以后的事了。那一年业已有点沉寂的本土文坛出了一件大事，一位名不见经传的文坛新秀以英文鸿篇巨制在欧洲赢得文学大奖，不仅震撼本地文坛,甚至获得了国家政府的高度关注。

这位一夜成名的作者为华裔青年女性玛丽安娜·杜,出生在首都一个良好富裕的家庭,从小接受纯粹英语教育,故不谙华语,能说流利粤语。当时的首相特意安排与这位获奖作者共进午餐,国内各报竞相采访,同一日刊登在所有日报的封面上。执政的各党联盟更把这事情当作一项伟大的功绩,由教育部出面,明推暗送地宣扬该联盟过去在这多元种族社会施行正确的教育政策,十年树木百年树人,今天才总算造就了真正意义上的"国家级的世界性作家"。

玛丽安娜的得奖作品为其处女作,写的是家族史题材,篇名"*Adieu*",后来被外国的华文出版社翻译成《告别的年月》与《辞别》,分别以简繁体出版。作者在受访时透露,她以自己的家族史为基础,加入考证与想象,完成了这部巨著(magnum opus)。

在这部小说中,玛丽安娜以一个喜气洋洋的晚宴开场,书写其祖父与"姑婆"①合伙办的酒楼②在首都开张后不久,

---

① 原文 grandaunt,在小说里为祖父之姊。在作者的记忆中,那是"把我们家族的祖先全供奉在她家里"的一名女商人。
② 在原文里,这酒楼的名字为"Wui Hoi Grand Restaurant",作者提到中文原名有汇流、聚合(confluence)之意,简繁体版译者都将它译作"汇海大酒家"。

其祖母诞下长女,在该酒楼大摆宴席庆祝弥月之喜。

小说很长,这不过只是一个开端。至于小说本身优秀与否,由于它已得到欧洲大奖的肯定,本土文坛一直无人敢公开讨论。至于 *Adieu* 后来在文坛掀起"华人文学"与"华文文学"的连场争论,那又是另一番热闹了。好在那时你已死去,否则你必然会是另一个第四人。

后记　想象中的想象之书

直至小说写完，我按键将它发送到出版社的邮箱，那以后我坐在书桌前凝视着电脑显示器与显示器背后的窗与窗外渐渐降落的暮色与暮色中渐渐显影的月亮，其时我仍然在质疑自己何以立志要写一部长篇小说。

何以我那么处心积虑要写一部长篇？

为什么？

我先把"虚荣心"排除。这是一尾河豚中的含毒部位，我一直在小心翼翼地避开它，尽一切努力将它从我的余生中除净。事实上我无法想象写一部长篇小说究竟能给我带来什么，我甚至不确定这于我算不算一桩明智之举。毕竟我心里明白，作为小说写手，以我浅薄的人生阅历与学养，以及我那缺乏自律与难以长期专注的个性，实在不适宜"长跑"，而强撑着勉力写一个不像样的作品，它带给我的很可能是一个消化不了的遗憾，又可能是一个不容易被写作同侪们遗忘的笑话。

但我仍然羞于启齿地渴望着写一部长篇。

二〇〇四年，我在香港浸会大学创办的国际作家工作坊中初次与中国内地的作家蒋韵女士及中国台湾的骆以军相遇，在香港待了将近一个月。记得当时蒋韵把一个正在书写中的小说带在身边，就在那一个月内完稿；工作坊的活动结束以后，她也诞下了她的新作，一个长篇。

而骆以军，我还记得他在香港期间听说了与他同年纪的董启章其时正在写着生平第一部长篇小说（后来知道是"自然史"三部曲中的第一部——《天工开物·栩栩如真》），他为此表现得相当焦虑，并且我也在那里初次听骆以军透露了他亦有写长篇小说的想法，却苦于当时的生活环境所不允许。

那时我三十三岁，当小说写手的资历接近十年，写的都是短篇和微型小说，且创作量不多。由于写作路上多蒙幸运之神垂顾，我在马华文坛攒了点声名，在文坛备受礼待，也经常以"马华作家"的名义和身份对外交流，可我对自己的写作却没有任何期许与抱负。尽管当时我也"偷偷"在书写长篇，但我抱着不太认真甚至是无知的游戏心态，而且尚没有自觉与勇气去质问自己书写之目的。

所以那时我像个孩子，心里充满疑惑却因为害怕暴露自己的肤浅而不敢追问，怔怔地看着小说家大哥哥紧蹙的眉与焦虑的脸。

直至这两年书写《告别的年代》时我才明白，当年的我根本没有能力写出一部像样的长篇作品。不啻因为我的阅历浅窄，无力对人生与所处的世界做出深度思考，也因为我的写作态度相对"业余"，更像是一个偶尔涂鸦的文学爱好者。那样的我去处理长篇，就像让一个泥水匠去设计华厦宫殿，我连处理小说结构都感到无力，因而过去虽曾完成了两个字数与篇幅意义上的"长篇小说"，都因为觉其拙劣而不敢示众，并多次萌生彻底销毁它们的念头。

现在，这两部不成样子的长篇已经被我从电脑硬盘中清除，我还谨慎地把U盘也检查了一遍，确保不会再有一日遇上它们，被它们嘲弄。但我其实也明白这两个简陋的产物并未完全消失，因为我在《告别的年代》里读到它们了，我在这小说里看到它们庞大的身影以及它们戳在景深中的印记，我也看见了过去在我的小说中不断出现的摆饰与命题：梦，阁楼，镜子，父亲，旅馆，寻觅与遗失。

我只能是我自己了。背负着成长经验中挥之不去的种种，老家的街道巷弄，那不能被新学的语言所覆盖的乡音，那些经多年书写与宣泄后仍排遣不了的惊惶、恐吓、阴霾与忧伤，它们从未消散，而都融进了我贴身相随的影子里。但认清自己的局限毕竟是一个写手趋向成熟的必然过程，即便我无力突破，但我却有了把握去直面自身的局限，并在书写中逐步揭穿自己。

这小说便如此产生。我勇敢地拿出自己放置玩具的箱子，把里面简陋的玩具与物事一一掏出。这些物件毫不特殊，它们缺鼻子少眼睛，像我所有的记忆那样残缺不全。它们需要被阐释与说明，否则它们在别人的眼中毫无意义，而我选择了长篇小说，因为那里有足够的空间让它们说出各自的对白。

这是今天的我所能想到的写长篇小说的唯一理由。它一点也不堂皇，也仍然缺乏一个真正的小说家所该有的忧患与使命感。那只是一个收藏了太多旧玩意的破箱子，我过去总以为自己把它存放在浩瀚南洋的某个定点上，而今我发现南洋已逐渐沉没在更浩瀚的时代之中。于是我领回自己的箱子，把里面的物事全拿出来晾晒在光处，而小说串联它们，同时也解说它们；岁月留给我的遗物有多少，小说便有多长。

我对"好的长篇小说"没有明确的概念，因而《告别的年代》完成以后，我自己对于如何评价它感到茫无头绪。但我以为这是一个"像样的作品"，因它符合我对这小说原来的想象，犹似多少年来我已在自己的文字中隐约看见过它，如今我回头在旧作品中寻找它的残像，尝试把这些碎片拼凑与黏合起来。它果然像我想象中的想象之书,打开它,有时光的声音如一只飞蛾穿古贯今地回荡。

如果我不说,这世上所有严肃的小说家将不会知晓,我如此执着要完成一部符合想象的想象之书,真正的初衷十分简单,其实只是想要慢慢趋近这些我所不理解的作者,好看清楚并理解他们眼中的烦忧。

关于这小说的完成,而今思之我仍然感到"不寒而栗"。过程中两度经历了美尼尔综合征(以眩晕为主要症状的内耳病,伴随耳鸣与恶心呕吐等状况)复发,固然让这作品分外有点呕心沥血的味道,而在这惯用催化伎俩而急于收获成果的时代,对于一个工余写作的写手而言,它挑战我的决心,考验我的毅力,淬炼我的意志、自律与自信。

经过几次增删修改以后,这小说最终只写了十六万字。相比起那些以长篇书写修行的文学苦行者与他们壮观的巨著,尽管我明白小说的品质分量不能以长度衡量,而该以广度与深度去评定,我也记得托尔斯泰似乎说过"原谅我没有时间把自己的作品写得更短一些"那样的话,但面对他们及他们的作品,我实在愧于将十余万字的小说称作"长篇"。

书写过程中最困扰我的事情,莫过于不断面对我自己,一个"资深"的短篇小说甚至是微型小说写手的审查与诘问，仿佛我每写了一大段描述文字便得向自己交代其必要性。如此反复争辩要比书写本身更劳神，我每次回头重读前面写好的部分便忍不住要去改动它，为此它总是不断在游动和变形，遂也影响每一个改动部分的前前后后。为了"真正地"完成它，我最终唯有严格克制自己不再重读，直至安装了最后一个句号以后，无比心虚却意志坚定地即时逃离小说现场。

我便如此交出了一个长篇。说来这像是我们这一代的小说写手潜意识里为自己设定好的一场马拉松。不啻因为写小说的日子长了累积的创作经验丰富了，身边便会有人提醒你该尝试写长篇，也是因为时候到了但凡严肃的写手总会对自己的写作产生疑虑，便会想到以"写长篇"来测验自己对文学的忠诚，也希望借此检定自己的能力，以确认自己是个成熟的创作者。

无论如何，这小说完成以后我满心感恩，也因为如此，我以前所未有的认真在写这一篇后记。《告别的年代》写作期间，我收到了许多文友的关怀与支持，其中最感人的是家乡卓美福先生给予我的帮助。我与卓氏因一个短篇小说结缘，由于他的热诚支持，让我生起创作长篇小说的冲劲，也有了"非写好不可"的决心，而他给我提供了一段短暂却宁静美好的木屋岁月，那回忆也已经成为我人生中最珍贵的收藏之一。尽管当时写的作品早已被我在心中处决，但它们实在已化成春泥，才会有《告别的年代》的酝酿与产生。

小说完成，作者已死。以后我也只能告别这作品，无力干预它的命运，但这小说带给我好些笑中有泪的回忆，日后还将继续成为我的动力。譬如我所敬慕的骆以军以善意的谎言婉转地给予我鼓励，譬如我所敬爱的胡金伦精神上一直对我不离不弃，譬如我所敬畏的黄锦树答应为这书写序。

其他的，还有英国的罗来恩先生为我提供舒适的写作环境，以及那些愿意以"小粉丝"自居，不时给我送上两句俏皮话以让我振奋写作的师妹师弟。

当然还有我的母亲，感谢她在多年前那些泛着锈色的午后，开着丽的呼声听林黛或葛兰或白光唱的歌，让趴在地上做功课而不支睡着了的我，一遍一遍地潜入了本不属于我的年代。

附录　为什么要写长篇小说？
——答黎紫书《告别的年代》

董启章

黎紫书没有问过我这个问题，至少没有直接问过。但读黎紫书的《告别的年代》，几乎每一页、每一行都听到她在问这个问题——为什么要写长篇？这个问题又同时分为两个：为什么要写这部长篇？以及，为什么要写长篇小说？黎紫书在小说的后记中说，写长篇是"处心积虑"但同时又"羞于启齿"的一回事。我十分明白这样的心情。这绝不是出于不必要的谦虚，但也不是因为自信不足。那更大程度上是时代的使然。我还要说得更直接吗？其实大家都知道，长篇小说的时代已经过去。所以，上述的问题其实应该是：为什么还要写长篇？

黎紫书的后记肯定是"处心积虑"的,她肯定把这个问题前前后后想过通透。她一步一步地提出了好几个写长篇的理由。由最表面的理由开始,六年前她因为目睹小说家"大哥哥"骆以军对写长篇的焦虑(而这焦虑又跟我正在写长篇有关),自己的写作心态也慢慢地从游戏变成认真,开始产生"自觉和勇气去质问自己书写之目的"。由此而进入更深层的理由:"但认清自己的局限毕竟是一个写手趋向成熟的必然过程,即便我无力突破,但我却有了把握去直面自身的局限,并在书写中逐步揭穿自己。"《告别的年代》这部关乎自身成长经验的小说,便是因此而产生。这解答了"为什么是这部"的问题。再下去便是"为什么是长篇"的问题,她说:"因为那里有足够的空间让它们(记忆的玩具箱子里的事物)说出各自的对白。"黎紫书在这里说:"这是今天的我所能想到的写长篇小说的唯一理由。"也即是说,这是一个私人的理由。可是,因为"岁月留给我的遗物有多少,小说便有多长"。于是写长篇,又同时出于客观条件上的需要。

但事情显然不是这么简单。黎紫书接着又说:"如果我不说,这世上所有严肃的小说家将不会知晓,我如此执着要完成一部符合想象的想象之书,真正的初衷十分简单,其实只是想要慢慢趋近这些我所不理解的作者,好看清楚并理解他们眼中的烦忧。"那么,在刚才所说"唯一理由"之外,原来还有其他理由,而且是更深层的理由。一个"如果我不说",别人(不是普通的别人,而是"世上所有严肃的小说家")就"不会知晓"的隐秘动机。这个"十分简单"的"初衷"其实一点也不简单。它包含了自身要加入一个由"所有严肃的小说家"所组成的长篇小说作者共同体的意思,而这"慢慢趋近"的过程已经超越好奇而成为"执着"或决心,所要"看清楚并理解"的"烦忧",已经不再只是"他们眼中"的烦忧,而是自己也感受到和分担着的烦忧了。之所以写长篇小说,是受到那种"烦忧"的吸引、触动和感召,以至于把自己也投置其中,亲身体验和承受其苦楚。"我"加入了"他们","他们"也成为"我"。借此所有真正意义的长篇小说作者也成为"同代人",而他们／我们之所以"烦忧",也正源于他们／我们所共处的这个时代。

但事情还不止于此。往后黎紫书再次回到"为何写长篇"的问题上去,说:"也是因为时候到了但凡严肃的写手总会对自己的写作产生疑虑,便会想到以'写长篇'来测验自己对文学的忠诚,也希望借此检定自己的能力,以确认自己是个成熟的创作者。"关于个人能力的考验,承接上面说的"趋近"和"理解"严肃小说作者,更进一步是检定自己作为其中一分子的资格，但这当中更重要的宣示，是"对文学的忠诚"。不难理解为何写长篇可以表现出"对文学的忠诚"，因为当中所要求的时间、精力和专注度肯定是众文类中之最高，而在今天文学逐渐式微的时代里，写长篇所投放的大量资源和得到的微薄回报最为不成比例。有什么比这样吃力不讨好的事情更能说明一个作者"对文学的忠诚"？（或愚忠？）但这也只是最为肤浅的理解。事实上，我们是在怎样的意义下"对文学忠诚"呢？而我们又为何要"对文学忠诚"呢？而"对文学忠诚"的结果又是什么呢？甚至是，"对文学忠诚"还有没有可能呢？

我不会尝试去解释"对文学忠诚"的意思，正如我不想用上"承担文学使命""守护文学精神"之类的堂而皇之的说法。到了我们这一代，这些似乎都成为"羞于启齿"的事情。我们更愿意扮演反叛者、挑战者，或者至少是怀疑者、游戏者、迷失者、沉沦者。这不是由于我们胆怯，或者欠缺抱负，而是因为我们一开始就处身于堂皇之外，并且目睹了堂皇的失效。黎紫书、骆以军和我，以及其他的一些同代作者，面对的其实是相同的问题，感觉到的其实是相同的焦虑。这些问题和随之而来的焦虑，以一个铁三角的形式结合在一起。我们也可以把这个铁三角理解为一个危机结构，其一端是"文学终结"，其二端是"经验匮乏"，其三端是

"边缘文学"。虽然这个危机结构可以一分为三,但其实是三位一体,互为表里的。

先谈第三端"边缘文学"。这也可以理解为"少数文学"(minor literature)。在华语语系文学中,相对于中国大陆的中原文学而言,马华文学、中国香港文学,甚至连中国台湾文学,也被置放于边缘位置。当然,这种置放方式完全建基于一种可疑的相对性,而非内在的绝对性。这相对性又在各层级的个体之间产生区别作用,即相对于台湾文学,马华文学又较边缘,又或在台湾文学内部,也可能区分出中心和边缘。骆以军《西夏旅馆》中的"脱汉入胡"主题,其"汉"与"胡"的相对意涵既指涉"大陆"与"台湾",也指涉台湾内部的"本省"和"外省",而且随时有互换的可能,其脱走和游离的主体可谓被"多重边缘化"或"多重少数化"。对黎紫书而言,因其对"边缘"或"少数"的否认和反抗,马华文学当中也有一种追求写出"一本大书"(长篇巨著)的意识。当然在黎紫书之前,前辈李永平和张贵兴已经投入这样的工程,当中似乎只有黄锦树一直对"写大书"的使命,或召唤,或诱惑表示拒绝。(但黄锦树的中短篇其实都具备"大书"的气魄和企图心,让人觉得全部也是为一部将写而未写的"大书"而做的准备。)现在黎紫书后发先至,写出了《告别的年代》这样的一部"大书"(不是就字数而言,而是就立意而言),而又用了虚实互涉(或曰后设小说)的手法,让书中人物都在追求、阅读和合写一部同样称为《告别的年代》的"大书",似乎就是把马华文学的整个历史,以《告别的年代》这部既属虚构也属实体的长篇小说建构起来,并加以承载。饶有意思的是,小说中多次提到,这部传说中的《告别的年代》很可能被置放于图书馆一个偏僻的书架的"最低层""最靠墙"的位置。"那角落最惹尘,也最容易被遗忘或忽略。"黎紫书所想象的马华文学,不得不采取这样的"边缘"位置,以被忽略或遗忘但却终有一日会被重新发现的姿态,以一部包罗万象、虚实兼容的"大书",去见证自身在时光中的存在和不灭。

第二端是所谓"经验匮乏"。"经验匮乏"意识几乎可以说是骆以军的创作核心,既构成他作为一个小说家的焦虑之源,但又同时是他说故事的巨大欲望和爆发力的原动装置。然而,骆以军用以填充"经验匮乏"所造成的空洞的材料,并非够格称为"经验"的大时代大苦难大故事,而是无尽的龌龊、卑贱、荒唐和败德的、似真似假的、破碎不全的小故事。"经验匮乏者"以无穷尽的垃圾堆填来扩大意义的黑洞,奇妙地把"匮乏"变成自己的资本,并从而对"经验"的权威定义做出嘲讽。至于香港则长期被认为是一个无历史、无故事的城市,一个没有主体经验的"借来的地方"。香港本土作者历来否认者有之,反驳者有之,最有趣的是陈冠中的将计就计,以中篇《什么都没有发生》来反讽这种"经验匮乏"的评价。黎紫书面对写长篇的考验,也多次提到自己人生阅历的浅薄,并强调《告别的年代》只是个人记忆的玩具箱的一次整理。虽然在经验的问题上保持低调,但《告别的年代》仍是一部不折不扣的对抗匮乏,拒绝遗忘的书。小说利用镜像的形式,把有限的经验通过重重反照而增生,形成丰厚的假象。源于个人体验的小说膨大成族群的载体,以"年代"的姿态凝固马华经验的吉光片羽。那不但必须以长篇小说的形式才能实现,更加必须以这部长篇小说所采用的真假互涉、多层对照的形式才能实现。无论是接受和承认"经验匮乏"的状态,甚至以此为写作的出发点,还是拒绝和否认,并以截然不同的"经验定义"做回应,无可否认的是,"边缘文学"被标签为大历史/大故事之外的无经验者。"经验匮乏者"之所以汲汲于书写长篇小说,并不是为了模仿"经验丰富者",企图在大历史/大故事的讲述上等量齐观,并且渴望得到对方的认可。相反,正因为长篇小说已经成为一种不合时宜的类型,它才成为"经验匮乏者"和"边缘文学"作者的不二之选。"经验匮乏者"选择长篇小说,不是因为它处于强势,而是因为它处于弱势。在如此特殊的情境下,长篇小说成为弱势者的文类,也展现了弱势者的意志。因为条件的使然，强势者写长篇小说可谓轻而易举，顺理成章，相反弱势者写长篇却要经历种种磨难，克服种种障碍，包括自我诘问和怀疑。这样写出来的长篇，蕴含了时代的真正深层意义，也即是面临"文学终结"的危机，作家们（特别是小说家们）如何实现自己身为作家的真正意义。这不但是"对文学忠诚"的问题，而更加是对文化、对世界做出承担的问题。

如是者我们回到第一端"文学终结"。这既像危言耸听，或者纯属杞人忧天，但同时又是陈腔滥调。文学消亡的论调至少已高唱了半个世纪。当然在不同的地区或文化里，伴随着消费性资本主义发展的先后，这论调的出现有或早或晚的时间差别，但到了今天，它几乎已经是个全球化的普遍现象了。虽然在文学读者数量的下降或文学出版业的衰落等方面有较为客观的数据，说明文学没落之说所言不虚，但就一般观感而言，旧的作家和作品继续可见，新的作家和作品也持续出现。年年还是有各种大小文学奖，去提醒我们文学还未死亡，或至少是死而不僵。事实上，我们身在其中的人，永远没法确知"文学终结"是否真的正在发生。这将会是留待后世来总结的事情。但是，我们完全有理由而且有必要相信实有其事，并且具备与之相关的危机意识。而因为面对"文学终结"而产生的危机意识，正是以长篇小说书写的问题为征兆或标记。我在文首说"长篇小说的时代已经过去",并不是指将来不会再有人书写和阅读长篇小说,也不是说将来不会再有好看或优秀的长篇小说。长篇小说作为一种书写类型很可能会继续存在(虽然也难免会出现质和量的衰减),但却慢慢地跟"文学"脱离关系,变成纯粹的消费和娱乐产品。我的意思是,将来不会再出现具有真正文学性的长篇小说,也即是会成为经典的长篇小说。至少,这样的机会微乎其微。这并不是因为小说家的能力或见识大不如前(事实上由于小说这文类在其漫长发展中所累积的经验,后世小说家在可动用的技艺和资源上比前代人更为丰厚),而是因为当代以至未来已不具备产生伟大长篇小说的条件。就算曹雪芹、托尔斯泰,或者普鲁斯特生在今天,他们也不可能成为他们曾经成为的那样的经典小说家,他们也不可能写出他们曾经写出的那样的经典小说。他们能不能依然成为一个小说家也成疑问。当然这种假设可能毫无意义。原因很简单:时代已经不同了,文化条件也完全不同了。所以所谓"文学的终结",并不是非常戏剧化的末日灾难一样的事情,而是悄悄地、不知不觉地发生的变化。它是一次无痛的死亡,而死者死后也不自知已死,反而跟活着没有两样。也因此可以争辩说,"文学的终结"就等于不存在,等于不会发生。然而,如果我们执意相信它正在发生,并且要抗拒这个趋势,最具意义(但却可能最不具效果)的方法,就是写长篇小说,因为长篇小说是与消费主义、媒体社会和网络世界最相违背的文学和文化形式,也即是最不合时宜的形式。不过,非常悖论地,正由于长篇小说的不合时宜,写长篇才能成为最具时代性的一种举动。同理,相信"文学终结"的降临,怀着"文学必亡"的意识,可能才是延续文学生命的唯一方法。这是时代赋予我们的,独特的负面辩证法。

有趣的是,最强烈地具备这个三而为一的危机意识的,以华语语系的文学来说,是中国大陆以外的作家,也即是马华、中国台湾和中国香港的作家,特别是当中的小说家,尤其是当中的中生代小说家。或更准确地说,是当中的还不肯定自己能否成为真正的长篇小说家的小说写作者。纵使他们在小说创作方面其实已经经验匪浅,并且得到文学界的一定认可,但他们对长篇小说还是保持一种应试考生的紧张心情。对当代中国大陆的小说家而言,一不存在"边缘"或"少数"的问题,二不必回应"经验匮乏"的诘问(相反却一直处于"经验爆炸或泛滥"的状况中),三也似乎没有文学终结的意识。但这并不是说,大陆作家能自外于文学同行的共同命运,因为在缺乏危机意识之下,在商品化和消费主义通行无阻的超高速发展中,加上各种政治和文化因素,大陆可能会比其他华语地区更快地迈向"文学终结"。而"文学终结"意识的一个标志,就是"写长篇"的焦虑,以及对"长篇小说家"身份的患得患失。不过,因为欠缺"边缘性"和"经验匮乏"这两个条件,这个标志很可能不会在大陆小说家当中出现,而大陆文学的终结也因此很可能会在毫无意识中悄悄降临。

回到我们这些为写作长篇小说而焦虑的大陆以外的华语作者,对我们来说,"长篇小说家"这个身份并不是自然而然的,不是写出了长篇小说就可以得到确认的,而是永远无法和自身同一的。就算我们写出了无论多少万字的长篇小说,我们还是无法不自问:我算是一个长篇小说家吗?我们被迫持续不断但又徒劳无功地、永无止境地证明自己。事实上,"小说家"或"作家"这样的称呼,于我们已经变成了"羞于启齿"的事情。我对于自称或被称为"小说家",永远怀着莫可名状的不自在感。那并不是由于缺乏自信,而更大程度是出于自我身份与世界状况之间的错位。那就像在王朝没落或倾灭之后,依然佩戴着某种贵族封侯的虚衔。在一般语言运用中,"小说家"或"作家"有时候只是一个中性的称呼,但有时候却含有更特殊的意义。这一点在中文的"家"字里有更鲜明的表现,就像"艺术家""音乐家""画家"等称呼所标志的一样。(虽然英语里的novelist、writer、artist、musician和painter等词较为中性,但这些称呼也并非没有经历意义的分层和演变,只是比中文用法较难察觉而已。)在中文里"家"和"匠"是有所区分和对比的。一个纯粹的技艺操作者称为"匠",而"家"则具备精神向度和艺术自觉,以及文化上的承传。所谓"自成一家",除了标记着取向或派别上的独特性,也必须置放于一个稳固的文化范畴及其传统之中,才能被充分理解。所以,所谓"小说家"(当初的"不入流者")必须在"小说"或"文学"这个文化范畴和传统中,才能找到自身的定位和意义。今天"小说家"这个身份和称呼之所以被掏空,以至于无法被适然认同,原因在于"文学"这个文化范畴的消解,以及其传统的失落。脱离了实质的时空架构,"小说家"无从定位,大家就只有退到含糊的中性位置去,自称"写者""写手""作者"或等而下之的"文字工作者"了。这个位置也许并不真的中性,但却肯定缺乏意义,因为当中包含的意义过于广泛。无论你写的是《西夏旅馆》、纯爱小说、修身秘籍、投资指南,还是娱乐八卦消息,你也是一个"作者"。文化的消解和传统的失落,带来的是价值的无差别化,也即是无价值化。这是今天的长篇小说家所必须接受的诅咒。而刚刚加入长篇小说家行列的黎紫书,却以自己的第一部长篇小说《告别的年代》,向长篇小说所属的"年代"做出"告别"。此中的反讽,无论作者是否有所意识,也是令人震惊的。

《告别的年代》是一本发问之书。它也尝试提出答案，但答案总是多于一个，而且没有终极对错。重要的还是问题本身，也即是为什么要问这样的问题和为什么要这样地问。请原谅我多此一答，因为我确信黎紫书提的绝对不是一个多此一问的问题。相反，它是处于我们的时代，我们的文化危机的核心的问题。而最大的文化危机，莫过于危机感本身的丧失。失去了危机感，危机仿佛就得到消解，甚至看似从未发生。人类依然好好地活下去，享受着各式各样的娱乐，并以为这就是文化，浏览着各式各样的故事、闲谈和资讯，并以为这就是文学。人类社会表面上还好好地运作，但是某些重要的东西已经不再存在，而且没有人知道。世界看来跟从前没两样，但其实已经被悄悄替换了。所以我们坚持不要理所当然，坚持要边写边问，以写为问，甚至以焦虑和不肯定为代价。

那么，为什么还要写长篇呢？

我尝试提出我个人的答案：这是因为，作为小说家，我们的工作就是以小说对抗匮乏，拒绝遗忘，建造持久而且具有意义的世界。在文学类型中，长篇小说最接近一种世界模式。我们唯有利用长篇小说的形式，去抗衡或延缓世界的变质和分解，去阻止价值的消耗和偷换，去确认世界上还存在真实的事物,或事物还具备真实的存在,或世界还具备让事物存在的真实性。纵使我们知道长篇小说已经成为一种不合时宜的文学形式,但是作为长篇小说家,我们必须和时代加诸我们身上的命运战斗,就算我们知道,最终我们还是注定要失败的。

图书在版编目(CIP)数据

告别的年代 /（马来）黎紫书著. — 北京：北京十月文艺出版社，2022.9（2025.3重印）
ISBN 978-7-5302-2231-7

Ⅰ. ①告… Ⅱ. ①黎… Ⅲ. ①长篇小说—马来西亚—现代 Ⅳ. ① I338.45

中国版本图书馆 CIP 数据核字 (2022) 第 069492 号

告别的年代
GAOBIE DE NIANDAI
〔马来西亚〕黎紫书 著

出 版	北京出版集团	
	北京十月文艺出版社	
地 址	北京北三环中路 6 号	
邮 编	100120	
网 址	www.bph.com.cn	
发 行	新经典发行有限公司	
	电话 010-68423599	
经 销	新华书店	
印 刷	北京盛通印刷股份有限公司	
版 次	2022 年 9 月第 1 版	
印 次	2025 年 3 月第 4 次印刷	
开 本	850 毫米 ×1168 毫米 1/32	
印 张	12	
字 数	200 千字	
书 号	ISBN 978-7-5302-2231-7	
定 价	55.00 元	

如有印装质量问题，由本社负责调换
质量监督电话 010-58572393

版权所有，未经书面许可，不得转载、复制、翻印，违者必究。